戦下の月

東野明美 *Akemi Touno*

元就出版社

戦下の月——目次

戦下の月

長門良知（ながと・よしとも）略歴

一九一八年（大正七）　一〇月一日　長門要三　幹子の長男として誕生
一九三一年（昭和六）　三月　神奈川県　鶴見東台小学校卒業
一九三六年（昭和一一）　三月　東京市　東京市立第一中学校（現・東京都立九段高校・平成十八年度より千代田区立九段中等教育学校）卒業
一九四二年（昭和一七）九月　早稲田大学法学部卒業
一〇月一日　東部第一〇二部隊（千葉県柏市）に飛行兵として入隊
一〇月四日　東部第一一一部隊（宮城県仙台市）に転属
一九四三年（昭和一八）五月　茨城県　水戸陸軍飛行学校入学
一〇月　福島県　郡山（仙台隊の移転先）の原隊へ復帰　見習士官
一九四四年（昭和一九）五月　福岡県　大刀洗に移転　第一二七飛行場大隊編成
七月一日　陸軍少尉を拝命
九月一八日　大刀洗出発
一〇月八日　フィリピンに向けて門司より出航　モマ〇五船団
一〇月二六日　バシー海峡カラヤン島西方四〇マイルにて輸送船が被雷沈没
享年二六歳

第一章——召集令状

一

昭和十七年　九月十八日

夏の名残りの日射しは消えて、夕闇とともに秋の気配が立ち込めてきた。

夕食を済ませた長門良知は自室で机に向かい、心の内を見つめながら日記を記し始めていた。机の上奥まった北向きの四畳半には、薄暗い電球が穏やかなオレンジ色の光を注いでいる。机の上のスタンドは暖かく良知の手元を照らしていた。開け放った窓からは時折、葉裏を戦がせて涼やかな風が吹き込んでくる。

四月の徴兵検査であわただしく始まった六ヵ月間だけの最終学年も、残すは卒業式のみとなった。早稲田大学法学部卒業後の就職先は決まっているが、「第二乙種・補充兵」の良知にも「赤紙」つまり臨時召集令状が、必ず来る。

いまの良知は、卒業後の自分の姿を、明確に描き得なかった。

【午後七時半
大東亜産業貿易調査会の職員で、私はある――ということが、何時の間にか想像以上に私の生活の中に入り込んだ。

新聞を開くときも、書店の書棚の前に立つときも、私の注意は、東亜共栄圏に関する事項に、又、産業、貿易に関する事項に熱心に惹（ひ）かれるのである。

その惹かれ方が、何れにも増して、着実であり、生活の中のものとして、又日常的であるのは、これが、いよいよこれからの私を律すべき唯一の方法であるからである。これが、私にとって、職業だからなのだ。

職業が決まるまでは、兵隊になりたい――と思い、職業が決まると、それに一つの鍬をも振ることなしに、兵隊になることに些（いささ）か残念さを感ずる。勝手なもの。（原文のまま）】

このとき玄関に人の訪れた気配がした。母の幹子が応対している。ほどなく隣の部屋の襖が開く音がした。畳の上をすり足でこちらへ向かってくる母の足音は、心持ち遅く、重たげに感じられる。

虫の知らせというのだろうか、良知は重大な知らせが齎（もたら）される予感がした。ペンを置き、襖のほうへ向き直ったと同時に、すっと襖が開いた。

「良知さん」

一言呼びかけた後、母は口を真一文字に結んで部屋へ入ってきた。常と変わらぬ呼び方ではあるが、その口調や表情には只ならぬ気配が感じられる。

良知のそばに歩み寄り、御納戸色の着物の裾を捌いてぴたりと端座すると、良知の眼をまっすぐに見つめて母は口を開いた。

「召集令状が来たので区役所まで受け取りに来るようにと今、知らせが……」

背筋はピシッと伸ばしているが、良知を強く見つめる目に、諦めとも悲しみともつかない、ほんの微かな翳りがある。

必然が大手を広げてやってきた。

召集令状が来ることを良知は予期して、いや期待さえしていた。

しかし、いざ現実のものとして突きつけられてみると、「ついに来るべきものが来たか」と心臓を摑まれたような衝撃が走った。

「わかりました。行ってきます」

一瞬の狼狽を母には気取られまいと、良知は少し改まった口調でゆっくりと応えた。

母は心配そうな目で自分を見つめて無言だ。口にすべき言葉に迷っているのかもしれない。

その顔を見て良知は、砕けた口調で、

「大丈夫だよ」

と宥めるように笑って、立ち上がった。

本籍地に居住する者には役所の職員が召集令状を手渡しに来るが、居住していない者は、自分から本籍地の役所に出向いて、兵役関係の書類を受け取らなければならない。

良知の本籍地は本郷区駒込曙町である。

良知は母のためにことさら快活に振舞いながら、自宅を出て近くの小田急線千歳船橋駅から新宿行きの電車に乗った。上り線の夜の車内は閑散として、まばらに数人の乗客が腰を下ろしている。良知はドアの傍（そば）に立って硝子に映る自分の姿を見つめながら、軍服姿を想像していた。終点の新宿で中央線に乗り換えて御茶ノ水駅で降りた。本郷区役所は駅から北へ向かって徒歩十五分ほどの距離だ。

ちょうど三ヵ月前にも、この道を歩いて区役所に行った。そこで「兵科・飛行兵」という思いがけない決定を受け、初夏の緑滴（したた）る木漏れ日の中を、心を躍らせて帰ってきた。

決して単純に華麗な現代戦の花形として飛行機に魅力を感じたのではない。一か八かの勝敗がただの一挙にかかっていることに、限りない魅力を感じたのだ。

決定後は、さっそく飛行機の仕組みについての本を何冊か読み、予備知識を蓄えてきた。

早く訓練を受けたい。この国を守る最前線に立ちたい。

逸（はや）る心を表わして、足の運びは自然と速くなる。

先月に出征して行った従兄の阿部不二彦の顔が眼に浮かんできた。

不二彦からの応召を報（しら）せる手紙が配達されたのは、運悪く良知の旅行中であった。帰宅後、急いで母と二人で面会に行ったが、行き違いになってしまい、会うことができなかった。肩を落として営門からの砂利道を母と二人で歩いていた頃、不二彦の隊は警戒管制下の品川駅から出立してしまったのだった。

「俺も今、征くぞ」

良知は心の中で呼びかけながら、人影の途絶えた傘谷坂（からかさだに）を本郷区役所へと急いだ。

やがて龍岡町の交差点の角地に聳（そび）え立つ本郷区役所が見えてきた。

灯火管制の闇の中に、月の光に照らされた白い外壁が浮かび上がっている。等間隔で並ぶアーチ型の窓の下に張り出した三階のバルコニー一面に、白い布の横断幕が掲げられ、大きく黒々と「國民精神總動員」と書かれていた。

良知は入口の階段を上がって、息を整えながら暗い玄関の扉を押した。

時刻は九時を回っていたが、中に入ると、右手奥の兵事課にはほの暗い電灯が灯り、職員が三名ほど机に向かっているのが見えた。

良知に気づいて、窓口にいた白髪頭で五十年配の男性職員が、椅子を鳴らして立ち上がった。

良知が歩み寄って本籍と氏名を名乗ると、職員は分厚い書類に挿(はさ)んであった「臨時召集令状」と書かれた薄赤い紙を取り出した。

「おめでとうございます。記載事項を確認してから、こちらの受領証に記入し、捺印して下さい。受領時間は正確に」

「わかりました。ありがとうございます」

目の前に差し出された臨時召集令状を、良知は直立して一礼し、両手で受け取った。鼓動が急に大きくなり、拍動が差し出した指先に伝わっていく。

縦十五センチ、横三十センチ程の薄い紙だが、重さが感じられる。

「到着日時・昭和拾七年拾月壹日午前九時」

「召集部隊・東部第百二部隊」

端からじっくりと目を通そうという意思に反して、これらの活字が飛び込んできた。

否応無しの現実が目の前にある。十月一日は奇しくも良知の二十四歳の誕生日だ。

「確認しました」

良知は職員へ顔を向けて応えてから、腕時計で時間を確かめた。召集令状の右側部分に印刷されている受領証に「九月十八日二十一時十八分」と記入し、記名捺印して手渡した。

職員は目を走らせて一つ頷(うなず)くと、裁ち鋏でざしゅっと音を立てて、受領証と召集令状を切り離した。

改めて手渡された召集令状を受け取る。

残る二人の職員も立ち上がって、口々に「ご苦労様です」と声をかけてくれる中を、良知は玄関の扉を押して外へ出た。

肩の力が抜けたようなほっとした気持ちで、良知はゆっくりとした歩調をとりながら一つ大きく深呼吸をした。ひとときの興奮が急激に冷めていく。さわさわと梢を揺らす冷涼な秋風が心地よい。

御茶ノ水駅までの傘谷坂は、金助町までの下り坂から一転して長い上り坂となる。

良知の靴音が響く灯火管制の町には、銀鱗のような群雲の流れゆく合間から、上弦の月が、青みを帯びた冴え冴えとした光を注いでいた。

一ひら二ひらと月にかかる雲が、町並みを斑濃(むらご)に染めて流れ去ってゆく。

良知は足を止めて月を振り仰いだ。西へ傾いた月から青みがかった銀白色の光の粒子が惜しみなく地上に降り注がれている。月のかかった西の空の下には、父母や妹弟が良知の帰りを心配して待っているにちがいない。

良知は、月を愛で、家族を思う、常と変わらない自分の姿を見出していた。

何も特別なことがわが身に起こったわけではない。

良知は平常心の自分に満足していた。

赤紙の臨時召集令状を受け取って今帰ってきた。

ただ予期のことが、実現されたに過ぎない。

半弦の月に、雲が飛んで居た。

【午後十一時十分
夜中の突然の呼び出しで、本郷区役所に往復する間に、胸に感じた些かの動揺も、静まり、平静が帰って来た。又昨日までと同じ、いや、つい先程、午後八時までと、同じ心持の同じ生活が続くであろう。書き改められねばならぬことは更に無いのである。

私は入隊の日にも、ただ、簡単にこう繰り返すのみである。

今までと違った私に、なろうと思っても、「なれ」と言われても、「なれる」筈がないではないか。

何時迄経っても、私は私であり、更に、据えた目には一分の胡魔化しもある筈はない。

種も仕掛けもないのだ。御覧の通り】

良知は今書き記したばかりの日記を、もう一度ゆっくりと読み返すと、静かにページを閉じた。

四隅がすこし擦れた大判の大学ノート。表紙には青いインクで「日記」昭和十六年九月二日～と書いてある。書き始めた頃には昨年度の繰り上げ卒業さえ決まってはいなかったので、卒業までにはまだ一年半あると思っていた。

それが昭和十六年十月十六日に突然、「大学等在学年限の臨時短縮に関する勅令」が公布され、最終学年に在学中の大学生と専門学校生の卒業が三ヵ月繰り上げられることが決定された。

それまでは、大学生と専門学校生は、本来二十歳で受けるべき徴兵検査を卒業まで（上限・満二十六歳）猶予されていた。しかし、これら学生の卒業を繰り上げて早く徴兵検査を受けさせ、入隊させる目的の勅令が下ったのだった。

思えば、昭和十二年の盧溝橋事件に端を発した支那事変（日中戦争勃発）当初は、日本中が高を括った見通しを持っていた。だが、四年間という時間の経過とともに、容易ならぬものにぶつかったという切迫さを誰もが、ひしひしと感じるようになっていた。

そこに至って、この勅令であった。

さすがに友人たちの間にも動揺があり、「卒業を繰り上げさせてまで学生を徴兵するとは、よくよく日本は危ないのだろうか」と口に出す者までいた。とりわけ二ヵ月後の卒業と徴兵検査が突然に決定された一学年上の友人たちの中には、「心の準備もできていない。ただ驚き戸惑うばかりだ」と漏らす者もあり、衝撃は大きかった。

こうして良知の一学年上の学生たちがあわただしく学窓から巣立とうとする昭和十六年十二月八日に、日本は真珠湾を攻撃し、英国、米国に対し宣戦布告した（太平洋戦争勃発）。

また、この勅令は良知たちの学年以降に対しては、就学年限を二年半に短縮し九月に卒業することを定めていた。

良知はこの決定に従い、四月十一日に徴兵検査を受けて第二乙種合格となり、六月には「兵科・飛行兵」が決定し、九月つまり今月、卒業となったのだった。

自分の軌跡を残そうと書き始めた日記であるが、もう記すことができるのも十日余りとなった。十月一日には千葉県・柏の東部第百二部隊に入隊する。二週間後には、もう自分はこの部屋にはいない。

一つだけ灯した電気スタンドの暖色の光が机の上に溢れている。

先ほど赤紙を見たときの母の顔が浮かぶ。覚悟は疾うにしていたのだろう。何も言わずに薄赤い紙をじっと凝視していた透き通るように白い顔の色。

良知はあのときの母の顔を思い出しながら、じっと目を瞑った。口には決して出すことのできない母の悲しみが伝わってくるようで、痛々しい思いだった。

母にはきっとわからないだろう。

近眼に加えて肺門リンパ腺という結核初期症状の既往症まである良知は、自分が第三乙種や丙種となって取り残されるのではないかという不安を抱えていた。同じ年代の若者が次々と戦場へ赴くときに、自分には戦場に立つ機会が与えられないのではないかと心配していた。

それが第二乙種とはいえ合格して、こうしてこの国を守るために皆とともに出征できる。良知にとって、この現実がどれほど喜ばしいことなのか、母にはわからないだろう。

やがて彼はため息とともに目を開けると、机の右手の書架に並ぶ本を、一冊ずつ、いとおしみながら眺めていった。

『刑法講義』『刑事政策汎論』『刑事訴訟法』『民法総則』『民事訴訟法』『法哲学』

講義や研究会、討論会の一こま一こまが思い浮かんだ。

奨学金を受けて学ぶ良知を絶えず気に掛けて、温かな援助を惜しまなかった江家義男教授、明晰な頭脳をあらわす歯切れのよい講義の和田小次郎教授、そして去年の十二月八日、「スイッチを切らぬように」という指示で、大学構内でも何台も設置されたラジオから日米開戦が告げ続けられる中、平常どおりの講義を行ない、授業は「最後の一人になるまで」継続すると言った中村宗雄教授。

卒業試験を受けてからまだ半月ほどなのに、もう懐かしいほど昔のことのような気もする。

上の段に目を移す。最初に目に付いたのは堀辰雄の『菜穂子』。互いに食い違いを自覚し離れていく男女の姿に、自分自身と思いを寄せていた女性の姿を重ねて読んだ。

『アミエルの日記』(全七巻)は四ヵ月かけて読了した。「行動に先立ち、予め(あらかじ)あらゆる可能を計量し、決断力の欠けているために、黙してしまう」と繰り返すアミエルの姿に良知は強く共鳴し、我が心友とさえ思えるほどだった。今、良知はこのアミエルの轍を踏まないように、活動、決断、情熱、勇気、自信に価値を置いて考えるよう努力している。

そのほかに、パリに思いを馳せた『昔がたり』(アナトール・フランス)や心理描写に自分自身でも思い当たることの多かった『巴里に死す』(芹沢光治良)、『ある僧の奇蹟』『田舎教師』(田山花袋)など最近になって読んだ本が並んでいる。

その一番端には『智恵子抄』(高村光太郎)があった。

昨年出版されて以来、ずっと欲しかった詩集で、やっと手に入れたものだ。

三ヵ月ほど前に良知は、奥田記念育英会の奨学金を受け取るために一ツ橋の教育会館に行き、母方の祖父・牛尾得明(うしのおとくみょう)の知人で、貴族院議員の村上恭一に会った。

村上は、良知の父が労働者運動や水平社運動に共鳴して思想活動を始め、そのために良知の大学への進学が経済的に困難になったときに、救いの手を差し伸べてくれた人物である。本来であれば鳥取県民にしか受給資格のない奥田記念育英会（奥田義人設立）の奨学金を、牛尾得明の外孫ということで良知が受給できるように取り計らい、大学への入学を可能にしてくれたのだ。

その村上から、「兵隊になったら、兵隊になりきりなさい。インテリ的なものをすべて忘れ去ってやったほうがよろしいでしょう」と諭された。

そこからの帰り道、良知はこの『智恵子抄』を、少し考えた末にドイツ語の単語集と一緒に買い求めたのだった。

自作の詩をこの詩集と比較するつもりは毛頭ない。ただ心持ちのあり方だけについては同じようにありたいと、良知は常に心掛けている。

この詩集は、詩歌の好きな下の妹のさゆりが、盛んに羨ましがっていたから贈ってやろうと決めた。別に他の妹弟と差別しようと思っているわけではないが、さゆりは良知の信奉者で、良知の好むものはなんでも好きになるのだ。昨日も買ってきたばかりの会津八一の歌集『鹿鳴集』を一緒に詠んでいたところ、あまりに楽しそうにしているので、気前良く「さゆりに遣ろう」と渡してしまっていた。『鹿鳴集』を手にした時のさゆりの嬉しそうな表情が浮かんで、良知は「ふっ」と笑みを漏らした。『智恵子抄』も間違いなくさゆりを喜ばすだろう。

良知は淡い光の中にひっそりと並ぶ本の背表紙をもう一度、見渡してから、書架の横にある画架の二枚の画に目を移した。

先月初旬に、大幅に短縮された夏休みの中の五日間を山で過ごし、武州雲取小屋から甲州の山々を縦走して甲府に下りた。そのときの風景を、八号の『金峯山頂より』と四号の『暁の富士を見る』に描いたものだ。

製作過程での迷いもなく、調子をまとめて満足できる出来映えに仕上がった作品だった。

一年前の早稲田絵画会の展覧会では、良知の出品作の『荒船山』『A子の像』が、画家の猪熊弦一郎と内田巌から、その構成を高く評価された。二人は新制作派協会の画家で早稲田絵画会の指導者的立場にあり、作品の批評に留まらず、食事を振舞ってくれるなど、なにかにつけて学生に心配りをしてくれるのだった。

良知は、ことに内田巌の作品に惹かれていたので、内田から良い評価を下されたことは大きな自信になった。画家になりたいという、自分でも叶わぬこととはわかっている夢が、むくむくと頭を擡げたものだった。しかし今となっては、この新作を批評してもらう機会はもうないだろう。

画を描くことには、趣味と呼ぶには少々深くのめり込みすぎた嫌いがある。良知にとって切り離すことのできない体の一部のようなものだ。

――せめてあと一枚、愛撫したくなるような作品を描き上げたい――

良知は胸の奥から突き上げてきた「画を描きたい」という衝動に自分自身で驚いた。もう遣り残したことはないと思っていたのに……。

就職の準備をしながら、その一方で召集令状の来る日を待つ。中途半端で、明確な目標を持ち得ない生活に、今日は指標が与えられ、方向が示された。

良知は静かに呼吸をする自分を感じていた。いささかの動揺も興奮もない。胸の中は涼風が吹き通るように爽やかだ。

夜更けの庭ではコオロギが声を震わせている。

茶の間の柱時計が一時を打った。

家族の皆は良知の入隊を思いながら寝付かれず、きっと今この音を聞いたことだろう。

確信に近い想像が頭を過ぎって、良知は家族との絆を温かく感じた。

二

九月二十日

赤紙を受け取ってから二日が経った。

良知は気持ちも新たに髪を短く刈り込んだ。

こうして髪を短くすると、長髪をばっさり落とした徴兵検査の前日（昭和十七年四月十日）のことが思い出された。

あのころの日本の戦況は、真珠湾攻撃以来、勝利が当たり前のことのように感じられていた。香港、シンガポール、南太平洋の島々と次々に占領し、臨時ニュースは戦果を華々しく報じ続けていた。

町では門ごとに、祝賀の日の丸が誇らしげに翻り、活気に満ちていた。

大学には戦況についての知識が豊富な友人がいて、南洋展開後の日本の戦後経営のことまでが話題に上った。

ヨーロッパにおいては、ドイツのヒトラーが春季攻勢開始を宣言したところだった。ヒトラーは、今秋までに決定的勝利を得て矛を収める方針であったのを、日本の戦線の勝利と、それに伴うヨーロッパ戦線での英米の軍事力の減退とによって元気づけられたと見え、来るべき冬の陣も厭わぬと意気盛んであった。

そういえば、ちょうどあのころだ。良知は、四月十八日にドーリットル隊の東京空襲を目撃したことを思い出した。

家の庭に出ていたときだ。東の地平線の薄い煙霧の上に灰色の煙の塊が、音もなくばら撒かれ始めた。

まるで夢の中の出来事のようで、初めは何が起きたのかわからず、ただ目を凝らして見ているだけだった。すると、だんだん大きくなって迫ってくる「ぐーんっ」という発動機の音と共に、何かに挑みかかるような、ずんぐりとした灰色がかった双発の機体の敵機が二機、しばらく遅れて一機、高度五十メートルほどの低空飛行でこちらへ近づいてきた。

見る見るうちに迫ってくる異様な機体と爆音に、道で遊んでいた子どもたちが甲高い悲鳴を上げて転がるように逃げだしてゆく。

良知は「敵機だ！　敵機だ！」と大声で叫びながら、梯子で家の屋根に駆け上った。家からは母とさゆり、近隣からも人々がばらばらと飛び出してきて見上げる中を、イナゴのような見慣れない機体は、これ見よがしに☆印のついた横腹を見せ、やがて後姿になって特徴的な二枚の垂直尾翼を見せびらかすように南西へ飛び去っていく。その姿は高速であったにもかかわらず、コマ送りのようにくっきりと良知の瞼に焼きつけられた。

機関銃があれば土手っ腹に撃ち込んでやれるのにと、良知は残念で悔やしかった。同時に「なぜ敵機がこんなに悠々と帝都の空を飛んでいるのだろう。味方の飛行機は何をしているのか。高度の高いところでも飛んでいるのだろうか」と、もどかしく不思議に思ったものだった。

あの日の夜の妙に静まり返った不気味さは、今でもはっきりと思い出す。

良知は胸の奥がざわざわと騒いで、何かしら落ち着かない不安な気持ちを抱えて一夜を過ごしたのだった。

あのときから、ちょうど五ヵ月が経った。

つい三週間前の八月二十八日の読売新聞には、第二次ソロモン海戦が「日米血みどろの戦」と大見出しで書かれ、楽観に支配されていた国民をはっとさせた。

その後、海軍報道部の平出英夫大佐のラジオ談話により、一万の敵海兵がツラギ島（ガダルカナル島北方の小島）その他に上陸している事実、日本の駆逐艦・睦月の沈没、小型航空母艦・龍驤の大破などが明かされ、常勝を信じて疑わなかった国民は愕然とさせられたのだった。

米国は地理的には圧倒的に有利である。

広大な国土は戦場から遠く、豊富な資源も有している。

米国の建艦能力は日本より優秀だと密かに言う声も聞こえ、日本にとっては厳しい現実が迫ってきていた。

ソ連に侵攻したドイツもスターリングラード（現・ヴォルゴグラード）を攻めあぐねている。

ドイツ軍が数週間前にスターリングラード市の外周に迫ったとき、各新聞には「ス市陥落、時間の問題」「ス市停車場占領」と大々的に報道された。

ところが、その後は「ス市に肉弾戦続く」と報じられ続けている。【防衛のソ連軍百万、攻撃のドイツ軍、又「今までに前例を見ざる如き大規模の軍隊」をもってし、「史上空前の修羅場」を現出】しているという。

良知は、このような新聞報道を逐一、日記に記したので、正確に記憶している。ソ連の抵抗は激しく、このまま冬の到来となれば形勢はいちじるしくドイツに不利となるだろう。ナポレオンもロシアの冬に敗れている。冬の極寒はソ連の援軍である。欧州での戦いは当然、ソ連と満州国の国境をめぐる緊張関係とも結び付けて考えられるべきだ。ソ連はそもそも満州国を承認していない。

その満州国は、ちょうど五日前（九月十五日）に建国十周年を迎えていた。

この半年間で、ずいぶんと情勢は変化してきている。

さらに半年後には、いったいどれだけの変化が現われるのだろう。自分の中にも変化は起きるのだろうか。

良知は鏡の中の自分の目を、しばらくじっと見つめていた。

この後、髪を切ってさっぱりとした良知は、荻窪に住む叔父の長門頼三を訪れた。

父の弟の頼三は、仙台で大政翼賛会の支部局長を務めていた。

良知の父・要三は、元は勤務先の板橋砲兵工廠のストライキ収拾などに功績のあった辣腕の官吏だった。それが、手腕を見込まれて招聘（しょうへい）された先の神奈川県庁で、労働者問題や教育問題を扱ううちに、労働運動や水平社運動などに共感し、県庁職員の身分を捨てて思想活動を始めた。

良知の家の生活は暗転した。ちょうど良知の東京市立第一中学校入学と相前後して一家の収入は途絶えた。その結果、横浜・鶴見の高台に建ち、親族から「阿房宮のようだ」と揶揄（やゆ）された広大な屋敷も手放すこととなった。

父は、自分の考えの受け入れられない社会の不明を怒り、嘆いた。その苛立ちを良知たち家族に向けることも多く、やがては家を空けるようになった。

「忍従よ、おお忍従よ、忍従よ、われ忍従に生きんとはする」

と詠（うた）った母も、さすがに父との離別すら考えたようだ。

母は、鳥取藩家老を祖父に持ち、禅宗の寺の一人娘として誇り高く、何不自由なく育った。母の通学姿を近郷近在の者が、「白線が通る」と珍しがって見に来たと、折に触れて自慢げに語っていたものだ。「白線」とは鳥取県立高等女学校の制服で、白線が裾に入った袴のことである。

人々の注視の中を颯爽と歩いていた自由闊達な母にとっては、生活の激変は耐えられないものだったろう。

良知は学費滞納のために通学していた東京市立第一中学校の卒業証明書がもらえず、大学受験を諦めざるを得なかった。恵まれた生活環境の子弟が占める通称・市立一中で、優秀な成績を収めながら、良知は就職の道を余儀なくされた。妹たちは在学中の高等女学校を辞めざるを得なかった。

このとき、頼三叔父は「兄貴のおかげで命が縮む」と親戚付き合いを絶ってしまっていた。また「女でもこれからは教育が大切だ」といって妹たちの高等教育にこだわる父・要三に対して、頼三は「なぜ働かせない」と批判的だった。

しかし、この叔父もなぜか良知には優しかった。

良知は叔父の計らいで中学卒業後に代々木の日本青年館に勤めることができた。「長門」の名では就職できないため、頼三の妻・トミヨの旧姓「鹿野」を名乗って働いた。

加えて、東京市立第一中学校の恩師の紹介で中学生二名の家庭教師の口も得て、滞納していた学費を納めた。妹たちも、伝を頼って関東高等女学校に編入学することができた。

しかし、家の前の暗がりに潜む特別高等警察――特高の気配で父の帰還を知るような生活の中で良知は、このまま大学進学が夢で終わるのではないか、自分の人生をどう切り開いてゆけばよいのだろうと、ともすれば暗澹たる思いに襲われた。

そのようなときに、村上恭一が奥田記念育英会の奨学金の受給を取り計らってくれ、これによって、良知は晴れて早稲田大学法学部に入学することができたのだった。

良知は、自分が今こうしてあるのは家族だけでなく、頼三叔父、村上、そして市立第一中学の恩師たちの惜しみない助力によるところが大きいと感謝している。

叔父の家では、ちょうど長女・英子の結婚が決まったところだった。

入隊の報告を済ませ、

「今度は軍服姿でまいります」

と暇を告げると、叔父は笑っていたが、心なしか、いつもの勢いが無いように感じられた。

この日の夜、散策に出た良知は夜空に浮かぶ上弦の月を見た。雲一つなく冴え渡った空に浮かぶ秋の月の光は、青く路に流れて叢を声なく濡らし浸している。

かなたには森の黒い影が眠っていた。

【この静けさを不気味と思い、そこに敵を思わなければならない生活が、ぐっと身近になった】

と良知は日記に記した。

九月二十一日

良知は母に誘われて新宿へ買い物に出た。

良知は、母がいかに自分に大きな期待を抱いてきたかを身に沁みてよくわかっている。良知が中学生のころから、長門の家の将来について、よく母と語り合ったものだった。思想活動に傾倒し家庭を顧みなくなった父との生活で、母にとっては良知が心の支えだった。

良知にとっても、困窮する生活の中で良知たちのことだけを考えながら生きていた母は、なによりの心の拠り所であった。それは今も変わってはいない。

「下の三人を足しても、良知さん一人に及ばない」と公言してはばからない母の、自分に対する偏愛ともいえるほどの愛情がわかっているだけに、こうして出征が決まった今、少しでも多くの時間をともに過ごそうと思っていた。

新宿までの小田急線の車窓には、秋の気配が感じられる。

晴天続きの近頃には珍しく、鈍色(にびいろ)の空の下、木立の緑はくすんでいた。

こういった外出の機会も、もう当分ないだろうと思うと、母と座席に座って揺られている時間も、ともに目にする車窓の風景も、貴重なものに思われる。

母は茄子紺の着物をいつものように襟を抜かずに着付けた姿で、背筋をピシッと伸ばしていた。

しかし良知には、入隊が決まってからめっきり口数が少なくなってきた母の変化が感じられている。

「三方の上に生首二つ」という家紋を持つ、戦国時代の武将の血筋を引く母は、たいへんに誇り高い愛国者である。かって良知が、日独伊防共協定をさんざんこき下ろした挙句「日本は負けるよ」と口にしたときには、「勝ちます。必ず勝ちますからね」と顔色を変え、烈火のごとく怒って食って掛かったものだった。

そんな勝気な母が、今は静かに慈愛を込めた目で良知を見つめていることが多くなっている。

新宿に着いてから、良知は『空の神兵』という映画が通りの向こうの映画館にかかっているのを見つけて母に聞いた。

「映画も見ようか」

母は、ペンキ塗りの広告に書かれた戦闘機の操縦士の勇姿をしばらく見ていた。

「またにしましょう」

笑顔で母が応えた。

その目に笑顔で応じながら、良知は内心で自分の迂闊さを責めていた。

航空戦の映画には、撃墜される戦闘機が描かれている。そのようにして失われていく命を見ることは、人の親として辛いのではないだろうか。まして母はかけがえのないものとして慈しみ育てた良知を、飛行兵として送り出そうとしているのだ。

良知は母の心中を思いやって、申し訳ないと思った。

このあと良知は、千代田女子専門学校を今月卒業する上の妹の櫻の洋服を、母が見立てているのを待っていた。

一月から衣類は各家庭に配給される衣料切符で買うことになっている。原料を輸入に頼っている綿や毛織物の点数を高くして消費を抑制し、これに対して正絹の点数を下げ、日本産の絹の消費を促進する目的の衣料統制である。

母はせめて何か新しいものを一枚ぐらいはと思うのだろうが、なかなか気に入ったものは無いようだ。スフが混紡された服地の手触りは頼りなく、いかにも安手だ。母は手を触れて、何度も首を傾げながら選んでいる。

少し離れたところで母を待つうちに、見るともなしに周りを見ていた良知は、何組かの自分たちと同じような親子連れに気づいた。

他の者には見落とされるかもしれないが、良知は出征する学生だと直感した。

【彼らの顔には、安んじて運命を任せているような安らかさがある。燃焼すべき夾雑物は、この幾許かの期間に燃え尽して、あとには白々とした薄明のような安堵が漂っているに違いない。インテリ兵は強いのではなかろうか。私はそう思う。いくらでも、頼もしい仲間が居るに違いない。そういった人々に出会うことのできる日を、待たれる気もするのだ】

三

そうこうするうちにも、入隊までの限られた時間はさまざまな予定で塗りつぶされていった。

まず、就職するはずであった大東亜産業貿易調査会に応召する旨の通知を出した。

良知は高等試験司法科と海軍法務学生の試験に不合格となったあと、大学からの推薦を得て、つい二週間ほど前に就職が決まっていた。

ここには入隊前に報告に出向かなければならないだろう。

それから、良知を物心両面から支援してくれた村上恭一にも報告に上がらなければならない。

良知は改めて、自分が多くの人たちに支えられて、こうしてここにあるのだと思った。

その他の予定としては、まず動かすことができない日程として、九月二十七日の大学の卒業式がある。

そのあと三日間連続で三度の壮行会が計画されていた。

本当のところ、良知は自分の出征を大げさに祝って欲しくないと考えている。

分けても壮行会というものは、好きではない。何度も出たことがあるが、出征を祝って軍歌が歌われ、勇気を鼓舞する演説が響く中で、送り出される本人は静寂に包まれて、一人その場から浮き立って見えた。

このような思いを一度ならず両親に伝えてはみたが、二人とも、とくに父が「壮行会はどうしても行ないたい」と主張して譲らなかった。

両親は入隊までの限られた日々を、良知の希望に沿うようにと何くれとなく心を砕いてくれている。その二人から、このことだけはと言われると、良知もそれ以上は強く言うことができなかった。

大学の後輩には、今後の絵画会の運営などを依頼しなければならない。

新宿三越の旺玄社展を友人と観に行くつもりでいたが、時間が許すだろうか。

こうして次々に考えていくと、入隊までの一週間ほどでは足りないような気がしてきて、良知は気忙しさに身体を押し包まれる思いだった。

九月二十四日

良知は妹弟たちに誘われ、家族揃って近くの多摩川べりまで散策に出た。

茜色の夕焼けに染まった空は、紫から藍へとその色を変え、一家が川辺に着いたときには、東の空の深い藍色の中に、オレンジがかった大きな月が昇ろうとするところだった。

【河原があれ程、銀に光るものとは、私も想像して居なかった。

月の光は、元来冷たい感じのするものだが、この夜、私の身辺に漂っていた月光には、暖かさが感じられた。それは、ほのかな心やり——とでも言おうか、私の心は和やかにほぐれて快い陶酔の中に歩み行った。

十五夜、中秋の名月と言って、古来、人々の讃嘆の的となっているこの夜の月、旧暦八月十五日の月は、流石（さすが）にその名に背かぬ美しく素晴しいものだ。古来から幾億の人々がこの月を仰いだろうか。「お月様」という美しい呼び方でもって——この夜、私もその中の一人として、多摩川の河原に月光の暖かさを感じ取りながら、振り仰いだ。

お宮、寛一の物語ではないが、「今月今夜のこの月を……」と、劇的に高められた感情をこの月に結びつけることを、誰でもがやるに違いない。それ程、月は、人々の心の奥所から、何かを引き出す力を持っている。

しかし、月は静かだ。太陽のように燃えていない。

その表情は、されば一層、語り出したい心の綾を持っている者にとっては、一層親しみ易いものなのである。

けれども、この夜は、私たった一人で月を仰いでいたのではない。六つの影法師。その一つ一つに各々の感情が盛られていたに違いない。

こういう風流の月見の宴を、一つの思い出として、私を兵隊に送る——家族の気持ちは、月光の下に、少しも熱せられぬ感情が、ただ水のごとく、行き去り、行き来して流れ渡っていたに違いない。直接に誰も言葉にしないけれども。

こういう送別の仕方も、又良いものじゃないか。

入隊と言うことは、成程、当分の別離であるが、私には、言って見れば、それ程、騒がれては相すまぬと思われて来る。勿論、色々の人たちの心持は美しく、有難いことだ。けれども、けれどもだ。

私自身がその心に溺れ、それらの心に甘やかされては居ないか。

私自身を、ちっぽけな英雄気取りにしては居ないか。

ここ数日後に行なわれることは、もっとも普通のことなのである。何等、涙の一滴にも値せぬ程普通のことなのである。

事新しく、何事をも覚悟したり、決心したりする必要もなく、私は恐らく普段着の心で入隊する。

それでないとしたら、私の学生生活にか、或いは軍隊生活にか、その何れかに於て、嘘があることになる。偽善を行なったことになる。

私は、御覧の通り、私以上でもなければ、私以下でもない。労して私以上になろうとしても無益である。

学生の私と、兵隊の私と、そのどちらが上であるか——そんな論議も無用である。

学生の私は、兵隊の私である。三つ子の魂百までというから、或は、童の頃の私と同じであるかもしれない】

四

九月二十五日

顔を上気させた櫻が、うれしい知らせを持って部屋に入ってきた。

「お兄様、私、『日の出』に勤めることになったの」

日の出高等女学校の面談で、採用が内定したという。櫻は弾むように早口で続けた。

「ママも大喜びよ」

鬼畜米英のこの非常時に、世間の人が聞けば「非国民」扱いされかねないが、良知たち兄弟姉妹は幼少時より父母のことをパパママと言い慣わしていた。さすがに最近は、人目のあるときには意識して「お父様、お母様」などと呼んではいるが、別人のような感じがする。家の中では当然のように元のままだ。

「このごろ、ママ、元気がなかったでしょう」

「ああ、これでママもきっと元気が出るよ。それにしても、櫻が先生になるのか。嘘のような話だな」

いつの間にこんなに大人になってしまったのだろう。

良知の眼から見れば、いつまでも子供のような気がしていた櫻が教壇に立つ。

しかも、これは長門の家にとっても大いに助かることだ。

千代田女子専門学校に通うさゆりと大学を目指す弟の了には、まだまだ教育費が掛かる。

父は戦争が始まると急に「日本のために役立ちたい」と、宮城県に亜炭の採掘会社を興した。だが、まだ軌道には乗っていない。

ここで良知と櫻が給与を得るようになることは、大いに家計の助けとなるだろう。

良知は心配事が一つ消えたと思った。

「人に教えるということは、まじめに考えていくと重大なことだよ。自分自身も鍛えられていかなければならない。自覚と反省を常に正しく持っていなければならない。人間というものは、初めてのうちこそ緊張するが、とかく環境に慣れやすいからね」

新しい世界に向かおうとする櫻に、良知は餞（はなむけ）の言葉を贈った。

九月二十六日

さまざまな予定に追い立てられるような忙しい日々の中で、昼過ぎからぽっかりと空いた時間ができた。

良知は迷うことなく十号の真新しいカンバスを画架に立て、筆をとった。

前日に旺玄社展を見学し、創作意欲を大いに刺激されたのだ。

内田巌の「日本の画家は味に流れる。弱い画しか描けない。構成を勉強して出直さねば本当のものはできない」という言葉を思い出し、二～三年前に長瀞で描いた水彩画『岩』を、さらに組み立て直して見たくなったのだった。

これが入隊前の最後の画となる。気持ちの赴くままに描けるところまで描こう。当然、未完成になるが、それも良かろう。面白い記念だと、良知は思った。

無心にカンバスに向かう。しばらく忘れていた感覚だ。絵の具の匂いとともに心が凪いで、慌（あわ）ただしさから開放され、時間も空間も超越した心地がする。

なだらかな曲線を持った階段状の白い岩、長瀞の名が表わすとおりの深く湛えられた青緑色の水の流れ。

しばらく手にしていなかった絵筆だが、思い通りに運ぶことができた。

納得のゆくところまでカンバスに向かった後、良知は立ち上がって机の中からハーモニカを取り出した。少し離れたところから画に向かって立ち、吹き始めた。

『国境の町』『トルコ行進曲』……気に入っている曲を次々と画に聞かせる。良知の心ゆくひとときだ。足で拍子をとりながら時間の立つのも忘れて吹き続けた。

帰宅してきたさゆりと弟がハーモニカの音を聞きつけて部屋へ入ってきた。

「お兄様、画を描いていたの」

二人とも良知がハーモニカを吹くときは、会心の作ができたときであることを知っている。

「素敵な画ねえ」

なかなか構図のしっかり取れた渓谷の滑らかな白い岩と、青緑色のゆったりとした水の流れが描かれた画を、二人は眼を輝かせて飽くことなく見つめている。

「構成がいいだろう」

良知もちょっと得意になって、ひとしきり、内田巌譲りの絵画論を展開した。そのあと、パレットを掃除して絵の具の使い方を実際にやって見せながら、細かく教え始めた。

二人とも良知が熱心に説明するのを楽しそうに、おとなしく聞いている。

その様子を見ながら、良知は、スケッチブックも画嚢も、いくらか残っている画紙もスケッチ千枚も、画き損じのカンバスも皆、二人に与えてしまおうと思いついた。

さぞ喜ばれるだろうと思って、

「自由に使っていいんだぞ。お前たちも画を描くといい。画はいいぞ」

と勧めたが、案に反して二人とも喜ばない。戸惑ったように顔を見合わせている。

さゆりが、ためらいがちに口を開いた。

「もらうのはいや。預かるのならいいけれど」

素直でおとなしいさゆりにしては珍しい自己主張だった。

その言葉には、必ず帰ってきてほしいという切実な思いが溢れている。

思わず胸にこみ上げてくる熱いものを感じながら、

「では、留守居役を申し付ける」

良知はわざとおどけて見せた。

詰まった予定の合間には、祝いの品を携えた親戚の者や知人が代わる代わる尋ねてきた。母は一人娘だが、父には七人の兄弟姉妹がいる。訪れてくる親戚の数も多い。以前、父が思想活動にのめりこんでいたときには寄り付かなくなっていた親戚が、今はこの家を訪れるようになり、良知の出征を祝って武運長久を願ってくれている。良知には、それがうれしい。

トミヨ叔母は、従妹・英子と一緒につくった、数種類のお守りが詰められた大きなお守り袋をもってきて、良知を驚かせた。

【神様を複数で呼ぶのは相すまぬ気がする。守り神というのはたった一つであってこそよろしいものではないか。この神様で効き目がなかったらあの神様という風に、数がものを言うと考え出したら、冒瀆も甚だしい。けれども、この一枚一枚に贈り主の心がこもっているとしたら、むざむざ斥けるわけにはいかない】

こうして出征を祝う人々の言葉を受けて続けているうちに、良知は、自分がだんだんと熱っぽくなり、感動しやすくなってきたことに気づいた。平静を保つことがともすれば困難になり、心の箍(たが)がいつしか緩みがちになる。こういった変化は、自分には無縁のものと思っていたが、起こることを知って驚かされた。

しかもこの変化は、良知を精神的に甚だしく疲弊、消耗させた。入隊までの一日一日があれほどかけがえのないものと思われたのに、今では、その一日一日が早く過ぎ去ってくれれば良いと思う。

朝から晩までいろいろな映像が氾濫する長い一日をねじ伏せるようにして過ごすと、また次の一日が待ち構えている。

良知にとっては五十時間、百時間のように感じられる一日であるが、送る側は短いと嘆いている。その嘆きは際限のないものに思われた。

言い尽くし、書き尽くし、さらに重ねて何を言おうというのだろう。

もう、いちいち握手しているのが嫌になって早く切り上げたい。しかし相手の気持ちを思えば、なかなか、そうもいかない。

良知は、物足りなさを残して別れたほうが別れ方としては遥かに良いと思っている。できることなら、二〜三日いっぺんに終わってしまえばよい。

入隊の日が待ち遠しいと、良知は心底から思うようになった。

良知は暇を見つけて、入隊に向けての荷物を纏め始めた。

召集令状、幹部候補生志願関係書類と印鑑、この三点は必携であるから最初に入れておくことにした。金はあまり必要ではないと聞かされている。十日ごとに軍隊から支給されるし、必要な場合は家から送ってもらうこともできる。ただ、貯金通帳があれば便利だというので用意した。

身の回りの品は下着とシャツ、洗面用具、筆記用具。それも当座の分だけでよく、なくなれば隊内の酒保でいくらでも購入できるという話だ。

書籍は軍人としての訓練、勉強に関するもの以外は所持することができないので、幹部候補生試験に必要な教典、教範、内務令、兵書だけをざっと目を通しながら詰めていく。

最後に忘れずに入れなければならないものとして小包の材料、風呂敷の類がある。これは入隊時に身に着けていった衣服や靴を家へ返送するときに必要だそうだ。油紙、結わえ紐、荷札等を用意した。

書籍のせいでかなり重くなってしまった荷物を試しに持ち上げてみながら、良知は出立の日が近いことを実感した。

五

九月二十七日（日曜日）

早稲田大学の卒業式が挙行された。

午前中に専門部の卒業式があり、学部の卒業式は午後二時二十分から始まる。

父も母も揃って列席するというので少し面映かったが、少し早めに着いてみれば、大学周辺は同じような親子連れで溢れ返っていた。

父母と大隈庭園を散策し、記念撮影を済ませてから会場の大隈講堂に入った。

大隈講堂の中は厳粛な雰囲気に満たされていた。卒業生は、卒業後直ちに出征する者がほとんどである。父母たち共々、特別な感慨を持って式に臨んでいる。

校歌の吹奏される中で、黒いガウン姿の教授陣や職員、来賓が壇上に整然と入場してきた。

良知の頭の中を、市立第一中学校の卒業式の思い出が過ぎった。あのときは、卒業証書授与の場面で良知はそっと席を離れ、一人で式場を後にしたのだった。背後には教員の弾くピアノの音が流れていた。

あれから六年余り、こうして大学で学問を修めたのみならず、国のために働くことができる。良知は新たな喜びに包まれていた。

式は、まず宮城を拝し、次に皇軍戦士の武運長久を祈って黙禱を行なったあと、開始された。訓示に立った田中穂積総長は、「開戦以来のわが国の活躍と勝利をもたらしてくれた皇軍戦士にただ感謝あるのみである」と忠誠勇武なる皇軍の活躍をまず讃えた。「しかしながら米英は決して侮ってはならない存在であり、この先、最後の勝利に向かって戦い続けていかねばならない」とも説いた。

「このような世界歴史に未だ見ざる戦いを続けているこの秋に、最高学府に学ぶを得、学成って社会に巣立ち、一億国民の先頭に立って進むことのできる光栄」を述べ、「第一線に就くと銃後の守りにつくとを問わず、早稲田健児としての誇りを持って進まれんことを望む」と続けた。

そして、最後を「男子も女子も、学窓を巣立った後、自己人格拡大に邁進し、謙虚な心持ちで最大の努力を忘れないことを期待する」と締めくくった。

慈愛のこもった餞の言葉に、会場を埋め尽くした卒業生と父母たちは、じっと静かに聞き入っていた。

良知はこの重大時局下、国家に貢献したいという決意をますます深めた。

卒業証書授与に続いて、優等賞が授与された。法学部代表三名のうち一名は、良知の所属する法律勉強会・北斗会のメンバーの渡邊道子だ。

道子は早稲田大学法学部に初めて女子が入学を許可されたときに入学した三人の女性の一人である。普段からたいへん熱心に勉学に励む女性であり、試験中などは、壁を伝わなければ歩けないほどに疲れるまで勉強に打ちこんでいた。それでいながら、北斗会のピクニックの折などには、クッキーを焼いてくれるなどの細やかな心遣いのある人だった。

江家教授を中心とした和やかで楽しかった北斗会の雰囲気を思い出しながら、良知は道子の受賞を心から祝福し、大きな拍手を送った。

式の最後は校歌斉唱であった。静寂の中、空気を震わせて始まった前奏に続いて、ゆっくりと歌い出された校歌《都の西北》は、やがて講堂を揺るがすばかりの大合唱となって沸き上がった。

入学式に始まって、春秋の早慶戦と、折りあるごとに歌って慣れ親しんできた《都の西北》も、早稲田の学生として歌うのはこれが最後だ。

卒業生千六百二名が、それぞれの思いを込めて、最後に母校の名を轟くように七回繰り返して歌い終わると、式場には感動の余韻が広がっていった。

この余韻をいとおしむように、卒業生も父母も整然と会場をあとにした。

九月二十九日

良知の壮行会が行なわれた。

新宿の『丸ぎん』に席を設けて、親戚や知人も集まった。これからは三日連続の壮行会となる。

良知はひっそりと見送られることを望んだが、父や母は良知のために会を開くといって聞かず、しぶしぶ納得させられたのだった。

すると、数軒先に住まいする中井良太郎陸軍中将も快く列席を申し出てくれた。中将は、夫の権威を笠に着ることのない夫人の存在もあって、近隣の尊敬を集めている。

一際の長身を軍装に包んだ中井中将が現われると、座が引き締まった。

中将は「『軍人勅諭』は不磨の聖典である。これのみを奉戴すれば、他に言うことなし」として、次のように続けた。

「『義は山岳よりも重く、死は鴻毛よりも軽しと覚悟せよ』。しかし、その期が来るまでは身体を大事にしなければならない」

「軍隊では誰かが犬死をしなければならぬ。これは貴重な犬死である」

「悲壮であるより暢気であれ。遺書を書いたり、妻の写真を抱いたりする奴に碌なことはできない。大抵そういうのは死んで帰る。君のように暢気ならば生きて帰ること疑いなしだ」

「軍隊にある不合理、幹部の質低下にある不合理など、あるにはあるが、勅諭に則って行けば、更に意とするところとならぬ。軍隊生活ほど明るく愉快なものはなくなる」

良知はもちろんのこと、他の列席者も皆、箸も取らず拝聴する。

中将は良知のために用意されていた日の丸に、大きく『一誠努力』と達筆を揮った。この言葉は数十年、中将自らの座右の銘とのことだ。

やがて、この日の丸は『七生報国』『武運長久』といった文字で埋め尽くされていった。

【私は思う。腹は、据わった。覚悟とか決心とか大げさなものは要らない。如何なることをも、涼しく凝視する眼を持つこと、そのことは出来るように思う】

九月三十日

良知は挨拶回りのあと、一人で明治神宮に立ち寄った。これまでにも写生のために何度となく訪れた場所である。

砂利道を踏みしめながら広い参道を進めば、夕刻の境内は人影もまばらだ。樹木の緑はくすんで暗く、芝生の色にも精彩がない。

拝殿の前で柏手を打つと、不思議に響き渡ってゆく。

良知は無心に頭を垂れた。

帰り道は久しぶりに東池を回ろうかと思い、数歩歩みだしたが、気持ちが変わった。よく好んで描いた場所には、折々の懐かしい思い出が漂っている。

しかし、今は、そんな思い出を手繰り寄せて浸っている場合ではない。

良知は思いを断ち切るように踵を返して、暮れなずむ境内を小田急線参宮橋駅に向かって歩み去った。

この夜は、家族だけの静かな送別の宴となった。

縁起物の勝栗に鯣（するめ）、赤飯に加え、良知の好物が食卓を埋めて食（は）み出すほど並べられている。一品一品に母の心遣いが感じられ、良知は全ての皿を嬉しく味わった。

家族の一人一人が、今ここにともに集い、ともに生きて在る一瞬一瞬を、かけがえのないものと思っている。わずかに残された時間を惜しんでいるのが、良知には痛いほど感じられた。

心の通い合った家族には、語る言葉は必要ない。和やかで温かな家族中の心遣いに良知は浸っていた。

この家族が暮らす国のために防人となるのだ。安んじて征ける。満ち足りて征ける。

一人一人の顔を見渡す良知の胸に、父・要三の歌う琵琶歌『月下の陣』が染み渡った。

宴のあと、良知は日記に向かった。

【九月三十日　午後九時　入隊の前夜
床に這いながら、これを書く。

この日記帳ではこれが最後のページだ。けれども、私は尚も書き続ける。私は尚明日から、新しい小型のノートに立向かうだろう。ノートが変わっただけで、私自身も、私の生活も、その根本に於いては何の変更も受けない。

満ち足りた安らかさを感じている。これが全てである】

最後のページを記し終わり、安らかに眠りにつけると思った。だが、入営を前にして気持ちが昂ぶっているのか、それとも警戒警報が出ているために緊張しているのか、寝返りを繰り返しながら、なかなか寝付かれない。

日付が変わって、十月一日午前四時、良知は、一度は閉じた日記を再び開いた。

さゆりに日記の保管を、弟に押入れの中の所持品の整理を【頼むゾョ】と、おどけて書き置くと、いかにも自分らしい感じがして、心が落ち着いてきた。

第二章——初年兵

一

十月一日
いよいよ入隊の朝を迎えた。

万歳の声や軍歌が響き渡るような仰々しい見送りを嫌った良知は、学生服に身を包み、大学へ向かうような態度で家を出た。

どうしても良知を見送るのだといって、父と母、妹弟たちが離れずに続いてくる。

小田急線から山手線、常磐線と乗り換える先々に、良知と同じように応召するらしい者たちが多数見受けられた。

九月に大学や専門学校を卒業となった男子のほとんどがこの日に入隊するのであろう。その多くには家族が付き添い、小声で話しかけたり、黙って寄り添ったりと、それぞれに別れを惜しんでいる様子だ。

ことに上野からの常磐線は、沿線に軍の施設が多く設置されている。そのため乗客の多くが応召する学生とその家族のようだ。

皆それぞれに持ち場を得て、これから日本のために働くのだと思うと、良知は同じ列車に乗り合わせた新入隊組に強い連帯感を覚えた。

柏駅で多くの者がどっと降りる。

良知も家族とともに降りて、東武野田線に乗り換えた。

父母は朝から言葉少なで、良知のほうが気を遣って、自分は大丈夫だと繰り返し、二人の気を引き立てようとしていた。

「身体に気をつけて」「手紙を頂戴」などと繰り返していた弟妹たちも、目的地が近くなるにつれて笑顔が少なくなり無口になってきた。

列車は押し合うほどに混んでいたが、ものの五分も経たないうちに、軋むような音を立てて豊四季駅に着いた。

乗り込んでいたほとんどの者が、電車から吐き出されるようにホームに降り立つ。

ここでいよいよ別れなければならないという思いが、とくに家族たちの歩みを鈍らせるのだろう。改札口へ向かう一団の動きは遅々としている。良知たちも飲み込まれて歩幅も狭く移動していった。

ようやく改札口から出たと思う間もなく、いきなり「東部百二部隊はここに集合」「東部百五部隊はここに集合」と、繰り返し言い立てる大声が降ってきた。

見ると、駅前の広場には、カーキ色の大きな六輪自動貨車（トラック）が数台停車している。そのうちの二台には兵士が荷台の上に立って、手招きしながら、それぞれ大声で呼びかけていた。

自動貨車の周りにも何人かの兵士が「整列、急げ」と口々に叫んでいる。

家族との別れを惜しんでいる暇はなかった。

一団の先頭のほうから、入隊する者だけがばらばらと抜け出し、自動貨車のほうへ全速で駆け出して行く。

良知も遅れまいと、家族のほうを振り向きざまに「行ってきます。みんな元気でね」と早口で別れを告げ、百二部隊といわれているほうへ向かって走った。

荷台の兵士は、次々に集まってくる者たちに荷台へ乗るよう命じている。

ちょうど、良知の前に並んだ者が乗り込んだところで、満員になったらしい。兵士はひらりと飛び降りて運転手に合図し、自動貨車を発進させた。自動貨車はムッとする黒い排気ガスを良知に浴びせかけて、線路に垂直に伸びている広い道を、土埃を上げて走り去って行った。

ちょうど入れ違いに、別の自動貨車がその土埃の向こうから現われた。

良知は荷台から飛び降りた兵士の命じるままに、停車していた別の自動貨車に乗り込んだ。荷台に立った拍子にふと振り向くと、次々と新入隊の者たちが乗り込んでくる合間から、母が駆け寄って来て、良知のほうへ手を差し伸べるのが見えた。

良知は思わず屈み込んでその手を取った。痛いほどの力で手が握られた。

目を合わせて頷くと、母は縋るような視線を良知に合わせたまま、ゆっくり手を離して二歩三歩と後ずさっていった。

一部始終を見ていたらしい兵士は、低い声で「出発だぞ」と良知に告げた。

良知は自動貨車の荷台の一番後ろに座って身を乗り出し、白茶けた土埃の中で小さくなっていく母の姿をじっと見つめていた。手には痛いほどの感触がずっと残っている。

緊張のため沈黙したままの一団を載せて、自動貨車はほんの数分ほどで車体を軋ませて停車した。早くも到着したらしい。

自動貨車から下ろされて、整列を命じられる。右手の四角い石を積み上げた重厚な門柱が隊の営門だった。行進して進む。

広い営庭に整列後、指示されて講堂のような建物に入ると、受付がある。

「ただいま到着いたしました」

と大きな声が上がっている。

良知も召集令状を差し出して、

「長門良知、ただいま到着いたしました」

と、はっきりと申告を済ませた。

そのあと良知たち新入隊の者は、身体検査を受けることになった。

下着だけになり、順番を待つ。講堂のような広い部屋には新入隊者の体臭が満ちている。

良知は身体検査と聞くと不安になる。中学のとき肺門リンパ腺という結核の前期症状を患ったことがあるからだ。

海軍法務学生を受けたときも、一番心配だったのが試験に先立って行なわれた身体検査である。「B合格」と聞いて、嬉しいのと同時に意外な思いもしたものだった。

徴兵検査も、内心は「丙種」ではないかと思っていたので、普通は「第二乙」だと復唱する声は小さいものだが、「第二乙種、合格」と誇らかに大声を出した。

身長や体重などの一般的な検査が終わると、良知は既往症があるという理由で、レントゲンを撮られることになった。

まさか入隊が取り消されるようなことにはならないだろうと思いながらも、最悪の事態を想像してしまう。

小型の乗用車に乗せられて陸軍病院へと向かうと、沿道の小学生と思しき子どもたちが敬礼をしてくれた。

運転していた兵隊は、右手をハンドルから離して敬礼を返す。

「兵隊さーん」と、嬉しそうに口々に叫んで車について走ってくる子どももいる。

道路脇の薄が風にそよぐ。青く晴れ渡った秋空の下での快適なドライブに、良知は思わず自分が置かれている状況を忘れて、爽快で楽しくなった。

結局、検査の結果、「保護兵・甲」ということで、入隊が取り消しになることはなかった。その後、隊に戻ると、軍服や軍靴などの軍装品を与えられた。

軍服は夏用と冬用各二着、軍靴は編み上げ靴と短靴、兵営内用のスリッパ、他に鉄兜や外套などだ。

これまで身に着けていたものは小包にして、家宛に発送するよう指示があった。

軍装に身を包み、改めて入隊を実感する。

このあと部屋が割りあてられた。支給されたばかりの荷物を自分の寝台側の作り付けの棚に並べてから、営庭へ集合する。

新入隊者はざっと見回しただけでも、五~六百人以上はいるようだ。

部隊長と紹介された近藤信太郎中佐は、軍人勅諭、戦陣訓を引用して兵としての心構えを説いたあと、「一層の精進と奮起を期待する」と訓示した。さらに「転属はいつ行なわれてもよいように常に心しておくよう」と付け加えた。

その夜は蚤のようなものに悩まされて、なかなか寝付けない。同室の者たちも同じく寝付かれない様子で、皆それぞれに、大学の話や家族の話などをしている。まるで修学旅行のようだ。この仲間たちと話していると、軍隊にいることを忘れてしまうと良知は思った。

十月二日

さっきまでぶんぶんと飛んでいた飛行機の音が、いつの間にか消えていた。

窓の外を見やると、澄み渡った秋空には、練習機の代わりに赤とんぼが群れ飛んでいる。

良知は殺風景な兵舎の部屋の中で、所在なく腰を下ろし、壁に寄りかかっていた。

良知なりに大いなる決意を持って、勢い込んで入隊してきたのに、逸(はや)る気持ちをまるではぐらかすかのように、入隊二日目の今日は、これといって何もすることがない。

近くにいた新兵が物知り顔に、東部第百二部隊は兵隊の振り分け部隊でもあり、第百二部隊を経由して地方の部隊へ転属を命じられる兵は多いのだと解説している。

十人ほどいる同室の新入隊組も、二~三人が小声でこんな話をしている以外は、気の抜けたようにぼんやりと座っている。

あわただしかった昨日が遠く感じられる。

良知は、心覚え用にと持参した小さなノートに【こんなに楽な、暇な一刻】と書き入れて溜息をつき、靴下に赤黒く血の染みをつくっている靴擦れを、無意識になぜた。軍靴が硬くて、半日で靴擦れができたのだ。

営庭からは号令と、軍靴の響きが聞こえてくる。

部屋を出ていた同室の者が、戻ってくるなり言った。

「どうも今夜すぐに転属になるらしいぞ」

昨日この部隊に集められたものは五百人以上らしい。転属の可能性は昨日の段階で説明されていた。

しかし急なことだ。それなら最初からそちらに入隊させればいいものを、と思う。せっかく顔を合わせたこの仲間たちとも、もう袂を分かつのか。

入隊してしまえば、人間は将棋の駒と同じになるという現実が良知の身に沁みた。

この夜、転属が発表され、ひとしきりの興奮が良知たちを襲った。

良知は仙台の東部百十一部隊への転属を命じられた。

十月三日

深夜、良知は他の転属者たちとともに東部百二部隊を後にした。たった三日間の滞在だったが、去るとなると、もう懐かしい。

一昨日の朝に自動貨車で運ばれてきた道を、今夜は徒歩で行進していく。星明かりに浮かぶ夜道を、濛々と白く土煙を上げて軍装の一団が行く。一隊の兵の軍靴が轟く。良知は学生時代の夜間演習を思い出していた。

前に二つ、後ろに一つの弾薬盒。身なりは厳めしいが、遠足や修学旅行に出かけるような高揚感がある。

【われわれは学生と話し合っている限り気持ちは弾んでいるが、こと兵隊の世界に接する限り、忽ち、大きな障壁に突き当たったような困惑を感じて、何がなしに不安である】

良知は、小さなノートに日記をつけた。

二

十月八日

夕日が燃え落ちた。

遥かに蔵王が山際に茜色の夕映えを残し、シルエットを浮かび上がらせている。吹き付けてくる強い風には、早くも凛と冷え切った冬の気配がする。まるで季節が一ヵ月も先に進んでしまったような気候だった。

昼過ぎに始まった厳しい内務検査が終わったときには、すでに夕刻になっていた。

兵舎の窓を開けて外を眺めていた良知は、鼻腔の奥にしみる冷たい風を吸い込むと、ふうっと大きなため息に変えた。

十月三日深夜のあわただしい転属から五日が経つ。

転属先の東部百十一部隊は、仙台近郊の岩沼に置かれていた。

道路を隔てて北側に飛行戦隊百四部隊と統括部百六部隊が置かれ、その後方に広がる飛行場には舗装されていない滑走路が二本、東西に伸びている。

東部百十一部隊は、第十二航空教育隊と呼ばれ、戦闘機の操縦訓練はなく、飛行場に付随した仕事、つまり飛行機の整備や通信、警備、自動車操縦の教育を目的としていた。

今は部隊の隊員数は多くて千人ほどのようだが、三ヵ月から六ヵ月の教育期間が終わると、前線部隊への補充として転属になる。

こういった任務も重要であることはわかっているが、やはり良知が気落ちしたことは事実だった。自分の身体的な条件を考えれば妥当だと客観的には考えられたが、「飛行兵」という決定に操縦士もありうるのかと希望を抱いていただけにいささか落胆した。

それでも良知は、自分の置かれた立場で最大限の努力をするしかないと気を取り直した。

今月の二十一日には幹部候補生の試験が行なわれる。士官、将校への登用試験だ。それを受験して合格することが当面の目標となる。

良知はすっぱりと気持ちを切り替えた。

軍隊では、母校の校歌ではないが、進取の精神が大切だ。何事も積極的にやること、これが軍隊教育の第一課である。

良知たち学生はとかく不活発で不明朗になりがちだ。こんなことではいけないと良知は自戒する。

入隊してから十日になるので、そろそろ家からの便りが届くころだ。家の者たちは心配しているだろうが、大丈夫だと伝えたい。

【案じるなかれ、僕はこの上もなく愉快であり、この上もなく健在である。如何なる位置に置かれようとも、私はここに毅然として位置し、刮然と目を見開いて居る。

軍隊生活の最初が如何に繁忙に過ぎようとも、私は決して自分自身を失うことはない】

十月十三日

入隊十日目で体力測定があった。

錬兵場に部隊が集合し、体力を競った。

中学でも大学でも、教練は重要な必須科目であり、学校の兵器庫にある三八式歩兵銃と軍刀を装備しての、実戦さながらの早朝訓練、夜間訓練も行なわれていた。このような中で良知は、決して大柄とはいえない体格ながら、体力には自信を持ち、運動能力が高いと自負していた。

しかし実際に計測してみると、思ったほどの結果は出せなかった。

手榴弾投擲　四十二米

百メートル走　十五・四秒（目標＝十六秒台以内）

懸垂　四回（目標＝八回以上）

幅跳　四・〇六米

呼吸停止　四十七秒（目標四十秒）

身長百六十六センチ

体重五十五・五キロ

とくに懸垂では、二人に一人が十回以上こなす中で、たった四回で無様にぽとんと落ちてしまったのは、恥以外の何物でもない。背中で失笑が聞こえるような気がして、良知は赤面した。自分の身体の劣弱さが情けない。

常に全力を尽くしてきたか、尽くしているかと自問自答しながら、良知は、ともすれば妥協しがちになる自分を叱った。

十月十四日

兵器授与式が行なわれた。

小銃や機関銃の扱い方は、学生時代の教練でも訓練を受けてきた。したがって初めて手にするわけではないが、実戦でも使用する自分自身の武器となると、やはり重みが違う。

朝七時三十分、小糠雨（こぬかあめ）の降る営庭に整然と新入隊者が並ぶ。

御真影を奉拝し、厳粛に式が執り行なわれた。

小倉中隊長の訓示。

「兵器を尊重すること、――それ即ち（すなわち）お前たちの誠の現われであり、軍人精神の充溢である。道は近いのである」

重く冷たい小銃の感触を手のひらに感じながら、これで一人前の兵士になったと思った。程なく始まる射撃訓練が待ち遠しい。

十月十六日

部隊の創立記念日だった。

部隊長は訓辞の中で、飛行場と部隊の沿革に触れた。

岩沼は比較的新しい軍事施設で、昭和十三年に作られた陸軍飛行場が元となっている。滑走路は、地元の学校生徒が勤労奉仕で、松林と農地を突貫工事で整備したという。

この飛行場に三年前（昭和十四年）、熊谷陸軍飛行学校増田分教場の練習基地が発足した。当時は教育隊員五十人ほどが中島製の「赤とんぼ」と呼ばれる複葉の九五式練習機で訓練をしていた。

それが昨年（昭和十六年）になって、飛行戦隊東部百四部隊が駐在し、続いて東部百十一部隊と、東部百六部隊と称する統括部、陸軍病院も置かれたのだった。

飛行場の整備には、現在も継続して地元民が当たっているという。

玉浦と呼ばれるこのあたり一帯は海に近くて砂の多い地質のため、一雨ごとに舗装していない滑走路には小石が出てくる。それを小学生が奉仕活動で拾い集めにくるのだという。飛行機が傷まないようにとの配慮だ。

良知は感激した。生徒や小さな子どもまでが一丸となって、日本の勝利を目指しているのだと頭の下がる思いがする。

その後、午前中を使って、各種目の競技会が行なわれた。

棒倒しのとき、たまたま員数が揃わなかった。

見習士官が「十名出ろ」と命じたが、皆、周りを見回すばかりで、誰も出ようとしない。

「何をためらっておるか」

と見習士官は激怒した。

「ぐずぐずするな」「上官の命に逆らうか」「われらは常に戦場にある。戦場にあってこのようなことが許されると思うな」

矢継ぎ早に叱責の言葉を浴びせられて、中学校の運動会気分で緩みかけていた箍（たが）が、ぎゅうっと引き締まった。

良知は競技会の終了後、自分はなぜ敢えて出ようとはしなかったのかを考えた。いろいろと理由をつけてみたが、やはり正当化することはできない。

何事にも進取の精神でと決意を新たにしたばかりだというのに……。再びこのような場面に遭遇したときには必ず打てば響くように名乗り出よう。

【恥じるが良い。私は気力に欠けた】

肝に銘じる思いで、良知は記した。

十月十七日

この日は土曜日だった。

午前中だけ教練があり、午後は休みとなった。明日も半日で午後は休みの予定になっている。久々にまとまった自分の時間を持つことができたので、入隊以来ずっと心覚えにつけていた小さなノートを、大学ノートに書き写すことにした。

ちょうど書き始めたときに家族の面会を知らされた。

廊下を行く足取りが、つい速くなる。

面会室の扉を開けると、家族と会った者たちの和やかな会話が溢れ出してきた。満員で腰掛けられずに立っている者もいる。

立ち会いの見習士官だけが沈黙の中だ。

一渡り見渡すと、良知の視線を待っていた六つの目が、吸い寄せられるように視線を合わせてきた。

父母と弟がそこにいた。

弾かれたように足が速くなる。

「元気そうだな」

開口一番に父が言った。

「はい、このとおり元気です」

「良かった」

母は目を細めて笑っている。

豊四季の駅で迎えの自動貨車に載せられたときの、母にぎゅっと握られた痛みが、良知の手によみがえってきた。良知へ寄せるあの強い感情――思い起こすたびに良知は胸が熱くなり視界がぼやける。

来られなかった妹たちは手紙を託けていた。

良知は、今も自分が家族の深い愛情に包まれていることを再確認する。

心の通い合うひとときを過ごして、三人は降り始めた雨の中を宿へと帰っていった。母と弟は明日も来るという。

部屋へ戻った良知は、暗い窓の外の強くなる雨脚に、三人のことが思いやられてならなかった。

【私は、幸いに生を享け、数多い人の情の支柱に支えられて今日に至り、現在に立っている、――この有難さ、この重大さを、実は片時も忘れてはならないはずである】

満ち足りた気持ちで、良知はノートに記した。

十月十八日

前夜の雨が上がり、薄日のさす中で、射撃姿勢の授業が終わった。

昼過ぎになると、今日も来るといっていた母と弟の到着が待たれたが、なかなか到着しない。落ち着かないので、良知は昨日書き写しかけたノートに取り掛かることにした。

書いているうちに、自分自身を見据えようと時間を割いて日記を書き綴っていた入隊前の情熱が身内に熱くよみがえってきて、時間の経つのも忘れられた。

置かれた状況は変わっていても、自分自身を見据える目に変わりがあってはならない。これからも許される限り書き続けていこうと、日記に対する決意を新たにした。

日が傾き始めた頃になって、ようやく週番上等兵が面会を報せに来た。時刻は午後三時過ぎになっている。

良知は面会室へと急いだ。母と弟はごった返す面会室の隅で、笑顔を浮かべて良知を待っていた。兵隊として出征しながら、まだ国内にいて、こうして肉親の面会を受けられる。これは幸いなことである。

　ほかの面会人たちが一人去り二人去り、面会室を満たしていた話し声は、時折のさざめきに変わった。面会室ががらがらになってくると、母も居心地が悪そうに「そろそろ帰ったほうがいいかしら」と腰を浮かした。その気配で残っていた面会人たちも立ち去る様子を見せている。

　良知はもう少し母の顔を見ていたかったが、あえて引きとめることはせず、付き添って面会室を出た。

　衛兵所に「面会異常なし」と告げて、夕陽の射す営門に良知は二人を見送る。何度も名残り惜しげに振り返りながら、長く伸びた二つの影を引きずって二人が遠ざかっていく。

「かわいいんだろうな」

　見送る良知の背中で、衛兵たちの中から声が洩れた。

　良知は暖かいもので体中を満たされた思いがした。

三

十月十九日
　幹部候補生試験が二日後に迫ってきた。
　この試験は、中学校卒業以上の学歴と、出身校が発行する教練の合格証――配属将校《中学校以上の学校に配属され、教練を担当していた将校》によって判定される――を持った者のみが受験できる。

合格して甲種幹部候補生となった者は、予備士官学校か、各兵科術科学校を経て、見習士官から少尉となることができる。少尉といっても、この場合はあくまでも予備の少尉である。つまり士官学校出身の職業軍人の少尉ではなく、あくまでも非常時に予備的に召集された者という意味である。

しかし予備でも少尉になれば、特別志願によって職業軍人に準じた身分となり、佐官や参謀への道が開けてくる。

乙種幹部候補生となった者は、下士官への道を歩む。下士官とは伍長・軍曹・曹長である。一般の兵である限り、二等兵から一等兵、上等兵、兵長で昇進が止まる。だが、この試験に合格すれば、甲乙いずれにしても大きく立場が変わり展望が開けてくる。

試験は、軍人勅諭、典範令、各操典――これは作戦実行のために如何に訓練し戦闘すべきかを示した教本である――の暗記や軍事用語の解説、時事問題の知識などが必要とされる。甲種の合格率は低いという説と高いという説があり、定かではない。

良知は入隊前に過去の問題集に一通り目は通してきていたが、ここは念を入れておきたいところだ。しかし、受験資格がない古参兵や不合格になった先輩兵たちの前で、あまりこれ見よがしなことはしたくない。

試験場で最善を尽くすのみだと覚悟を決めた。

十月二十一日

幹部候補生試験当日となった。

大学や高等専門学校を九月に卒業した新入隊組は、受験の有資格者ばかりだ。ある種の信念を持って出願しなかった者もいるかもしれないが、それはごく少数だろう。ほとんどの者が、一兵卒に留まるよりも幹部候補生になることを強く望んでいる。受験者は、午前中、いっせいに素養試験を受けた。これは筆記試験である。

問題は「左記勅諭勅語ノ御下賜年月日ヲ記スベシ　一、教育勅語　二、軍人勅諭　三、国際連盟脱退ノ詔書」に始まり、「勅諭ノ五ヶ條ヲ謹記スベシ」と続いていく。

出題項目は、「勅諭、勅語、詔書、及精神訓話」「軍制」「軍隊教育」「軍隊内務書」「各兵種ノ性能及戦闘一般ノ要領」「兵器、軍用器材」「国防及列国軍事」「術科総則」「各兵操典」「射撃」「陣中勤務」「常識問題」「時事問題」と多岐に亘っている。

すべてが記述問題で、量は多い。記憶している条文をそのまま記すものは簡単だが、「各兵操典」「射撃」「陣中勤務」などには図説の問題も多く、思った以上に時間をとられた。てきぱきと頭が動かないようで、もどかしい思いだった。

終了後、良知はよい成績は得られないだろうと思った。まったく不勉強だった。いや、正直なところ、自身の力を過信した部分がなかったとは言い切れない。反省が噴出した。

午後の口頭試問に向けて、気持ちを切り替えるのはたいへんな作業だった。口頭試問も範囲は筆記試験と同様である。

しかし、順に仲間が試験官室へ呼び入れられていくのを見ながら、自分の番を待っているうちに落ち着いてきた。

良知の番になり、試験官室の中に入る。

中央に机があり、三人の試験官が並んでいた。

三人の中央は部隊長で、両脇は中隊長だ。

良知は背筋を伸ばして歩み寄って、直立し申告する。

「長門良知二等兵であります」

右に座った中隊長が口火を切った。

「幹部候補生を志願したる理由を簡潔に述べよ」

「幹部となりて、国家に盡さんがためであります」

「戒厳とは如何なることか、戒厳令とは何か」

「戦時若は事変に際し、兵備を以って全国若は一地方を警戒するを戒厳と謂い、其法律を戒厳令と称するものであります」

「大東亜戦争の原因は何と考えるか」

「英米の長年にわたる亜細亜支配、わが国への恫喝、示威、経済封鎖が原因であります。大東亜戦争はこのような英米に対する自存自衛の戦争であります」

「軍人の本分は何か」

「軍人は忠節を盡すを本分とす。即皇威を発揚し国家の保護に任ずるにあり、であります」

「戊申詔書は何時お下しになったか」

「明治四十一年十月十三日であります」

続いて部隊長が、質問した。

「現在の米英の立場をなんと見る」

「武力と経済力によって亜細亜地域を支配し、生産、資本を独占せんとする帝国主義の立場にあるのであります」

「では、米英の帝国主義とわが国の八紘一宇と同じになるのではないか」

「米英の帝国主義は、軍国主義的な侵略主義であります。然るに、わが国の八紘一宇は、公明正大、仁愛無涯、真の平和を世界に宣布せんとするものであります」

部隊長は一つ小さく頷（うなず）くと、心持ち声音を和らげて、

「英語では苦労したろう。これからは専門的に英語をうんとやらねばならぬぞ」

と言った。

「はい」

「下がってよろしい」

「失礼します」

良知は部隊長の顔を見たまま上体を十五度倒す室内の敬礼をしてから、一歩下がって向きを変え、退室した。

まずまずだろう。

最後に部隊長が英語のことに言及していたのは、良知が大学では英法を専攻していたことを知ってのことに違いない。開戦により英語が敵性語となってしまったので、勉学に支障をきたしただろうという意味だと解釈した。

しかしこれからは、英語が必要だという。

英語は、早稲田高等学院卒業時に中学校教員免許を授与されたほど得意な科目である。

大いに楽しみなことだ。ただし、合格すればの話だが。

消灯後、兵舎の部屋で自分の解答を反芻していると、

「長門、小林見習士官殿がお呼びだ」

と上等兵が入ってきた。

「早くしろ」と急かす。

何のことだかわからないが、質問は許されない。

あわてて駆けつけると、小林見習士官の隣にいた別の見習士官が声をかけてきた。

「よお、長門」

「あ――っ、中川のお兄さん」

東京市立第一中学（一中）の同期生、中川小弥太の兄上だった。

良知は中川見習士官がこの部隊にいることとさえ知らなかった。が、中川見習士官のほうは良知が入隊したことに気づいていた。そこで、消灯後に小林見習士官のところへ遊びに来たついでに呼んでやろうと思ってくれたのだ。

机の上にはパイナップルの缶詰が二つ、一つはすでに開けられて、透明なシロップの中に黄色いパイナップルが甘い芳香を放っている。そばには広げられた薄茶の紙包みがあり、白い砂糖がまぶされたドーナツがたっぷりと山盛りになっている。

「試験はどうだった」

「それが素養のほうがあまりうまくいきませんでした」

「俺も失敗したと思ったが受かっていた。終わった試験の結果など、考えるだけ時間の無駄だ。

それより遠慮せずに食え」

「ありがとうございます」

進められてご馳走になる。まさにご馳走である。味も香りも甘い。

それよりも何よりも、こうして後輩を呼んでくれようという気持ちが嬉しい。

良知は試験の失敗を忘れた。

軍隊での経験、一中の知人の消息など話題は尽きず、夜は更(ふ)けていった。


幹部候補生の試験前後から、先輩兵からの風当たりが強くなってきたような気がする。入隊当初から感じられた、幹部候補生要員に対する僻(ひが)みのようなものが、ここへ来て前期兵（七月入隊兵）に、ひときわ強く感じられるようになってきた。

彼らは十月入隊の幹部候補生要員を見かけるだけで腹が立つらしく、まるで難癖としか思えないような言いがかりをつけて、びんたを食らわせたり、上靴と呼ぶスリッパ状の室内履きで顔を叩く。それだけに留まらず、不始末を見つけると、鬼の首でも取ったように「全体責任だ」と初年兵同士に殴り合いを強いる。

幹部候補生要員を「大学出だからと大きなつらをするな」「生意気だ」「思い上がっている」とののしり、挙句の果てに「幹部になる貴様たちを鍛えてやっているのだ。有難く思え」と暴力を正当化している。

同じ二等兵ではあるが、先輩兵は先輩兵。逆らうことができないのが軍隊の仕組みだ。

良知はこういった人間の僻みとか妬(ねた)みのようなものに、この中隊へ入隊して初めて遭遇した。

人間の醜い部分を見せつけられたようで、身体よりも精神がいたく傷つく。

日記を書くことは、不愉快極まりない出来事を咀嚼（そしゃく）する結果になるのでますます気が滅入り、自然と日記から遠ざかるようになってきた。

胸には鬱屈したものが、澱（おり）のように沈んでいる。

十月二十五日

日曜日の午後の面会に、父が来た。

相手が父だと言葉も少なくて済む。

良知はじっと父を見詰めた。

一時は思想活動にのめりこんで家族を省みることのなかった父だった。

ちょうど良知が、市立一中に在学していたころだ。

思春期の良知は尊敬と軽蔑、愛情と憎悪の入り混じった複雑な感情を父に対して抱いていた。

それは母に対して抱く一途な愛情とはまったく性質を異にしていた。

それが青年期になり、父なりの生き方を認め、父なりの自分に対する愛情や期待を感じるようになって、見方が変わってきた。

今では父を信頼している。

父はもともと宮城県の出身である。旧姓を「阿部」という。八人兄弟の七番目であった。それが頼三叔父と二人で、父の母（祖母）方の家名を継ぐこととなり「長門」となった。長州征伐によって祖母の実家が絶えかけたためと聞かされている。

ところが、今度は要三だけ、小樽にある父親の友人の家へ養子に出されてしまった。父は小樽で中学を出たあと、その家を飛び出し、東京に出て、自力で大学に入学したのだった。

苦学の後、父は、当時勤務していた板橋砲兵工廠の大規模な労働争議を収拾した。しかし、この手腕を見込まれ、神奈川県庁に招かれたことが、結果的には父を、労働者運動や水平社運動に共感させるきっかけとなった。

やがて県庁の職を辞した父は、「社会は連帯である」という主張をもって、ＩＬＯ労働代表への立候補をはじめとした政治活動、思想活動を始めた。

しかし、労働争議を収拾したという経歴は、つねに父について回り、父は労働運動でも、決して主流にはなりえなかった。

今、父は故郷の宮城県の山中に、石炭の代用品になる亜炭の採掘会社を興していた。月の半分は宮城に来ている。

父は良知が岩沼へ転属になったことが嬉しいようだ。

こうして自分のことを気にかけていてくれる家族がいるから、元気にもなれる。

良知は家族のことを考えるたびに、身の中に力が漲(みなぎ)るのを感じた。

【兵隊と家庭、前線と銃後――そういった関係は、みんなこんなものではなかろうか。それ故に、兵士はよく戦い、日本の兵隊は常に強い。私にはそう思えるのだ】

日曜の夜の炊事場は、にぎやかだった。

大西上等兵という早稲田の先輩（理工学部出身）を中心として、良知の早稲田の同期生などが集まった。大野、辻、吉田、荻原、石井。皆、屈託なく、よく話し、よく笑った。気兼ねの要らない人間関係の中で、学生時代のような華やかな雰囲気に場が盛り上がった。

ご馳走は大西上等兵の外出土産で、通称・外出パンと呼ばれている白くて甘いパンだ。

こうして気の置けない仲間と談笑していると、軍隊で硬くなった頭が揉み解(ほぐ)されていくようだ。心も解き放たれていく。

厳しい規律の下のきつい訓錬に身を任せているときは、それはそれで、一人の兵として鍛練されているのだという安心感がある。

しかし、時にはこうして身も心も芯から解きほぐされるひとときがあってもよいではないか。

良知は朗らかな気持ちのまま、深い眠りについた。

十一月二日

入隊して一月が経った。

一日一日にさまざまな出来事を盛り込みながら一ヵ月が過ぎていった。

日記にすら書きたくないほどの、いやな思いもしたことはあったが、それも一人前の人間になるための磨き砂だと割り切って前向きに考えるしかない。

少なくともこの隊の中で、良知は確実に自分の世界を広げ、新しい人間関係を確立しつつあった。

十一月三日

今日は明治節。いよいよ新入隊者に外出が許可されることになった。

三日と五日に引率外出があり、八日の日曜からは単独の外出が許されるという。

外出できることになった者たちは、喜び勇んで出かけて行った。

良知は五日に割り当てられたので、今日は留守部隊だ。

教練も休みで、先輩兵たちは、単独外出で出払っている。

さあ、時間はたっぷりとある。

まず、この一ヵ月間に受けた授業の復習などしておこう。抜き打ちの試験には常に備えておかなければならない。

良知は閑散とした兵舎の部屋で、『射撃教範』『航空兵操典綱領』などを広げて過ごした。

十一月五日

待望の外出が許可された。初の外出は引率外出となる。これは全体行動で、修学旅行のように連れ立って出かけるのだ。

岩沼から仙台へ出たので、許可をもらって途中で抜けて、頼三叔父を訪ねようかとも思った。叔父は仙台にも家があり、東京・荻窪の家よりも、こちらに滞在していることが多い。顔を出せばさぞ喜ばれるだろう。今年の八月にも良知は母と妹弟とともに、ノモンハンで戦死した叔父の長男・図南彦（となひこ）の墓参りを兼ねて、仙台に叔父を訪れていた。

しかし今日は引率外出であるから、このまま皆とともに行動しようと思い直した。

仙台では、まず三越でコーヒーを飲んだ。

部隊には、酒保といって購買部のようなものがあり、営内居住者の唯一の楽しみの場になっている。日用雑貨に加えて、パンや羊羹、大福、汁粉、うどん、煙草にビールまで買うことができるが、コーヒーのように洒落(しゃれ)たものなどは置いていない。

淹(い)れたての薫り高いコーヒーが運ばれてくると、会話が止んだ。しばらくして、誰かが「うまいなあ」と声を漏らすと、また和やかな談笑が復活した。

昼食は一番町通りをずっと歩いて藤屋の二階で豚カツを食べることにした。このご時世に豚カツとはまったく珍しく、揚げたての熱々に皆、言葉もなくかぶりついた。白米はやわらかく甘い。誰かが「兵舎のバッカンは、もう見るのもいやだ」と不平を漏らす。それは皆同じ思いだった。

コーヒーを飲んで、豚カツを食べる。枯野を匍匐(ほふく)前進し、バッカンに入れた粗末な麦飯を食う日常とは、あまりに懸け離れた世界を思い切り楽しんだ。ほんの一月前にはこんな生活がごく身近にあったわけだが、今となってはずいぶん遠い昔のことのような気がする。

そのあと文化キネマで、エノケンの『磯谷兵助功名譚』を観た。終わったころには外出時間は残り少なくなっていたが、つい未練がましく鐘紡の二階の喫茶店に入り、時間を気にしながら、コーヒーをもう一杯飲んだ。

汽車の時間(午後三時半)にぎりぎりとなり、皆、小走りで駅に向かった。

良知は、同じ道を今年の夏に、母と妹弟とともに突然の雨に濡れながら歩いたことを思い出していた。

十一月六日

風が、一面の冬枯れの薄を波打たせている。耳元でひゅうとなる風の音に、時折パンという乾いた音が響く。

良知は、踊る枯れ草にも、耳に入る音にも惑わされないように、二十メートルほど先の黒い的に静かに狙いを定めた。

兵器授与式後から始まった射撃訓練の、実射が行なわれていた。

一通り射撃姿勢や方法について講義を受けたあとの、実射訓練だ。

訓練をしているうちに、一人一人が順番に呼ばれて、教官の前で実射の試験を受ける。

射撃は成果が目に見えるので面白い。無心になれる瞬間が好きだ。もっとも黒い的を撃っている限りにおいて、であるが。

【良い天気。午前――午後を通して狭窄射撃に費やされる。射撃予行演習をやりながら、順番を待つ。

枯草の匂いの中に、念ずる如く片眼をつぶり、黒点を照準する。――何かしらむしろ哲学的である】

十一月十四日

午前九時半、一段と冷え込んだ朝の空気を揺るがして、「これより内務実施」の声が響く。緊張が走る。

各自は身辺を整理し、所定の場所に持ち物を収める。

十時半より部隊内の内務検査が始まる。

午前中を費やして行なわれたが、どうやら無事に通過した。

午後になると、一転して急に気温が上がり、雨が降ってきた。

生暖かい雨の中を入浴に行く。風呂場では皆が内務検査を終えて、ほっとした表情で寛いでいる。

しかし、のんびりとした時間は長くは続かなかった。

夕方の点呼後に抜き打ちで、航空兵操典綱領の試験が実施された。

風呂上がりだというのに、良知はまた一汗かくことになった。

十一月十五日

事件が起こった。

前夜の雨は夜半には止み、朝から冷たい風が唸りを上げていた。

突然、兵舎内に「中隊全員、兵舎前に集合」との命令が響き渡った。

この日は日曜で外出許可が出ている。皆それぞれに前々から今日の予定を思い描いていたところへ、この非常呼集である。整列したどの顔も、何事が起きたのかと不安げな面持ちだ。

小林週番士官の訓示が始まった。

まず、消火器の取り扱い方、次に面会人と飲食物の件と続く。なぜか早口でおざなりな印象だ。

一呼吸置いて、士官は、

「最後に、銃の故障、破損についてだ」

と一際の大声で口調を強めた。

隊列全体の緊張が、皮膚を通して伝わってくる。

「中隊で銃の撃茎尖頭の折損と、撃茎バネの紛失が起きた。紛失した撃茎バネは、なんとしてでも発見されねばならない。撃茎バネが一個出ない限り、中隊は今後とも外出禁止を申し渡す。昼食時までに、窃取者は届け出よ。他の者は待機せよ。届け出なきときは、午後は中隊全員で舎前の土を一寸刻みに掘り起こして、見つかるまで捜索すること。以上。解散」

解散を申し渡されても隊員たちの身体がすぐには反応しなかったのは、吹き募る寒風にさらされて身体が悴んだからだけではない。重苦しい空気が一同の上に垂れ込めた。

部屋に戻っても、皆どんよりとした沈黙の中だ。いやな出来事が起きた。不愉快極まりない。気が滅入って何をする気にもならない。

銃の維持管理は、各自が責任を持って行なっている。定期的に分解掃除も行なうので、その際に誤って紛失しただけではないのか。それとも誰かが自身の紛失を隠蔽する目的で、他の者のバネを窃取したというのであろうか。士官は「窃取者」と決め付けていたが、この隊の中に不心得者がいるという根拠が何かあるのだろうか。

考えると、胸苦しくなってくる。

しかしこの件については、これ以後、何も知らされることはなかった。

「一寸刻みの捜索」が行なわれなかったところをみると、どうやら見つかったらしい。

中隊全体にのしかかっていた重圧がいくらか和らげられた。

この日、良知は念入りに銃の手入れをした。

十二月に入ってからは、気の重くなる日々が続いた。

一日から始まるはずの自動車の操縦訓練は、理由は知らされないままになかなか開始されない。

それでも良知は自動車に触れると、子どもっぽい好奇心で一杯になる。自動車には非常に惹かれるものを感じていた。

しかし、自動車の訓練といったら、エンジンがかかるまで車体を押していくといった、初歩とも思えないようなことがまだ中心となっている。

しかも、良知たちの班の教官は、叱責するときは顔色を真っ青にして言い募る神経質な兵長だ。歪んだ口の端を痙攣させながら猛り狂ったように罵詈雑言を並べ立てる。

初対面のときに、良知たち幹部候補生要員の態度が悪いと言うなり、いきなりズボンの革帯をひゅっと引き抜くと、全員を牛馬のごとく打ち据えた。

いくら教官とはいえ、これほどの無礼が許されるのか。

怒りに全身が滾ったものだった。

この日以来、兵長は「今度の幹部候補要員は出来が悪いくせに生意気だ」と言いふらし続けている。

この兵長の下で、未舗装の道をただひたすら自動貨車を押していく。

雨上がりのぬかるんだ道はことにつらい。

「お前ら、十五人もいてこの自動車がこれしか動かんのか」と背中から罵声を浴びせかけられる。

このような、達成感の感じられない日々に、前期兵（七月入隊）の問題も大きくなっていた。彼らは六ヵ月の教育期間を今月で終え、来月には前線への転属を待つ身である。前々から、良知たち幹部候補生要員に対して、敵意とも見える妬み僻みの感情をむき出しにしていた。それがここへ来て、最後の置き土産とばかりに、あからさまな行動に出るようになってきた。中でも、理由の無いところに理由をつけてはびんたを連発して回っている五人組が良知たちを悩ませている。まったく、兵隊というよりチンピラ悪党とでも呼んでやりたい。因縁をつけて絡んでいるような彼らの声が聞こえてくるだけでも、胃のあたりが固くなり鈍痛がする。むろん、新入隊の自分たちにも改善すべき点は多くあるのだろう。

しかし、粗探しのように人の一挙手一投足をあげつらって、難癖をつける人間がごく身近にいると、神経が擂粉木のように磨耗していく。

良知は苦しい日々を北国の冬の中に過ごした。

【十二月四日。

北国特有の空模様と云うのがある。厚いカーテンのような鉛色の雲が、美しい膨らみを持ったひだを作って空一面をおおって居る彼方に蔵王がある。太陽と雲が作り出す美しい照明の効果はある時は深い沈鬱に、ある時は輝かしき荘厳にその山を浮かび上がらせてくれるのである。こんな世界には又、枯葉一つ落ちる音がしない——冬枯れの山、冬枯れの野】

第三章――幹部候補生

一

昭和十八年が明けた。

一年前の元日は新聞各紙一面に真珠湾攻撃の勇壮な写真が大々的に掲載され、緒戦大勝利に国中が酔い痴れていた。しかし、今年は各紙とも平日とさして変わらぬ平凡な編集となった。戦況に関する記事は、ガダルカナルで制空権を敵に奪われた皇軍が密林を遮蔽物として戦っていることを伝えている。まずはなんとしても制空権の奪還を急がねばならないと力説されていた。

隊では、年明けから自動車の操縦訓練が始まり、自動車が良知の身体の一部になりつつある。まだ内定の段階ではあったが、良知には三月から飛行学校の自動車隊へ入校の予定があり、空いた時間も自動車の本を何冊も読んで過ごすなど、ひたすら自動車に打ち込んでいた。

巷（ちまた）では、前年の十一月に、三つの新聞社が共同公募で選定した「国民決意の標語」から選ばれた「欲しがりません勝つまでは」が流行語となっている。

二月には、陸軍記念日（三月十日）に向けて、宮本三郎画伯が描いたポスター「撃ちてし止まむ」五万枚が全国に配布された。「撃ちてし止まむ」は神武天皇の東征の歌から取ってあり、「敵を撃たずにおくものか」という意味だ。着剣した銃を構えて突進する兵士のポスターが街角に張られているのが目に付く。

陸軍記念日は、明治三十八年の日露戦争奉天大会戦で陸軍が大国ロシアを打ち負かし、大勝利を収めた日を記念している。

今回の戦争も敵は大国、しかも決して負けるわけにはいかない戦いである。

日本が米英を打ち負かして大勝利を収める日まで、国民は一致団結して立ち向かってゆかなければならない。

ちょうど時を同じくして、日本がソロモン諸島のガダルカナル島とニューギニア島のブナからの転進を決定した、というニュースが新聞紙面を埋めた。

二月十日

各紙がいっせいに「南太平洋方面戦線・新作戦の基礎確立、戦略線微動もせず」「米軍の損害の人員二万五千以上、我が方の損害　戦死及び戦病死一万六千七百三十四」と発表した。

同じ紙面には「勇戦、鬼神も哭（な）く」として、わずか千八百人で米軍一個師団二万を迎え撃って壮絶な最期を遂げたブナ守備隊のことが、「敵を恐怖の坩堝（るつぼ）へ陥（おとしい）れた」と讃えられていた。

第一面を埋め尽くしたこの記事に、良知は複雑な感情に囚われて暗い気持ちになった。

まず、自分と同じ年代の者たち一万六千七百余名の死を考えるとき、勇敢さに敬意を感じながらも、良知は胸のうちに痛ましい思いが湧きあがってくることを禁じ得なかった。

憐憫や同情は、立派に戦った勇者に対して礼を失することになると良知は考えている。

にもかかわらず、一人一人の死者とその家族を思い、我と我が家族に引き比べるとき、胸を苛むつらい感情が良知を襲う。

日本の近代史を紐解いても、これほど多くの戦死者を出した戦いはあまりないのではないか。

同時に良知はかすかに後ろめたい思いも感じた。自分が国内にあって瑣末な人間関係に不満を抱いていたときにも、彼らは制空権もない南太平洋の最前線で戦い続けていた。生と死の狭間の極限状態に身を置き、日本の兵士として立派に戦い命を落としていったのだ。

南に面した兵舎の窓から遥かガダルカナルの方角に目を向ける。この彼方に浮かぶ島の波打ち際やジャングルの奥地では、夥しい数の兵士が弔う者とてなく遺骸を晒しているのだ。その遺体一万六千七百余。『海ゆかば』のままに、水漬き、苔生す。

良知はしばらく遠くに視線を据えたままでいたが、やがて頭を垂れて、黙禱を捧げた。

静かに冥福を祈って、彼らに続く者として恥じない戦いをすることを誓った。

それにしても、新聞の報じる「作戦目的を達成せるを以って堂々転進を完了せり」という大本営発表は訝しい。

説明には、「緒戦の迅雷的勝利によって占領した東亜の諸地域を固めるためにガダルカナルに敵を引き付け、一方に於てこれに打撃を与えつつ、一方に於て後方整備を完了した」とあり、ガダルカナルからの転進が当初の目論見どおり展開したかのごとく書かれている。

しかし、だからといって敵に地域を奪還されてもよいことにはなるまい。

これまで、制空権を失いつつもガダルカナルを死守せんとする皇軍兵士の奮闘が報じられ、日本中が固唾を呑んで見守ってきた。

これほどの大きな犠牲を払って一度は占領した地域をむざむざと敵に明け渡すことが、なぜ新作戦となるのであろうか。これでは戦死した兵たちは、いったい今まで何のために戦ったことになるのか。とても納得できるものではない。

良知は新聞に報道されている内容にふつっふつっと燻（くすぶ）るような不信感が芽生え始めた。目には見えないが、どこかしら日本の戦局が報道よりもずっと差し迫った厳しいものではないかと感じられた。

二月二十日

「長門良知、幹部候補生を命ず」と辞令が下った。襟章の星が一つ増えて二個となる。急に二等兵から一等兵に昇進した。

辞令を読み上げた飯野中隊長は、

「部隊で十二番、中隊で一番の成績だったぞ」

と目元を細めて、満足そうに付け加えた。

ただ、飛行学校入校が遅れるかもしれないということが最後に言い添えられた。

晴れ晴れとした心の弾みそのままに、返答も自然と大声になる。

年頭に飛行学校入校が内示された時点で「合格」、それも甲種との予想はあったので驚きはしない。辞令が下ってほっとしたというのが正直な感想だった。

それにしても、この結果だと思いのほか点数が取れていたのだろうか。

飛行学校入校の遅延は残念であるが、幹部候補生は入隊前からの希望であったので、正式に命じられて喜ばしい。

家の者にこの吉報を早く知らせたくて、良知は知人の家から家族宛の手紙を出した。

【この文は、鈴木英雄氏方で認めている。検閲を受けずに兵隊が書簡を出すのは違法である。軍機の漏洩は極度に警戒されねばならぬからである。そしてこの手紙にも、お判りの通り、多くの軍機が書かれている。だからこの手紙自体不法と云える。ただ家の者みんなに向かって黙し難い心の衝動を感じ、喜び勇んでこの筆をとったに外ならない。秘密は皆で黙し、守って貰いたい。繰り返すようだが、この書簡を受け取ったこと、この書簡に書かれた軍事に関することは、一切こちらに出す手紙に於て取り扱って下さるな】

念を押しながら、幹部候補生を命じられたことと成績、飛行学校への入校が予定されていた三月より繰り下げられそうだ、という旨を書く。

一日でも早く喜びを共有したい。禁を犯してでもこの手紙は出す甲斐がある。家族もさぞ喜んでくれるだろう。

良知は、茶の間で父がこの手紙を読み上げ、母や弟妹が目を輝かせて聞き入っている姿を思い浮かべ、口元を綻(ほころ)ばせた。家族の者たちは、良知の望みが一つ達成されたことを自分のことのように喜ぶに違いない。良知にとっては、遠く離れた家族と喜びを共有していることが又一つの喜びともなっていた。

三月になった。日光が輝きを増し、日照時間も日ごとに延びてきた。白く温かい光の粒子が満ちているのを感じるような、やわらかく煙った景色の日もある。岩沼の長く厳しい冬がようやく終わろうとしていた。

十月入隊兵の教育期間も今月で満了になる。良知のように幹部候補生となった者は対象にはならないが、転属の発表の時期だ。

今までともに訓練に励んできた友たちの何人かは、このまま前線への補充部隊として派遣される。朗らかに笑い声を立てている仲間の談笑の輪に加わりながら、彼らの何人かが戦場に赴くという事実を、良知は不思議な気持ちで受け止めていた。

運命は容赦なく苛酷なことをするものだとつくづく思う。こうして一団となり和やかに語り合う一人一人の人生を、その者の意志や感情にかかわりなく、運命の手は大きく変えてゆく。しかし、彼らは出陣の日もきっと朗らかに笑っているだろう。兵隊にとって前線への転属は、むしろ笑って喜ぶべきことだからだ。

三月二十一日

幹部候補生合格記念の写真撮影が行なわれた。

良知も中隊の二十五人とともに、春の日差しが温かく降り注ぐ兵舎の前で、一本杉を背景に写真に収まった。

一ヵ月前に幹部候補生となったために発表直後の新鮮な感激は失せてはいる。しかし皆で並んでの記念撮影となると、やはり晴れがましい気持ちが再びこみ上げてくる。どの顔も明るい。兵隊として一つの関門を潜り抜けた良い記念である。これが出来上がる頃には、甲・乙種の採用も正式に発表になっているだろうか。こうして親しく一枚の写真に並ぶ二十五名それぞれがまた、運命の岐路に立たされていることだろう。

良知はそう思いながら、レンズを見つめた。

三月二十二日夜

良知は一番立ち不寝番の当番だった。

兵舎の外の暗闇を湿らせて、絹糸のような暖かい小雨が降り続いている。時折の雨だれの音が、静寂を際立たせていた。

淑（しと）やかに降り続く雨は、大地に春を届ける使者のようだ。

夜の空気にも甘い春の気配が満ちている。

北国で一冬過ごした身体は、春の兆しに敏感になっている。

良知は身体の中に力が漲り、大声で叫んで走り出したいような衝動を感じた。早く新しい生活を始めたい。

これから繰り広げられていく新しい環境での生活を想像しただけで、自然と顔が綻び、心が弾んでくる。

大学生活が切り詰められ、兵隊となることが運命付けられた瞬間から、良知の選択肢はいちじるしく狭まった。その中で望みうる道として一番希望していた進路が目の前に今、開かれようとしている。

厳しく辛かった初年兵期間を脱して迎える新しい展開は、一層希望に満ちたものに思われ、想像すると時間の経つのも忘れた。

このまま、この夜の中に佇(たたず)んでいたいと思ったとき、交代の者がやってきた。

良知は下番して部屋に戻る。

部屋は健康な寝息で満ちている。十五台の寝台に思い思いの寝姿がある。皆、昼間の疲れから無防備に熟睡して、良知が入っていっても誰も気付かない。起きているときは厳しい先輩兵でも、寝顔がまだあどけない者もいる。

なるべく音を立てないように、彼らの間を通って自分の寝台へ向かう。

そのとき、兵隊たちの寝顔を見ながら、ふと、この者たちが数日後には転属になり、さらに数日後には外地の野戦場で仮眠の寝息を立てているかもしれないと考えた。

すると、こうして安らかな息遣いで無心に眠りに就いているこのひとときが、彼らにとってたまらなく貴重なものに思われてきた。

この兵隊たちが戦地に立つ日、日本の兵としての矜持を持って、銃火の下に、誇り高い働きをして欲しい。

【俺は不寝番。そっと毛布で肩を包んでやる】

三月二十四日

この日の新聞には、五日前に撃沈された台湾連絡航路の客船・高千穂丸の記事が載った。台湾北端の基隆（キールン）に入港直前、二発の魚雷を受け沈没、民間人七百七十八人が犠牲になったという。この事態を受けて、「老幼婦女子は船旅を止めよ」と海務院の要望が出された。

内地も同然の台湾で魚雷の攻撃を受けるとは、衝撃的なできごとである。

国土のこれほど近くにまで米国艦船が出没しているという事実が、否応なしに目の前に突き（つ）つけられたのだ。ここにいたって、前線で戦うものだけではなく全ての国民の命が危険に曝さ（さら）れていることを再認識させられる。

それにしても、どうしてこうもやすやすと米国の艦船が日本近海へ侵入できたのであろうか。考えたくないことではあるが、時局は好ましからざる方向へと急速に傾きつつあるのか。ひたひたと米国の強大な力がすぐそこまで押し寄せてきているようで、不気味に感じられる。しかしたとえ現時点での戦況がどうであれ、良知たちは怯（ひる）まず進むしか道はない。

この夜、点呼のときに十二月兵の転属者の合同申告があった。

彼らは良知たちより二ヵ月の遅れで入隊し、早くも戦線の部隊へ転属になるのである。張り詰めた緊張が満ちる中、一人一人が称呼されるたびに、力強い声音が応じて響く。どの顔も誇らしげに生き生きと輝いて、前線へ赴く喜びに満ちている。

【前線は彼等を望んで居る。彼等、新しい兵隊は前線への活力源である。征け】

三月二十五日
この夜、また命令が出た。転属命令の追加だった。

良知と同期の久保、千普良、平井、山崎たちが転属となった。彼らは数日中に赤道を越えて、南十字星の下、ニューブリテン島のラバウルへ転属となるそうだ。

当人たちは顔を輝かせ、抱き合ったり、肩を叩き合ったりして戦地に立てる喜びを体いっぱいに現わしている。その誇らしい有様を目にして、後に残ると宣告された者たちは残念がることしきりだ。

良知も、内地に居残る自分が蚊帳の外に置かれているような疎外感を感じて、一日も早く彼らの後を追って戦地に赴きたいと気持ちがあせった。

【ここに枕を並べ、寝に就く戦友のその四人は、五日後には出発して赤道を越える。大東亜戦争なる時である。かかる世紀の決戦に従軍し得たのは男児の本懐。俺も野戦に行きたい。身をもって戦争を鮮烈に呼び起こしたい】

二

四月三日

四月一日付けを以って「長門良知、甲種幹部候補生に採用す」と辞令が下り、上等兵の階級を与えられた。星は三個になる。

それと同時に、五月一日付けで、水戸陸軍飛行学校への入校が命じられた。

待たされ続けたが、ようやく正式な決定を得た。

飛行学校の自動車隊で自動車操縦という技術を身に着けることが、良知が国に対して今なし得る最大の貢献である。技術習得後には活躍の場も広くなるはずだ。

しかし、乙種に採用された者のことを思うと、決して手放しで喜ぶことはできなかった。

乙種のものは原則として隊内で教育を受ける。

甲種に採用されることを望みながら果たせず、不本意な結果にさぞ悔やしい思いでいるだろう。口には出さずとも惨めな敗北感を抱いているはずだ。良知は彼らの胸中を思いやった。

良知も試験後、良い結果は得られないと失望し、先が閉ざされたような暗澹とした気持ちを抱いた経験がある。とても他人事とは思えない。

努々(ゆめゆめ)、彼らに引け目を感じさせてはならない。心していかねばと、良知は思った。

四月四日

転属になった久保たちを正門に見送ってから、五日が経っていた。

「今頃、どのあたりだろうな」

消灯前のひととき、良知は何気なく、良知の班に遊びに来ていた同期兵の中林に問いかけた。

「ああ……」

思いがけず、気の抜けたような一言が返ってきた。良知が驚いて顔を見つめると、彼は、すっと目を逸らした。何か言い出したいことがあって、それをためらっているように見える。

やがて彼は、久保が出発の命令を受けていよいよ壮途に出る日の近くなったときに、「俺は転属の命令を聞いた時は躍り上がって喜んだ。しかし、今となっては、むしろ行きたくない」としみじみ語っていたことを、話してくれた。

良知には久保を臆病とは思えなかった。むしろ、戦友の心底からの正直な思いを、襟を正して聞かねばならないと思った。

国を思えば征かねばならず、家族を思えば後ろ髪を引かれる思いがするのは極めて自然なことだ。

今の良知たちは、こういった葛藤の中にわが身を置いて、自らの人生の意義を考え、切り開いていこうとしているのだ。

入隊前に「兵隊になるならインテリ的なものはすべて捨てて兵隊になりなさい」といわれたことがあった。しかし、人生の本当の意味を探り出したいという思いは、良知たちのような学生出身者には、常にある。思考を停止することはできない。

久保は今どうしているだろう。もう葛藤を脱したのだろうか。

それは諦めではない。自分の生き方に意義を見出すことができるかどうかの問題だ。

良知は南海を目指して征った友が、今どのような思いで過ごしているのかが案じられてならなかった。

この出来事以来、良知は自らの人生の意義、「生」と「死」について思念をめぐらすようになっていった。

激戦の伝えられる南太平洋へ友人が転属していったという事実は、良知だけでなく、ともに訓練を受けてきたもの全員に「死」を今まで以上に身近で、現実的なものとして実感させている。

良知は、真夜中に一人で目覚めて、同室の者たちの健康で規則正しい息吹きを聞きながら、ふと「俺はどんな死に方をするのだろう。そのときどんな顔をしているのだろう」と考えることがある。

暗闇の中に眼を凝らし、訪れ来る自分の死の瞬間を考える。不思議と「死」を恐れる気持ちにはならない。

ただ、自分の「生」を意義のあるものとしたい、意味付けたいと、それだけをずっと望んでいる。

自らの二十四年の人生を意義あるものとして納得した上で死を迎えたい。切り詰められ、選択肢のない人生にも、必ず意味があるはずだ。

良知は心の軌跡を日記に綴った。

【四月六日　二十二時
本日の思念の結果得た解答――その焦点は次の言葉なり。

「俺の生命は現在のただこの一点にかかっている。他にない」

「だから、俺は何時でも生命を擲(なげう)って悔いない。如何なる死に方をしようが死を恐れない」

俺は数え年で二十六年を生きて来た。人生五十年というなら実にその半ばである。

俺は更に何年かを生きて、何かを為すであろう。又、大いに為すところあらん――と抱負】

良知は常に現時点に人生をかけて、後悔のない生き方を貫いてきたつもりである。

よしんばここで命を擲ち、唐突に人生を断ち切ることとなっても少しも悔いはない。

ただ願わくば、なにかを為し遂げて、自らの「生」を全うしたい。それは大きな人生の意味付けとなる。

のみならず、自分がここにこうして生きて在る意味も根源的に突き詰めて考えたい。自らの生を生きるときも終えるときも、自分の生はこのためにこそ存在しているのだと得心の行く理解、悟りを得た上で、自らの生を全うしたい。

自動貨車の荷框の上でディーゼルの響きに身を委ねているときも、春の陽光に暖められた演習場の大地に身を伏しているときも、良知は思索を続けている自分を発見した。

自らの価値観と感情を再確認しつつ思念を巡らす。制約に囲い込まれた生活の中でも、思念思考は縦横無尽に自由に広がる。良知は「生」の意味を問いかけ続けた。

良知には、この思考過程がやがて収穫をもたらすであろうという確信にも似た予感がある。むしろ良知は思考過程を楽しみながら、自らの「生」を見つめていた。

【四月十日　十時

〈死を恐れるか恐れないか——という問題〉未知なるものへの大きな疑惑と不安から死を恐れる——のは論外として、死を恐れるのは、少なくとも私にとっては、死——それによって未来を抹殺されてしまうからであると思う。ところが、一人の人間の生活は、他人がそれを較量するに、未来を計算に入れないことは勿論である。未来というものは、自意識の中にのみ存在するばら色の光である。即ち Sein でもなければ Sollen でもない——。

ばら色の影を消す必要はないけれども、それを当てにすること、若しくは、それを Sollen

として取り扱うことは、些か早まった話である。にも拘らず、我々はその過誤を犯す】

四月十一日夜

兵舎から見上げる春の月は、霞がかって潤んだ表情を浮かべている。

自分なりの死生観が固まってくる。良知は、胸の中に形成し、醸成しつつある何物かの手ごたえを、確かめていた。

そのとき、突然ひとつの言葉が思考経路からはじき出された。

【針仕事をしながら、ふとこんな考えが湧き、こんな言葉が口を衝いて出た。

「国に殉ずるということ、戦死するということ――それは何も犠牲といわれるべきものではなくて、ある人間の、ある時代に於ける生き方――必死の力を籠めた生き方そのものなのである」】

吹っ切れた。俺の生き方は、この時代に、この国に生まれた者の生き方なのだ。

日本は、他の亜細亜の国々のように西欧列強や米国の植民地に堕ちることもなく、明治維新以来、誇り高く国力を維持してきた。それは国を愛し、国に殉じた人々の努力の積み重ねによるものだ。

今、こうして愛する家族、同胞の暮らす日本が、最大の国難を迎えているときに、武器を取って立ち向かうのは、この国に生まれた者の生き方だ。命を賭けて戦うことは当然であって、犠牲と言われることでも英雄視されることでもない。

この生き方を全うするだけだ。

胸の中でずっと手繰り寄せ続けてきた何者かは、最後にびくんと跳ね上がって遂にその全身を良知に曝(さら)した。

良知はゆっくりと立ち上がって窓辺に歩み寄り、月を見た。自分の行き着いた思考に満足していた。心はすっきりと冴え渡って一点の曇りもない。あるのは長い思索思念を経てこの心境に到達した達成感だけだ。

死ぬことの意義も生きることの意義も、全てこの一身に掛かっている。己に恥じない生き方を貫き通すのみである。

霞を払った月が皓々たる光を良知に注ぐ。

四月十九日早朝

「自殺者だ」と聞いて、便所に駆けつけた。

狭い入口にできた幾重もの人垣が、廊下の半分を埋めている。ほとんどの者が顔面蒼白で呆然と立ちすくんでいた。見つめるというより、眼が吸い寄せられたまま離すことができないといった様子だ。慌てたように口を抑えて人ごみから抜け出し、青白い顔色で廊下の壁に凭(もた)れて喘(あえ)いでいる者もいる。

よほど酷い死に方なのだろうか。かすかにたじろぐ気持ちもあったが、この目で見とどけたい気持ちのほうが勝った。

人を掻き分けて近寄り、人垣の隙間から中を覗(のぞ)き込むと、血飛沫(ちしぶき)のかかった壁の手前に、軍服姿の遺体が突っ伏していた。よほど苦しかったのだろう、血を塗りたくったような床の上で悶えるように不自然に身を捩(よじ)っている。腹部には血に染まった千人針を丸めて抱えこんでいた。

良知は一瞥しただけで慌てて目を逸らし、深くため息をついた。無残な姿だった。息を吸い込むとムッと生臭い血の匂いがする。匂いには妙に生暖かい温度が感じられて、まるで自殺者の骸(むくろ)から体温が抜け、あたりに漂っているような錯覚を覚えた。

合掌し、頭を垂れ、人垣から離れた。

どういうわけで死ぬようになったのか、憶測は差し控えよう。理由を詮索しても今更どうにもならないことだ。

凄惨な光景を目にして高まった胸の動悸がやがて静まってくると、自殺者に対する感情が湧きあがってきた。それは軍人になった直後に自殺者を批判していた感情とは本質的に異なっていた。

以前の良知は、自殺は逃亡と同じく卑怯な行為だと軽蔑していた。

今回この自殺者を目の当たりにして良知の胸に浮かんだのは、なんと馬鹿なことをしたものだという慨嘆だった。良知はこの男を涙が出るほど哀れだと思った。卑怯とか軽蔑といった言葉や感情は微塵も浮かんではこなかった。

自殺という行為それ自体は、選ぶべきではない道をあえて選んだということに他ならない。これは憐憫や同情の対象にはなりえない。

しかし今の良知は、自殺を哀れとは思わぬが、自殺という間違った道を選ばせたこの男の心根の弱さを哀れで不憫だと思う。

自殺という行為がこの男の唯一の選択となった経緯、こういった行動をとらせるに至った人間の感情の強さ、理性の弱さを考えていかなければなるまい。

人はあるときは強靭で、意志と理性でさまざまな物事を達成することができる。しかし、あるときには悲しいほど脆弱で感情のままに流される。その脆弱さにより、ここに一人の自殺者がある。

しかもこの強靭さと脆弱さは、一人一人の人間に同時に内在しているのだ。

選んだ結末としての自殺は非日常的であっても、それを選ばせた脆弱さは日常的に誰の中にも潜んでいる。

理性と感情の狭間で揺れる振幅が感情へと振り抜けた結果が、この男の場合は自殺という行為になってしまったのではないか。

こう考えたとき、良知は明日の告別式で男の霊前で祈るべき言葉を見出した。

四月二十日

昼過ぎから、昨日の自殺者の告別式が執り行なわれていた。

良知も各階級代表の一人として列席していた。

あの自殺者は、小刀で腹を切り、胸を刺し、喉を突いて死んだのだった。

良知が一見して千人針と思ったのは、男が腹の中から摑み出した腸だった。苦し紛れの行為だったのだろうか、男は自分の腸を二尺あまりも摑み出していた。

血溜まりの中、苦悶の痕を残して硬直していた遺体が瞼に蘇る。その凄絶な死に様を思う。死に切れず、狂ったように次々と自らの身体に刃を付きたてながら、彼は最期に何を思ったのだろうか。

「俺は悲しい。お前の脆さが哀れでならない。ほんの少し冷静になれば、お前もこの愚かさに気付いたのであろうに」

良知は、霊前に静かに語りかけて冥福を祈った。

なぜ理性を強め、思いとどまることができなかったのか。なぜこのような思いもかけない状況で突然、家族を失った肉親の嘆きと悲しみを思いやることができなかったのか。「なぜだ」と問いかけ始めると、だんだん心が激してくる。しかし、もう死者は応えない。

一陣の風が、砂塵を小さく巻き上げて通り過ぎた。

四月二十一日

命令が出た。

「三十日九時二十三分、岩沼駅発、一日九時迄ニ入校スヘシ」

待ちに待った命令だった。

【愈々我々の新しい生活に向かって出発しようとする】

第四章──水戸陸軍飛行学校

一

四月三十日

水戸陸軍飛行学校は常磐線佐和駅にある。岩沼から常磐線で太平洋に沿って南下していくと、佐和は水戸の二つ手前になる。

良知は指定された列車に乗り、佐和駅に降り立った。いきなり強い日射しが降り注いできて、眩しい。

一緒に着いた他の新入生たちとともに、迎えの軍用自動貨車で、急拵え（きゅうごしら）えで拡幅されたらしい広い道を進み、前渡村役場と書かれた建物の前で降ろされた。

ここからは隊列を整え、行進して正門から入る。

学生として入学するのだ。良知だけでなく見交わすどの顔にも自然と笑顔が浮かんでいる。

こみ上げてくる嬉しさで隊列の足取りも軽い。

守衛に丁寧に敬礼されて白い石造りの正門を入った。

兵舎や本部が立ち並ぶ様は岩沼の部隊とさして変わらぬが、岩沼は正門が北で、こちらは南にある。そのためでもあるのか開けた明るい印象を受ける。緯度の違いが陽光の強さにも出ているようだ。周囲には植栽も多く緑が清々しい。

正門右手の学校本部で到着の申告を済ませた。その後、学校施設の案内を受けた。

五年前に開校されたとあって、施設はまだ新しい。

正門から北へ向かって伸びる幅二十メートルほどの中央通路を行くと、右手には学校本部と、木造二階建ての学生の兵舎が棟を連ねている。左手には講堂や教室、作業場が続く。

これらの建物群を抜けると、その奥には東西に並んでずらりと飛行機の格納庫がある。

この格納庫を両手に見て通り過ぎると、急に視界が開け、緑の芝で囲まれた飛行場が見えてきた。

舗装された準備線（エプロン。搭乗員の乗降、登載物の積み下ろしのため飛行機が停留する飛行場内の区域）が手前に広がり、東西に伸びる
飛行場の彼方には、松の防風林の緑が連なっている。

西に傾いた太陽が、ふんわりと綿菓子をちぎったような雲を朱に染めている。

良知は思わず立場を忘れて、この景色を描きたいと思った。心まで広々するような晴れやかな景色である。入隊以来、絵のことは忘れて過ごしていたが、今このような気持ちになったのは学生気分が戻ったからだろうか。

いや、気を緩めてはならない。お前は何を為すためここにいるのか。良知は反省した。

一通りの案内が終わると、兵舎の部屋が割り当てられた。

嬉しいことに、中隊ごとに自習室もあるという。良知が自分の所属する第六中隊の自習室に入ると、そこには各自に専用の机と本棚が用意されていた。良知は満足しきって広い机に両手を広げて滑らせた。

【──水戸陸軍飛行学校第六中隊、自習室の私の机の上で、二十時二十分──

ここに於て私の生活が新しく繰り広げられようとしている。皆気に入った。寝室にしても、食堂にしても、浴場にしても明るさが満ちている。この自習室の机の広さ。書架は私の持参した書籍を呑んで尚三分の二の余地を残している。電灯は明々煌々と、私の頭上から快い光線を送っている。我々がこのように遇せられたことが嘗(かつ)てあったか。実にここは学校であり、私は学生である。単なる兵隊ではなくて学生となるのである】

体力測定や火災訓練などが行なわれるうちに、良知は少しずつ学校に慣れ、学校に関する知識も増えつつあった。

水戸陸軍飛行学校は、『学生ニ航空関係ノ通信及火器ニ関スル学術ヲ修得セシメ通信、戦技其ノ他ニ従事スル航空兵科現役下士官ト為スベキ生徒及下士官候補者ヲ教育シ且通信、対空火器等ニ関スル調査、研究及試験ヲ行フ所トス。前項ノ外航空ニ関スル地上勤務ニ従事スベキ航空兵科幹部候補生タル生徒ニ必要ナル教育ヲ行フ』目的で昭和十三年に開設された。

昭和十五年、大きな比重を占めていた通信部門が、陸軍航空通信学校に移管された。

昭和十八年三月、『水戸陸軍飛行学校ハ航空関係ノ豫備役将校ト為スベキ生徒ヲ教育スル所トス』と改正され、『前項ノ外学生ニ対空射撃及自動車ニ関スル教育ヲ受ケシメ、且ソノ調査、研究、及試験ヲ行フ』とされ、良知たちの入学時には、幹部候補生を教育する学校となっていた。

その理由は、戦局の拡大に伴って士官学校出身の現役将校の数が足りず、幹部候補生の需要が増大してきていることにあった。

良知は、いかに幹部候補生出身の将校が、国軍の重要な戦力を構成しているかを知らされた。とくに航空部隊では、現在は将校の半数以上を幹部候補生出身者が占めているという。自分も与えられた貴重な時間を無為に過ごすことのないよう目標を見据えて取り組んでゆかねばならない。良知は、自らに課された使命と位置づけを改めて自覚して、彼らに続かねばと奮い立った。

良知が専門に学ぶ自動車は、戦争における物資輸送の主力を、馬に代わって担い始めていた。アメリカでは、すでにかなり以前から輸送の主力は自動車である。日本でも大正三年の第一次世界大戦に際して、中国大陸で初めて自動車を利用して軍需品の輸送を行ない、その性能を認識していた。

第一次世界大戦下の欧州における自動車の活躍は目覚ましく、タンクのような兵器としての自動車も出現した。

こうした戦争様式の変化を受けて、陸軍省は大正七年に英・仏・独等の補助法を基に、軍用自動車補助法を制定した。

この法律は、自動車を民間で使用させ、必要な場合には徴用すること、外国製に比べて製造費の高い国産車に補助金を交付して製造させること、馬車で輸送するより費用のかかる自動車輸送に補助金を交付して自動車の使用を保護することなどを主旨としていた。

以来、国産自動車の生産および利用は奨励され、保護されてきた。

ニッサン、トヨタをはじめとする国内メーカーも、積載効率、耐久性を重視した軍用自動車、とくに亜細亜の地形・気候に合う自動車の開発と生産に力を注いできた。

その結果、昭和十六年には年産四万五千台の生産台数を記録していた。

今回の戦争では、自動車で編成された機械化師団が活躍している。

とくに山下奉文中将が指揮したマレー作戦の主力になった第五師団は、八百五十九両の自動車を連ねてひたすらマレー半島を南下し、シンガポール陥落の足がかりとなった。

こうして戦争遂行における自動車の需要が高まり、軍需車両の台数が増加するに伴って、自動車操縦士の養成も急務となってきた。

飛行学校や航空教育隊には自動車部隊が設置され、養成が図られていた。中でも飛行学校の自動車部隊では、自動車操縦の教官養成が実施されている。

良知もこの教官要員として、五ヵ月間の訓練を受けることになる。

学校では、並業と呼ばれる通常の戦闘教練と、特業と呼ばれる自動車の専門訓練を受ける。

特業では、操縦だけでなく構造も熟知して車体のみならず、発動機等の整備解体の技能も要求される。

操縦するのは、ニッサン八〇型自動貨車・通称キャブ（キャブオーバー型自動貨車。前輪の上に運転台をつけ積載量を増した型）や、九四式自動貨車だ。

良知はこの充実した施設で身分を保証され、転属もなく思う存分学業と訓練に打ち込める自分の立場に感謝した。

この上は立派な教官となり、一人でも多くの兵を一日でも早く育て上げげなければならないと決意を固めた。

五月四日

いきなり特業の素養試験があった。

側方転移、発進、停止、変速の試験だった。

どうにか人並みにはできたと思う。が、運転してみて初めて、この土地の砂埃が岩沼と比べてひどいことに気がついた。粒子が細かく煙霧のようになって見通しが悪くなる。運転していると、微妙ではあるが勝手が違ってくる。

それに、晴天下の車中の熱気もたいへんなものだ。体中からどっと噴出した汗は乾くことなく後から後から滴り落ちる。体表を汗がつつうと流れ落ちてゆくのを感じる。とくに顔や首はその汗に薄茶色の粉のような砂埃が溶け、焦げ茶の絵の具でべっとりと模様を書いたように粘りついてくる。喉は干からびたように熱くからからに乾く。今からこれでは真夏が思いやられるではないか。

しかし、外地に出ればもっと過酷な環境下での作業を余儀なくされる場面も多々あるだろうから、悪条件も演習のうちだ。思えば、今外地にある者はこれよりはるかに悪条件の中で戦闘を繰り返しているのだ。

良知は贅沢な不満を持った自分を恥じた。

五月七日

前日の雨が上がって、爽やかな快晴となった。

午後の体操を終えたとき、見習士官から飛行場へと誘われた。

薫る風が心地よい。汗が引いていく。

緑が一段と鮮やかな芝生の上に腰を下ろした。

雲一つない上空には、西日に照らされた二機の練習機が旋回している。

「どうだ」

と問われて、良知は正直に、

「すばらしい環境であります」

と応えた。このような楽しみに満ちた生活を送ってよいものかと内心で思ってもいた。

良知は逸（はや）る気持ちで、

「特業の応用操縦はいつから開始されるのでありますか」

と尋ねた。

「来週いっぱいは分隊戦闘教練などの並業の連続だ。応用操縦の開始は今月末ごろだろう」という。

「そうでありますか」

がっかりした。この非常時にずいぶんとのんびりしているのではないか。

良知の落胆が見て取れたのだろう。見習士官は良知の気を引き立たせるように、

「特業が始まると校外へ行軍するぞ。はじめは那珂湊あたりだが、慣れてくると笠間、大子、筑波も回る。車を連ねて山道を走るぞ」

と、その光景を思い出したかのように、楽しそうに話してくれた。

夏ごろにはこういった行軍の連続になり、中には宿泊を伴うものもあるという。

良知は、たっぷりと濃緑の葉を蓄えた木々が生い茂る夏山を、隊列を組んで走り抜けていく何台もの自動貨車を思い浮かべた。その一台の運転席には鮮やかな手さばきで自動貨車を操縦する自分の姿がある。

早く自分でハンドルを握り、思うがままに車を操り、木漏れ日の山道を駆け巡りたい。

その日を想像すると、楽しみでならない。

【頗（すこぶ）る楽しさに満ちたことである。――けれども警戒せねばならない。軍隊生活は楽しみではない。苦しみである。そして苦しみを通した高次の楽しみにこそ本当の意義がある】

ある夜、消灯前に良知が家族に手紙を書こうとしていると、一人の候補生が、自分の親友の失恋について話しているのが耳に入ってきた。

聞くともなしに聞いていたとき、急に良知の思考が凝固した。

「我々がここに来ているのは、片々たる利害のためではない」

脳裏に、この言葉が浮かんだ。

「我々がここに来ているのは、己を滅して、すべてを投げ捨ててである」

祖国に対するこの献身と忍従は、決して現実に対する諦観ではない。無条件の享受であり、国民として喜ばしいことなのだ。

【私の凝固した思念を解きほぐして、こんな言葉が生まれた。

「私の青春は過ぎた。私は不十分ながらも、今は収穫の時に入ろうとしている」

私の収穫――それは何であろう。さァ、自分を励まして鋭く内省の作業に私を押し進めよう】

五月九日

昼食に出かけようとしていたとき、突然、面会の通知を受けた。

良知は驚き、面会室にあわてて飛んでいった。

父母がいた。

母はいとおしそうに良知に向かって微笑（ほほえ）みかけ、父は「おお、元気そうだな」と嬉しそうに頷（うなず）いた。

これほど早く家族の面会を受けられるとは思ってもいなかった。

母の手作りの牡丹餅と鳥飯が昼食になった。懐かしい我が家の味だ。きっと妹たちも手伝って、朝早く起きて作ってくれたのだろう。

母は眼を細め、嬉しそうな満足した表情で小さく頷きながら、良知が好物を次々と平らげていくのを見ている。

父は照れくさいのか、あまり興味なさそうに少し離れて母と良知の会話を聞いている。

良知は、思いがけない父母の差し入れに腹も心も満たされて、ゆっくりと校内を歩いて二人を校門まで見送った。

「いいところねえ」

心地よい潮風に江戸鼠色の着物の裾をはためかせた母は、整然とした校内を見回しながら心底感心し、安心したようだ。

良知は、こうして両親に見てもらうことができてほんとうによかったと思う。入学早々に手紙で学校の居心地のよさをずいぶんと書き送ったが、母はどうしても自分の眼で確かめたかったのだろう。

父も良知が甲種幹部候補生となり、ここへ入学できたことには満足しているようである。道すがら、良知が兵舎や自動車班の建物などを指差して説明するのを一つ一つ頷いて聞いている。

校門で別れを告げてから兵舎に戻り、二階の自習室から眺めると遥かに白い石造りの校門が見える。

校門の両側に一メートル間隔で植えられている生垣の緑が、海からの南風に緩やかにそよいでいる。

西に傾きはじめた太陽が、校門にも揺れる木立にも立ち並ぶ校舎にも、くっきりと濃い影を描いていた。

駅へのバスはまだ出ないようだ。きっと父と母は、あの校門の向こう側で良知のことをあれこれと話しながら佇(たたず)んでいるだろう。良知はその姿を網膜に浮かべて、幸せに浸った。

二

候補生たちと、戦地に赴くときに遺書を書くか否かの話をした。

ある者は必ず書くといい、ある者は書かないと言う。

そのとき、一つの遺書も認（したた）めなかったという某中将の話になった。

【「父の日常の行ないこそ遺書であり、遺言である」と云って、一つの遺言をも認めなかったという某中将の言葉は立派である。

私は日記には全てを打込んである。又打ち込もうと努力して来た。私は日記に吸収され投射されることを望み、そして私から日記を取り除くことは出来まいと思う。日記は私そのものになっているからである。私は、そこに又不思議な安心立命を得ている。

人の一生が一の事業であるとしたら、この日記はその事業そのものであろう。

私は何ら邪心も野心もなく、純粋に自分の為にこの日記を書き続け、書き遺す。それは書くと云うこと以外に何の目的もない。

これは人生への讃歌である。肯定である。——私一個を傾け尽くしたもの、世の中には又とないものこれ以上のものは無い筈である】

五月十二日

午後の訓練に先立って医務室へ呼ばれ、採血された。体調は良好であるから問題ないとは思うが、検査には常に不安が付きまとう。

医務室から戻ると、皆は各個戦闘教練を行なっていた。良知は後段から参加した。

隊は、まず敵味方に分かれた。

背嚢（はいのう）を除く武装で、飛行場周辺の起伏のある草地を四百メートルほど走り上って、がばっと稜線に身を伏せる。草いきれの中に自分の荒い息使いを感じる。輝く陽光の中で目を凝らすと、逆光の中に点線のように並んだ敵兵たちの影がある。風にうねる草の中に息を殺し動かない黒い影。第一弾を撃つ。

「早駆け」の掛け声に、斜面を駆け下り、草に潜む。据銃、射撃第二弾。

「突撃に前へ」の掛け声で敵兵たちにぶつかっていく。銃剣がまぶしくきらめく。銃を両手に取り直し、強烈な戦闘意識をむき出しにして向かっていく。闘志の塊と化す。

息を整える暇もなく、次は遥か向こうの射撃場が目的地となった。

途中でだめになるかもしれない。そんな思いも頭を過（よ）ぎる。走る。伏せる。走る。伏せる。まだ続く。まだ遠い。

土埃と混ざって流れ落ちる汗は、止め処（ど）なく滴り落ちてくる。汗は目に沁みて、眼を開けているのがつらい。涙も出てきて足元が覚束ない。

装備している水筒も雑嚢も弾薬盒も位置がずれ、ズボンからはシャツがはみ出て胸もはだける。

最後は胸突き八丁の上り坂だ。むせ返るような、土の匂い、草の匂いが立ち上る。

突っ伏すように草に伏せると、身体は熱の塊のようだ。喉がひりひりと焼けつくように痛い。

立ち上がろうにも腿に力が入らず、動けない。

自分で自分を叱り飛ばして起き上がる。もう少し、もう少しと励ます。

目的地になだれ込んだところで教練は終わった。

久々の教練は、相当に応えた。これは思ったよりもかなり身体が鈍っている。気が緩んだのだろうか。

――気を引き締めろ――

草地に仰向けに横たわって喘ぎながら、良知は自分を叱りつけた。

自習開始を知らせるラッパが鳴ると、皆が申し合わせたように浴場へと急いだ。

良知も新しい下着を持って入浴に行く。

襦袢（シャツ）も袴下（ズボン下）も汗を吸ってぐっしょりと重い。汗を流して湯船につかる。

湯煙の立ち上る中で、皆が口にする「疲れた」の声が響く。

しかし、心地よい疲労感だ。力を振り絞ったという満足感がある。こうして教練を重ねてゆけば身体も鍛えなおせるだろう。

目を閉じてぐうっと身体を伸ばしたとき、ふと良知は岩沼の部隊を思った。

良知が着脱剣や担え銃を教えてやった四月入隊兵たちは、どうしているだろう。今頃はちょうど特業が始まっているころだ。

北国の遅い春は今まっ盛りを迎え、色とりどりの花が一斉に開き、咲き競っていることだろう。

早く任務に就きたい、卒業を手繰り寄せたいと思う一方で、ここで過ごす一日一日を大切にしたい気持ちも拭えない。

「もう十日、いや、まだ十日か」と良知は湯船に浸かったまま、眼を閉じて一人で呟いた。

五月十九日

校内では新聞が揃えてあり、学生はこれらをゆっくりと読むことが許され、酒保ではラジオを聴くことができる。

岩沼の部隊では、大勢が読んだ後のくしゃくしゃになった新聞にざっと目を通すしかなかったので、良知には今の環境は実に有難い。

今日は、日本軍が占領していたアリューシャン列島のアッツ島へ米軍が上陸し、北アフリカのチュニジアではドイツとイタリアの北アフリカ軍が相次いで降伏したというニュースが報じられた。

【アメリカ空軍の乗員の八十パーセントが学徒、及びその出身者で占められている。この数字はいくらか多いのではないだろうか。けれども五十パーセントとしても驚くべき数字だ。日本でもこういう面に乗員養成の分野を開拓していく。このごろの新聞を見てもそういう論調が多い。

アッツ島に米軍が上陸した。この島は熱田島という名に改称して――わが領土とした筈である。けれども大本営のこの発表ではアッツ島という名を使っている。無暗な憶測は差し控えねばならぬが、何かしらを意味しているものと思われる。北阿チュニジアで枢軸軍が屈服した。

英雄的抗戦なりと独伊の大本営は賞賛している。
ドイツは果して、ソ連の反撃を阻み得て、夏季攻勢を開始するだろうか。単なる地域の得喪の問題ではなくて、消耗戦における戦力の如何――力の指数が、こうした戦闘の一進一退に現れている点に重要さがある。アメリカの戦力が低下して居るものとは思えない。むしろ全く逆の方向にカーブを画て居りはしないか。杞憂はいけないが、真に見るべきものは見て、考えるべきものは考えて憂うる必要がある】

五月二十一日

「連合艦隊司令長官海軍大将・山本五十六は本年四月、前線において全般作戦指導中、敵と交戦、飛行機上にて壮烈なる戦死を遂げたり。後任には海軍大将・古賀峯一親補せられ、既に連合艦隊の指揮を執りつつあり」

酒保のラジオが告げた。

衝撃が重い波のように、その場にいた全員を打ちのめした。

このニュースは瞬(また)く間に広がっていった。

それとともに、なんとも胸のふさがるような沈痛な重苦しさが校舎に充満した。

良知は謹んで哀悼の頭を垂れた。軍人としては戦場に倒れることが本望ではあろうが、激戦の最中に戦争の帰趨(きすう)を見届けずしての不運な戦死とあっては、山本大将の無念さ、口惜しさは察するに余りある。優れた指揮官を失った日本の損失も計り知れない。

折りしもアッツ島の敵軍上陸とチュニジアのドイツ・イタリア軍の降伏を知った直後のこと

である。

凶報は打ち重なり、この大戦争が容易ならぬものと化しつつある現実を次々と目の前に突きつけてくる。

日本の最前線に対する不安は膨らむが、良知にできることは日々の訓練に取り組むこと以外にない。

山本五十六大将は「元帥府に列せられ、特に国葬を賜う」ことになり、四十九日に当たる六月五日に執り行なわれるという。

奇しくも日露戦争の英雄、かの東郷平八郎元帥の国葬と同じ日である。

国葬を賜った両元帥だけでなく、国に捧げつくした有名無名の人々の高い志に思いを致すとき、ここで立ち竦んではならない。

自分にも国のために為し得ることがある。ともすれば胸を覆う暗雲を振り払って、良知は闘志を掻き立てた。

五月二十二日

やっと待望の応用操縦が開始された。

気候がよいのでエンジンは順調だ。

屈曲路を行進して後退して戻ってくる訓練、それを片手操縦でも行なう。

一人当たり一時間ほどハンドルを握る。

思いのままに車を操縦できるようになって来た。

運転には自信と落ち着きが必要である。

修得すべき技術、知識の量はかなり多く、気持ちは逸(はや)るが、着実に積み上げていくしかない。

良知には疲労が、自分の中に蓄積された技術と知識の代償のようで、かえって心地良かった。

五月二十六日

良知の中隊は、十五台の自動貨車を連ねて校外へ行軍した。

演習とはいっても、校外の道には人々の生活が繰り広げられている。

一瞬の油断が不測の大事を生ずることがあるから、心して取りかからねばならない。

交代で操縦しながら、近郊を回る。目的地は那珂湊、往復二十キロほどの距離だ。

沿道では人々がちぎれんばかりに手を振り、歓呼の声を上げる。

「頑張ってください」「ご苦労様です」との声援に込められた、国民の軍隊に寄せる一途な期待と信頼が体中に降り注ぎ、責任の重さを再確認させられる。

道の両側を埋めて人々が立ち並び、人垣から飛び出した小さな子どもが喜んで車に触ったり、一緒に走ろうとしたりするところを、前方車両との距離を保ちながら進んでいくのは、非常に神経を使う。

笑顔で答える余裕などない。常に気持ちは真剣勝負だ。

良知は、眼を配り、気を配って真剣にハンドルを握った。

五月三十日

夕方の点呼時に「アッツ島、玉砕」のニュースが誰からともなく伝わった。

二十三日には、千五百キロメートル離れた幌筵（ホロムシロ）基地の陸攻十九機がアッツ島の米艦隊を攻撃し、大きな戦果を上げたと発表があったが、それでも救援することはできなかったのか。

「畜生！」と声に出すもの、黙って拳を握り締めるもの、反応は人それぞれだが、気持ちはひとつだ。

白夜の北海の孤島で奮戦して結局は全滅したであろう勇士たち。きっと最後の一兵まで勇敢に戦ったに違いない。

山崎保代大佐（二階級特進で中将に昇進）は一兵の援助も請わず、二千六百名の守備隊を率いてアッツ島を死守せんとしたという。

援助も請わずとは、援助を望み得ない状態であったということだろうか。

良知は米軍上陸以来十日間、艦砲射撃や爆撃に曝（さら）され続けた将兵たちの心中や絶望的な孤立の中での壮絶な最期を思えば思うほど、何か打つ手がなかったのだろうかと胸が痛む。やり場のない怒りと同時に無力感に囚われた。

部隊の全滅が「玉砕」と言い表わされているが、なんとも鮮烈、悲壮な言葉だ。

良知はアッツに砕け散った守備隊の冥福を祈り、黙禱を捧げた。

目を閉じると、彼らの勇敢さを讃える心の一方で、痛ましさと辛さ、もどかしさの綯（な）い交ぜになった感情が湧き上がってくる。自分たちはただアッツ島勇士たちの御霊（みたま）安かれとひたすら祈ることしかできないのか。このどうしようもなく居たたまれぬ思いをじっと嚙み締めて、胸に抱えて行くことしかできないのか。

やり場のない憤り、ぶつけようのない怒りがこみ上げて、奥歯をぐっと食いしばった。

六月五日

今日は山本元帥の国葬の日である。

会場の日比谷公園にも、また葬列が向かう多磨霊園への沿道にも、悲しみの中で多くの国民が整列し、哀悼の頭を垂れていることだろう。

胸の中には「山本元帥に続け！」との激しい戦意の高まりがあるに違いない。

今日も演習は通常通り執り行なわれ、一時間強ハンドルを握った。

意のままに車両を操る達成感を感じている。

街中を行くのも慣れてきた。

街には「山本元帥の仇を報ぜよ。アッツ島勇士の仇をとれ」と書かれたポスターが張ってあるのが目に付く。

国民の志気が、いやがうえにも高まっているのを感じる。

俺も国のために役立ちたい。一日も早く戦場に立ちたい、銃火に身を曝したい。

三

六月六日

朝四時に非常呼集がかかった。

完全軍装の隊列が整ったとき、夏の夜は白々と明けようとしていた。

良知も「いざ出発」と張り切っていたところへ、中隊残留組として居残りを命じられた。肩透かしを食らった気持ちになる。

那珂湊へ行軍していく一団を見送ると、急に手持ち無沙汰になってしまった。

空は刻々と明るさを増し、太陽がゆっくりと全身を現わした。

良知は全身に光を受け止めながら、解き放たれたような気分になった。身体が大気と同化して溶け込んでゆくようだ。

吸いこまれるような感触に身を任せ、心を奪われた。

人の営みを超越したところで繰り返される大地の営み。

「俺の死ぬ日も変わらず日は昇るのだ」

唐突に言葉が浮かぶ。すると、自分が自然のほんの小さな一部のような気がしてくる。大きな流れの中の一個の存在だ。

なぜか最近は、以前にも増して身近な自然の美しさに足を止めてしみじみといとおしみ、受け止めるようになった。自動車の窓から見える、名も知らぬ野の花一輪にも心打たれ、心を惹かれる。

良知は先が限られてから、かえって人生が豊かになったような気がしていた。

やがて空が青く照り映えてきた。

今日は父と妹弟が面会に来る予定だ。

夜は、自習時間をつぶして演芸会がある。

良知は一つ大きく息を吸うと、朝日に背中を向け、自分の前に長く伸びている影を追いかけて走った。

六月十一日

一昨日、飛行機事故があった。

二人の候補生を載せた訓練機が墜落したのだ。

機体は若緑の絨毯（じゅうたん）のような水田に突っ込んで大破し、半分まで泥に埋まっていたという。

搭乗者は駆けつけた近隣の農民によって破損した機体から助け出されたが、二人ともほぼ即死状態だった。

今日は二人の校葬が営まれている。読経の声が響く。

中隊長の弔辞が哀切を極める。

「かくなると知ったならば、その宿志を遂げさせ、戦死で死なせたものを」

良知は、志半ばで旅立った戦友たちの無念と、家族の悲しみを思い、哀れでならなかった。

入学して一月、国のためにと励んできたのに、突然訪れた、このあまりにもあっけない死は、本人も家族も悔やんでも悔やみ切れないであろう。

もし自分が今ここで事故で殉死すれば、何より自分自身が一番無念であろう。家族も悲しみの中に、戦死に対するものとは違った索漠とした感情を抱くに違いない。

式後、茶毘（だび）に付された二人の遺体は白布で包まれた小さな木箱に納められ、それぞれの肉親に抱かれて故郷へ帰る。

全校を挙げて校門へ至る道の両側に整列した。

白い手套でいっせいに敬礼する中を、夕日に紅く染まった二組の遺族たちが長い影を引いてゆっくりと進んでくる。

涙を堪えているのであろう、母親と思しき中年女性は肩を小刻みに震わせながら歩いている。

その姿に思わず自分の母を重ねると、じわっと輪郭がぼやけた。

【夕映えが紅に葬送の列を染めた】

六月二十三日

事故が続く。

航空関係では訓練中の殉職が他の部隊より多くなることが宿命とはいえ、胸の痛むことだ。

そういえば、この水戸陸軍飛行学校の通信部門が移管された陸軍航空通信学校には、航空事故の多発を心配した女子職員が「我、人柱とならん」と身を投げた古井戸があると聞いたことがあった。当時は大和撫子の心意気が、辞世の歌とともに大々的に報道されたという。

良知も、痛ましい事故がなくなるようにひたすら願って止まない。

今日も、訓練中の飛行機事故の殉職者二名の校葬が行なわれた。

白い布で包まれた木箱をいとおしむように、胸に抱いて遺族が校門を出る。

戦いで命を落とすのなら本望であろうに、出陣に至ることなく命を終えた両名はさぞ不本意であろう。

しかし「これも天命であった」と思うほかない。

今は、御霊となって、この国を守ってくれと祈るしかない。

自分にもいつ訪れるか分からない最後の瞬間には、自若としてありたいと良知は思う。

どのように無念な死であっても致し方ない。従容(しょうよう)として死に就く覚悟はかねてより胸の内にある。

六月二十四日

茂木方面を、車を連ねて行軍した。

梅雨の晴れ間で、湿度の少ない秋のような天候だ。

雨に洗われた木々の緑も鮮やかに、常陸路の風景が車窓に次々と繰り広げられる。

広々と広がる稲の海を進んでゆく。

若緑の早苗はすっくと立って日に日に丈を伸ばす。水面の反射が揺らぎながら明るく車内に差し込んでくる。

那珂川の流れに沿って遡り、大きな橋を渡った。

豊かに葉を茂らせ、ひときわ濃さを増した翠(みどり)の山は険しい渓谷の両側に迫り、碧瑠璃(へきるり)の深潭(しんたん)を抱いている。

季節は麦秋。

良知は、金色の麦の穂に、ヴァン・ゴッホの絵の強烈さを重ね合わせた。

行軍で眼にする景色は、常に良知に祖国の美しさを改めて気付かせる。

美しい景色に満ちた麗(うるわ)しい国土を俺たちの手で守るのだと、気概が湧き上がってくる。

七月四日

夢中でこなしてきた学校生活がようやく軌道に乗ってきたところで、良知の胸の中に、最近の自分自身に対する反省が俄かに湧き上がってきた。

【私はこういう反省をする。「お前は既に作り上げられた者として自分を評価してはいなかったか」。教育隊に居た頃の私は、自分を作ろうと、努力していた。「それがここに来て環境の変化から愚かにもお前はひとかどの軍人であるかのように振舞うようになった」「それともお前は軍人の生活とそれに対比するお前の過去の生活―地方（一般社会のこと）での生活との調和―妥協を図ったある地帯を見出して、それに安住してしまったのか。そこにあるのは案に相違した無為であり、徒食である。無気力でもある。お前は軍人らしからぬ軍人を望むのか。それはおごりである。虚飾である。そんなものが、そんなけちなものが、この大きな現実の息吹の中で何の役に立つのか。愚かしい泡沫である」。私は常に――死の寸前まで作り上げられねばならぬ人間だ。眼を上に向けて死が瞼を覆う迄、天を見つめている人間である。（そうでなければお前は何の価値もない屑である。無だ）。それを愚かにも忘れ果ててしまったのか。立ち上がれ。歩め。ひたすら願おう。神のお力さえも。「私が死の寸前まで、作り上げられねばならぬ人間であること――即ち死ぬる時まで私自身を刻み上げる。鑿(のみ)は打ち振るわれねばならぬ、ということを」】

七月十一日

思いがけなく、母と妹弟の面会を受けた。

顔を合わせると、別れがたい気持ち、去りがたい気持ちがお互いの胸の奥から温かく湧き上がってくる。

それでも良知は、せっかくここまで来たのだからと、「帰りに近くの那珂湊や阿字ヶ浦へ寄ったらどう」と勧めた。

そこから見霽(みは)るかす太平洋の眺望を、良知はことのほか気に入っている。荒々しく外洋が打ち寄せる海岸線は、良知が育った鶴見付近の東京湾の海景色とは、全く異なる力強さと広大さがある。

太平洋の雄大さと美しさを話すと、母はその風景を思い浮かべるように遠くを見る目になって、「良知さんがそんなに好きなところなら見てみたい」といってくれた。

よい景色は見られただろうか、帰りの汽車の都合はうまく言っただろうかと心配になる。

記憶の中の母の顔は変わらないが、久しぶりに見る母は、見るたびに年老いてゆくように見える。とりわけ今日は、挽茶色の単(ひとえ)の肩が薄く感じられた。

帰り際に「もう会えないかもしれないねえ」と、ポツリと独り言のように母がもらした力ない呟きが、重い石のように良知の胸に沈みこんでいた。

聞けば、昨日まで体の具合が悪かったのを、今日はそれを押して「どうしても」と出かけてきたという。

「会えるときに会っておきたいじゃないの」と言って、母は世田谷の家から二度も電車を乗り継ぎ、駅からはバスにゆられて会いに来てくれた。

母の迸（ほとばし）るような自分に対する激しい愛情を思うとき、良知は熱い涙が溢れてくる。

こみ上げてくる母への愛情に、良知は常になく心の平衡を失い、気持ちを昂（たか）ぶらせた。

【我が描ける母は永遠に変わらぬ影像――されど折ふし見る母はしばし眼を疑わしむる程年を老い給いて――しかし、我が眼の慣るるに従いて生活の労と苦とを刻みしお顔は――さながら花の顔、慈愛の泉――その中に浴みする愛し子なりし我は。その恩の深きに比べ我報いざることの如何に甚だしきか。我は打ち伏し転びてその足らざるを悲しみ、その深きをあがめんとするか――。

慈母観音――
笑みて立たします
そは我が母
天にも
地にも
二つとなき
この世に於ける永遠の浄土
　母なり、我が母なり】

母たちの面会を受けてから数日後、良知はさゆりから手紙を受け取った。そこには面会ができた喜びと、帰りにすばらしい太平洋の景色を堪能したことが記されてあった。

妹の丸みを帯びた小さな文字を追っていた良知の目は、最後の一行に釘付けになった。そこには告げ難そうに、一段と小さな字で母が体調を崩して寝込んだと書き足してあった。やはり母は病気だったのだ。良知に心配させまいとして無理をしていたのに、それを気付かず遠回りを勧めてしまった。

良知は後悔の臍をかんだ。

手紙では詳しいことが何もわからないため、かえって心配が募る。「もう会えないかも知れないね」と、さみしそうに口にした母の声が耳元で繰り返される。

良知は便箋を広げてまず母に見舞いの手紙を書き、次にさゆりに詳しい容態を正直に知らせるように書き送った。

七月二十七日

朝刊で、ムッソリーニの辞職を知った。二十年余に亘って首相の職にあり、今のイタリアを作り上げた人物である。

新聞はムッソリーニが辞職し、ファシスト党の全面的退場となったことを伝えていた。

イタリアは、シチリア島に上陸した英米軍と死闘を繰り広げていたはずである。

その矢先の政変で、新首相はバドリオ元帥だという。三国同盟に変更がないものかどうか、道義が貫徹されるかどうかは、彼にかかっている。

新聞は「イタリアの戦争を続ける方針は不変である」と謳っているが、それは全く保証のないものである。

もし、イタリアが停戦を申し出ることによって敗戦した場合、ドイツは一国で戦いきれるか。ヒットラーはムッソリーニの轍を踏むことになりはしまいか。想像は悪いほうへと掻き立てられてゆく。今後の注目を怠らない。

七月二十八日

朝日新聞の朝刊に「凄絶・世界三大戦線の相貌　重大段階に突入　反枢軸必死の総反攻展開」の見出しで解説記事が掲載された。

第一は七月五日に始まった東部戦線での「クルスク大戦車戦」である。二月のスターリングラードでの敗北以来ずっと押され気味であったドイツ軍は、総兵力九十万を動員して中央ロシアの平原で反撃に出た。

対するソ連軍の兵力も百三十万。戦車・自走砲がドイツ三千七百両、ソ連三千三百両に達する大消耗戦で、ここで負けたらもうドイツに後はないという。

第二は十日に決行された米英連合軍のシチリア島上陸作戦である。

第三が西南太平洋戦線で六月三十日に開始された、中部ソロモン諸島レンドバ島と東ニューギニアのナッソウ湾への米軍同時進攻である。二月に激戦の後、転進と報道されたガダルカナルより西へ、日本へ向かって戦場は移動している。

今、世界の東西で、戦争は重大な局面を迎えている。

戦地に転属していった戦友たちは、どうしているのか、無事でいるだろうか。

彼らに引き比べ、自分は戦火から遠く安全な内地にあって、肉親の面会を受けている。いくら教官、将校要員といっても、戦地で銃火に身を曝している者たちに対して自分は恵まれすぎていはしまいか。良知は自分の現状を後ろめたく思った。

八月一日

学校生活も半ばを過ぎた。

三ヵ月とはこれほど早く経ってしまうものだったのかと、今更ながら驚く。と同時に入学した日がもうずいぶん前のような気もする。

良知は不思議な時間の感覚の中に浸っていた。

急なことではあるが、水戸飛行学校は良知たちの卒業と機を同じくして、岩沼へ移転することが決定した。

良知の原隊である東部百十一部隊は、良知の水戸陸軍飛行学校入学後に岩沼から福島県郡山に移転していた。

岩沼の兵舎は、現在では使われていない。そこに移転し、名称も仙台陸軍飛行学校となるのである。

水戸陸軍飛行学校の校舎には、明野陸軍飛行学校の分校が作られることになっていた。

明野陸軍飛行学校分校は、水戸陸軍飛行学校の移転を待たずに今月から開校になるため、二ヵ月間は二つの飛行学校が同じ施設を使用することになる。

明野陸軍飛行学校は、夜間戦闘、高高度戦闘、遠距離戦闘の教育を目的としている。戦闘飛行隊の強化と拡充を目指すものである。

当初は岩沼の東部百十一部隊の跡地に作られる予定であったのが、飛行場が狭くて拡張も難しいため、二千メートルの滑走路を持ち、なおかつ拡張可能な水戸陸軍飛行学校に開設されることとなったのだ。

そのために玉突き状に、水戸陸軍飛行学校が岩沼に移転することになる。

慌しい移転話に、ここでの生活が残り少ないことを改めて感じさせられた。

今、良知たちの、というより日本中の最大関心事は、イタリアの政変である。

日独間の意見交換もしきりに行なわれていると聞く。

イギリスが閣議を開いて、何事か重大協議を行なったとも伝えられている。

事態は、悲観的な空気に支配されつつある。

イタリアが敗戦した場合、どんな事態に立ち至るか。そういった最悪の状況も覚悟しつつ、今後の政変の行方を注視してゆかねばなるまい。

八月五日

あれから数日、イタリアの政変についても、シチリアの戦局についても更なる報道はない。

これは状況が日本にとって望ましくない方向へ動いているからではないだろうか。

この報道の沈黙の裏に、何かが隠されているのではないか。何かとてつもない企みが起こっていはしまいか。

知らされない立場、知り得ない立場に置かれていると、おぞましい予感が増幅する。

八月二十三日

昨夜のラジオでキスカ島からの撤退を知った。キスカ島は玉砕を遂げたアッツ島の東隣の島で、陸海守備隊五千名が立てこもっていた。

アッツが米軍の手に落ちて以来、制空権は米軍にあり、撤収を急がねばアッツの二の舞になると心配されてきた。

それが、一兵も損ねることなく撤収できたという。

このこと自体は喜ぶべきことではあるが、しかし、これでいよいよ日本の国土が、米国の攻撃に直接曝される事態となった。

眼を転ずれば、南海では苛烈な攻防戦が続いている。

良知は、迫り来る米国の威力に押し込められるような胸苦しさを感じた。

夜、日記を記していた良知は、静寂の中にこおろぎの声を思いがけない近さで聞いた。部屋に迷い込んで鳴いているようだ。

りりりりと震えを帯びてもの悲しく響く。良知は、ふと、召集令状を受け取った夜のことを思い出した。

あのときは、再び秋の訪れを迎えることなどないと覚悟を決めていた。

まさか一年後まで命を永らえているとは想像だにしなかった。

良知は、日本の戦局と合わせて、入隊してからの日々を、日記のページを読み返すように次々と思い浮かべていた。

八月二十六日

【勿来関（なこそのせき）は、街道が切通しにかかった所の路の傍らに「古関址」という石碑が立っていて、それによって偲ぶのみであった。

北上するにつれて、沿道の我々に対する歓呼は大変なものになった。トマトを投げ入れるもの、梨を投げ入れるもの――こういった好意に迎えられて汗みどろ、埃だらけの兵隊はぐんぐん北上した。

家の門のところに、四、五人の老婆が杖に倚（よ）って佇（たたず）み、私達を見ている。その中の一人が先刻から妙な仕草をしているのに私は気付いた。

それは良く見ると、合掌しているのであった。筋張った手は前で固く合わされ、力を入れた為、強く慄（ふる）えていた。その手先は隊列の前の方に向けられ、ついで中央に向けられ、やがて私の方にも向けられた。

それは祈りであった。明らかに私たちに向かってされたものではなかった。良く見ると、側の老婆も皆それにならって、控え目ではあるが、慎み深く合掌して何事かを唱え、念じているもののようであった。

私は弾かれたような衝動を感じた。老婆は更に私達に向ってそれを繰り返した。

私は、この祈りに報いることの余りに少なきを恥じている。けれど、この祈りに報いるべきその道こそは、しっかりと知っている。

「前へ」の記号で私はレバーを引き、クラッチを離した。車は老婆達の前を徐（ゆる）やかに過ぎようとした。私は手を挙げて挙手の礼をし、老婆はやせ細った手を高くさし上げた】

四

九月四日

良知は冷気で目が覚めた。毛布から出ていた右肩が、体温が感じられないほど冷えきっている。

朝夕の冷え込みが厳しくなってきた。季節の移り変わりを肩の冷たさで実感する。

飛行場の芝も、色をくすませて秋の気配である。

朝、イタリア本土への英軍の上陸を知った。

当然、予想されていたこととはいえ、事態は急激に展開し、時局はますますもって差し迫ったものとなった。枢軸国のヨーロッパ戦線は、確実に縮小しつつある。

日本でも、南鳥島に敵機が来襲したと報じられていた。今月一日には空母三隻を基幹とする敵機動部隊より放たれた百六十七機が空襲を行なったという。

本州から東南僅か二千キロに位置する島である。東京には、警戒警報が発令された。

戦場がぐんと近づいた感がある。戦線は日本に向けて急速に狭まり、敵の姿がぐんぐんと迫ってくる。

良知たちも卒業まで二十日余り、原隊に復帰する日も間近である。いよいよ敵と一戦交える日も近い。

残り少ない授業が行なわれた。

本日は、第一段は自動車の学科『ブレーキと燃料』。新しい教科書を使用する。第二段は学課『准尉ノ職務ニツイテ』。

午後、第三段、四段は、飛行場北側で、小隊の陣地攻撃。主として突撃前後の訓練を反復した。

汗にまみれて突撃を繰り返しながら、これが実戦になる日が近いことを意識する。実弾で敵を撃ち、銃剣で敵をつき、軍刀で切る。敵と遭遇する日が今日は一層の現実感をもって身に迫ってくる。

また、これからはこういった訓練を指揮する立場になることも考える。責任の重さを感じる一方で、指揮官として腕を振るう日の早く訪れることを願う。

澄み渡った青空には白く輝く鱗雲が刷毛(はけ)で書き入れたがごとく棚引き、涼風が演習で火照った身体を心地よく冷まして通り過ぎた。

九月九日

イタリアが無条件降伏をした。三国同盟に背反者が出た。

熱い怒りが、ぐつぐつと胸に煮え滾(たぎ)り、喉元にこみ上げてくる。米英に対しては無論であるが、イタリアに対しても憤りを禁じ得ない。

【ファシズムはかくして僅か二十数年にして倒れ、剰(あま)つさえその祖国を道伴(づ)れにした。彼等の祖国の顔が泥土に委するのを見て、彼等は何を思うか】

「イタリア　盟約を裏切れるも　帝國必勝の信念不動　一億一心団結を要望」

新聞紙面に躍る活字は勇ましいが、この事態が中欧、西欧、バルカン諸国に与える影響は甚大なものであろう。

ドイツもここに至って開戦以来、最大の危機を迎えようとしている。どう耐え抜いていくのか。

欧州の戦局の推移には、今後も目が離せないところである。

イタリア無条件降伏す。イタリア無条件降伏す。

良知の頭の中には、この言葉が壊れたレコードのように繰り返される。

唇を噛み締め、ぐっと拳を握る。

やがて怒り、憤りといった激しい感情の第一波が退くと、濃い闇のように沈鬱な思いが胸に垂れ込めてきた。

この戦争が始まって以来、こんなにも重苦しい憂鬱な気持ちになったことはない。

しかしどのような難局に立ち至ろうとも、縦しや、ドイツが破れる事態になろうとも、日本はこれを克服し、戦い続けて行かねばならない。

一億国民は一丸となって打ち打ちてゆくしか道はないのである。

九月二十二日

「今夕、首相重要放送」との予告があった。

七時半からのＮＨＫラジオ「官民に告ぐ」という番組で、東条首相が「一億総決起」を呼びかけた。

この放送で、学生の徴兵猶予の停止と学徒出陣の決定を知った。

今年九月の繰り上げ卒業生に加えて、十月には大学や専門学校の在校生も徴兵検査を受け、兵士として戦場に送られるのだ。

予想されていたこととはいえ、やはり学生たちは重く受け止めて聞いているだろう。

しかし、アメリカでは空軍の兵士の八十パーセント……この数字はいささか誇張があるのではないかと以前から良知は考えていたが……が、学徒及びその出身者であることを考えれば、これはむしろ遅い処置かもしれない。

このほか、召集年齢は四十歳まで引き上げられ、車掌、電話交換手、理容師などの十七の職種には男子の就業が禁止された。

工業は航空機生産を最優先にして、食糧は完全自給にするという方針も掲げられている。

日本は持てる力の限りを身震いして振り絞り、戦争に向けたもの以外は全て切り詰め切り捨てて、巨大な敵に立ち向かおうとしている。

しかし、こうした体制をとらねばならぬということは、取りも直さずそれだけ日本があとのない切迫した状況に追い込まれているということに他ならない。これは予断を許さぬといった段階ではなかろう。

欧州で枢軸国の一角が崩れた今、何とかこの窮地をしのぎ、反撃につなげていかねばならない。

良知は現在の自分に活躍の場がないもどかしさにじりじりと焦燥が募り、任務の与えられる日の近いことを願った。

九月二十八日

誂(あつら)えた見習士官の軍装品も揃い、卒業まであと一日を残すのみとなった。

幹部候補生出身者は士官学校出身者に対して、ややもすると一歩退いて控え目になりがちである。職業軍人ではないという考えが、そうさせるのであろう。

しかし良知は、そういった陋習(ろうしゅう)を打ち破り、率先して団体を動かすことのできる人間でありたいと思う。

【卒業まで恰度(ちょうど)一日ということになる。我々の前途には容易ならぬものが待ち受けていることを覚悟せねばならぬ。

先ず敵に面する前に、この次の指揮官としての位置に如何に自分を置くかについてかなり苦しまねばならぬと思う。

人を統御するということは並大抵の業ではない。敵と戦うに個人のみをもってするのは易しい。けれども部下を引っ提げて死地に出入し、しかも部下にとって毅然たる象徴としての隊長であることは難しいことだ。甘く考え勝ちになるが、警戒せねばならない。

兵の種々の素質とその思考が何れに流れて行くか、或いは群集心理としてどういう思いがけぬ動きとなって現われるか、良く肝を据えてかかり、如何なることに会っても、冷静、果断、克く為し得る底の心構えを固めておかねばならぬ。

私は誓って良き隊長であろうと思う。私の一切を、この生活に投げ入れて、やってやってやり抜くまでのことである】

「この数年の難局を通じて生きて居れるものと思うのは大間違いだ」

良知たちの卒業に当たって、中隊の戸川少尉は凛々しい表情で、きっぱりと言い切った。

良知も生き延びようとは毛頭思っていない。

ただ、「自分の生き方、自らに恥じるところのない生き方を貫きたい」という決意を、胸のうちに刻み込んでいる。

【激しい現実の様相がぎりぎりと身に迫って来ている。我ら恃（たの）むあるは五尺の身体と二十何年の生涯と——。捧げ尽くし、投げ尽くして悔いない、潔さのみである。神々も照覧し給え】

十月十五日

卒業後も学校の移転に伴う残務整理で、まだ水戸校に留まっている。

卒業に当たって、転属の希望を紙に書いて提出するように言われた。

その瞬間に僅かな動揺が良知の胸のうちに漣（さざなみ）のように起こり、ほんの一瞬で収まった。心の水面は波立ちの影さえも残しはしなかった。

「これでやっと戦線に出られる」

「外地を希望する」

皆は勢いよく肩を叩きあい、拳を振り上げて、口々に昂然と外地を志望していた。

しかし良知はそこに、一脈の虚しさを感じた。

力説すればするほど、なぜか言葉だけが上滑りをしているような印象を受ける。口調の強さほどの心の高まりが、感じられない。

良知は、たぶん自分の思い過ごしに過ぎないのだろうと思う。

良知自身がかすかな心の揺れを感じたために、このような受けとめ方をしてしまうのであろう。

本人たちは、本心から戦場に赴くことを希望しているに違いない。

良知は黙したまま、紙に外地を希望する旨を書き入れた。何の気負いもない。

ただ、人生の最期は自分自身で納得のいくものでありたいと思う。立派でありたいと思う。身を惜しみ内地に留まることは、良知の矜持(きょうじ)が許さない。潔く生を全うすることこそが望むところである。

この夜、床に着いた良知は暗闇に目を凝らし、先刻のあの一瞬の動揺を思い返していた。あれはいったいなんだったのだろう。

心の襞(ひだ)を指先で辿るように、あの瞬間、胸にきざした感情を反芻しようと試みたが、あの微妙な揺らぎは二度と良知を訪れては来なかった。

何度も寝返りを打ちながら、良知は寝付かれない夜を過ごした。

十月十八日

水戸陸軍飛行学校移転の日となった。

陣営具、兵器等の梱包、自動車積載も終わり、いよいよ水戸校を旅立つ。

教官、学生ともに乗り込み、岩沼まで搬送し、そのまま開校の準備作業に入る。

その後、良知たち学生は、転属の命令がない限り、原隊へ復帰する予定だ。

思い返せば、実り多い五ヵ月間であった。凝縮された密度を持っていた。自分はここにおいて、精神面、技術面、ともに成長したと自信を持って言い切れる。

一人の兵士としての覚悟を備えて、思い残すこと一つなくこの地から今、巣立って行く。

前夜の雨に洗われた校舎が朝日に輝き、木立の緑はひときわ濃い。

「渭城の朝雨　軽塵を潤す　客舎青青　柳色新なり」

突然に王維の詩が脳裏を過(よ)ぎった。

濡れた砂利の道に轍(わだち)を軋(きし)ませて、自動貨車の隊列はゆっくりと発進した。

一台、また一台と陽関ならぬ校門を出る。もう再び戻ることはない。

守衛がその一台一台に心のこもった敬礼をしてくれる。

良知を育んだ水戸校は、バックミラーの中で小さくなっていった。

第五章――見習士官〔一〕

一

東部百十一部隊の移転後、長い間ずっと空いたままになっていた兵舎に戻り、良知はふるさとに帰ってきたような感慨を覚えていた。

岩沼・玉浦の肌理(きめ)の荒い土も凛(りん)と冷たい風も、夕映えの空に浮かぶ蔵王のシルエットも、すべてが懐かしい。岩沼には、初年兵として過ごした苦楽がそこかしこに滲み込んでいた。

東部百十一部隊から飛行学校へ派遣されたのは僅か五ヵ月前のことである。それなのに、部隊で経験した多くの人々との出会いや別れ、教練や試験、前期兵による嫌がらせなどが、もうずいぶん昔の出来事のように感じられる。

目の前に並ぶ木造兵舎の佇まいは変わらないが、時の流れが良知を変えていた。不愉快で辛いことの多かった初年兵の日々を、兵隊・長門良知の原点であったと振り返る余裕が生じている。

思いがけない展開で、兵隊としての基本を学んだこの地に帰り、仙台陸軍飛行学校の開校準備をすることとなった。新しく入校する者たちのために行き届いた支度を心がけたい。

良知は開校の準備作業にしばらくの間、忙殺されていた。

十月二十五日

忙しさも一段落し、良知は妹のさゆりの卒業と就職を祝う手紙を書いた。

【その一。卒業おめでとう。老婆心ながら注意書のようなものを書いてみる。環境の激変に心身をうまく適応させること。何としても学校の生活とは違って、活きた社会ともなれば、なかなか目まぐるしく心奪われること多かんめる——と云うわけで、生活に捲き込まれて、生活を表面的に呼吸するのみで自分自身を何処かに見失ってしまう。学校だろうと社会だろうと、そこに置かれる自分は一つ。内なるもの、自分の精神は毫も変わってはならぬ筈。じーんと理性を冴えさせて、しかも感情豊かに潤いをもって生活すること。身体は違った環境に置かれるとうっかりすると、変調を来し易いから、学校に居た生活から緩徐に調子を移して行くような心構えで初めから全力を出し切らずに、自分で自分の身体の尺度を精密に記録しながら、来るべき生活に徐々に歩調を合わせて行くことが大切】

【その二。第三に仕事に心棒を見付けること。何の為に仕事をするか。早い話が、金の為に仕事をする人があっても良い。けれど、もう少し高いところに眼をつけることは、教養ある人としては当たり前のことだ。仕事の中に自分を磨く。溢れるばかりの人生の宝を摑んで来る。欲張り屋であって欲しい。又、そうであるときには、何時も仕事に征服されることなしに、仕事を征服し、味わい尽すことが出来る。それから、云うまでもないことだが、今迄続けた学問を一朝にして放擲せぬこと。国文学について、興味をもって究めて行きたい分野があるであろうから、その目的の為にはこの仕事は最適である。この意味で、私も喜んで居る。書けば、何やかやと云いたいが、又別の機会にしよう。折にふれ、折々のことなど報せてくれるように。了の合格を祈っている】

十月二十七日

朝、原隊復帰命令が出た。

慌しく準備をしていたところ、夜になって突然、航空本部から出発中止を告げられた。

これはいよいよ、明日、転属命令が発せられるのだ。

豪北に行く者、ビルマに行く者、南海派遣の者、戦線の第一線に赴く者を今までどんなに良知は羨んできたことか。

入隊してから一年余り、ようやく待ちに待った出陣の命が下ろうとしていた。

皆は今、出陣の前夜という高揚感からは程遠く、黙々として荷造りをしている。水戸を立つ前に転属の希望を申告したときの肩を叩き合う姿は、どこにもない。

戦場に臨む覚悟や決意をなくしたからではない。ただ、各々の胸の内を、今、取り立てて口に出すものは誰もいない。

なぜなら、出陣は兵隊にとってはむしろ当然の事態で普通の出来事だ。何も特別な興奮や感激を持って受け止める必要はない。

命が下れば、黙々として従う。それが兵隊である。

「来年の春には、蒲鉾となってお目にかかろう」

これがこの頃の良知たちの合言葉となっていた。

海で死ぬ場合、死体は魚に食い尽くされる。その魚が釣り上げられて蒲鉾になる。海で死んだ兵士は蒲鉾となる、という意味である。

陸軍の兵士は輸送船で戦地に送られる。兵装した護衛艦はつくが、輸送船自体は客船や貨物船を徴用した一般の船である。装備しているものと言ったら高射砲と機関砲ぐらいであるから、攻撃されても反撃の手段など無いに等しい。船ごと沈められてはどうにも戦いようがない。

いかに訓練を積み、技量を習得した兵士であっても、なす術なくただ蒲鉾になるのみである。

仲間内での冗談とも本気ともつかぬ合言葉をからりと明るく言ってのけ、どこにも悲壮感はない。

送る者も、送られる者も平常心である。

半年前、戦地に赴く戦友を羨みながらも身の上を案じた良知ではない。与えられた指示に、ただひたすら全力で立ち向かうのみである。

さあ、自分はどこへ行くのか。

【父上、母上、家族の顔など、それぞれ懐かしく思い出されながら、けれどもこれ以上彼の人々に告げるべき訣別の言葉もない。ただ後に残る人の心事を思いやる時、余りにも平静に行ける私の身と引き較べると、感慨がともすれば胸に溢れようとする。言うまい。ただ天であり命である。

武者震いして、全力をあげて事に当たるのみである。信念は毫も崩れず、ひたひたと胸に畳まれている】

十月二十八日

夜、転属の命令が発せられた。

全員が整列する講堂は、お互いの鼓動までが聞こえそうなほど静まっている。

手元に白い紙を携えた校長が階段を軋ませて壇上に登った。

外地への転属者たちが発表される。

校長の口元を凝視し、全身を耳にした。

一名一名の名前が呼ばれるたびに、誇らかな大声が雄々しく響き渡る。胸を弾ませて大きく呼吸する息づかいが聞こえた。

次こそはと待ち続けたが、とうとう最後まで転属者の中に良知の名が呼ばれることはなかった。

良知は十一月一日付けで原隊復帰を命じられた。

しかし、羨むことはない。

覚悟は疾(と)うにできている。自分に与えられた場で死力を尽くす。それが自分なりの日本への献身である。

戦場へ征くのも、国内で新兵の教育に力を注ぐのも、国に尽くすことには変わりがないではないか。

良知の心は、早くも東部百十一部隊の移転先である郡山に向かっていた。

十月二十九日

明日は外地に転属になった戦友たちを送る日である。彼らはすでに出発の準備を整え、出立を待つばかりとなっている。

今夜隊内で開かれる壮行会のために、何人かが先ほど車で酒の調達に勇んで出かけていった。

留守番組となった良知は、新聞に目を通していて毎日新聞に会津八一の歌を見つけた。

歌人の会津八一は早稲田の文学部の教授で、直接に教わったことはないが、早稲田高等学院では英語の教鞭も取っていた。

良知は学生時代から会津八一の歌に心酔しており、彼の歌集『鹿鳴集』が刊行されたときには乏しい小遣いの中から買い求め、同じく八一の好きなさゆりとお互いに気に入った歌を代わる代わる詠じて楽しいときを過ごした。

八一の歌は対象に向ける目が温かく、切口はまろやかで描写は絵画的といえる。

掲載されていた歌は、この日の良知の心境にぴたりと当て嵌(は)まるものだった。

芝草　　会津八一

たまたまに　芝草刈りし　我がかどに　あすは征かむと　人の訪ひくる

みんなみに　あすはゆかむと　一人来て　静かに立てり　夕月のもとに

良知は何度か小さく声に出して、歌の響きを味わった。次に目を閉じて、それぞれを諳(そら)んじてみた。

光景が瞼に浮かんでくる。リズムも耳に心地よい。はらはらと心の琴線が弾かれる。

八一を訪れたのは早稲田の教え子であろうか。

南方へ出征する者を見送る八一の心情は、入隊以来ずっと互いに励まし合ってきた戦友を送る良知の思いと通じている。

耳にしっくりと馴染(なじ)む快い韻律を楽しむうちに、かつて詠じた数々の歌が無性に懐かしく思われてきた。

父母共に歌を嗜(たしな)む家庭に育った良知には、歌に纏(まつ)わる思い出は多い。

瞑(つむ)ったままの良知の目には、自宅の茶の間で家族と歌を詠じ合った日々が映っていた。

十月三十日

南海へ征く戦友を校門に見送った。

残る者が整列して白い手套で敬礼する中を、征く者は誇らしげに胸を張って車に乗り込み、頬を幾分か紅潮させて敬礼を返した。彼らの視線と見送る良知たちの視線が交わされ、交差してゆく。

良知は車上の友たち一人一人と順々に眼を合わせてかすかに頷きながら、彼らの武運を祈った。戦線への無事なる到着と、訓練の開花結実を念じて、瞬(またた)きをするのも忘れて彼らを見つめ続けた。

もう相見えることはないかもしれないが、互いに精一杯の献身を尽くそう。

彼らを乗せた乗用車が黒い車体をぶるっと震わせてエンジンを始動する。静かに発進した車は、一台また一台とゆっくり校門を出て、順に左折してゆく。

彼方には朝日を浴びた蔵王が、澄んだ秋空に屹立していた。

車列が視界から消えたとき、突然、良知の胸の中に突き上げるように彼らを羨む気持ちが湧きあがった。

征きたい。俺も征きたい。戦場に立ちたい。

最前線に立つことのできる彼らが羨(うらや)ましい。代われるものなら代わりたい。

しかし、良知の思いとは関わりなく、現実は歴然として目の前にあった。

羨むまい、考えまい、俺には自分なりの道があるのだ。

良知は迸(ほとばし)る羨望を宥めながら、開校準備の最後の仕上げに没頭しようと身を翻した。

二

十一月二日

十月二十八日付けで見習士官を命じられた。

十一月一日、郡山に移転していた原隊・東部百十一部隊に復帰した。

部隊は、九個あった中隊が兵舎の規模に合わせて五個に圧縮された編成となっていた。隊員数に変化はないため、兵舎の中はすし詰め状態となっている。

第一中隊から第三中隊までが飛行機の整備全般を教える『整備』、第四は機体の修理を教える『金属』、第五は、飛行機の武装（銃器の装着）を教える『武装』と自動車の操縦を教える『自動車』に分かれていた。

良知は第五中隊に配属された。同じ中隊には山崎という見習士官が同時に配属になっていた。良知と同時に見習士官を拝命した一歳年下の男である。

馬が合うとでも言うのか、良知は山崎を好ましく思っている。

今日は前日（一日）に入隊した兵隊の入隊式が行なわれた。

まるで新しく着任した自分たち二人のために執り行なわれた式のようである。晴れがましさの中に面映ゆさの混ざった思いで、居並ぶ将校の列の端に加わった。

勅諭奉読、部隊長訓辞と、式は型どおりに続く。

終了後に中隊長から中隊全員に紹介された。

中には良知が以前に見知った顔もかなりある。班長や、基幹兵と呼ばれる優秀な兵は、教育や部隊の使役のために残されているからだ。

良知の入隊当時に内務班の班長だった手島軍曹も懐かしい一人である。転属にならずにこの隊に残っていた。手島とは到着早々、旧交を温めたところだ。

山崎と並んで中隊全員の前に立つと、自分の立場が飛行学校入校前とは一変しているのがよくわかる。

この兵たちの教育を成しとげていかなければならない。負うべき責任は、一初年兵の頃とは比較にならないほど重くなっている。

良知は緩みそうになった頬と気持ちを引き締め、中隊全員から注がれる視線を受け止めた。いよいよ明日から新しい生活が始まろうとしていた。

十一月三日

明治節。開隊記念日でもある。

近隣の人々までが参加して華やかなお祭りとなった。

郡山は、明治時代から軍隊誘致の運動には熱心な土地柄であったが、なかなか実現しなかった。

昭和十五年に兵舎・病院（富田村）、練兵場（片平）、射撃場用地（大槻町）として合わせて二十二万三千坪の土地を献納し、翌年八月に、やっと念願が叶って陸軍東部六十六部隊が設置された。

続いて昭和十七年には、郡山第一海軍航空隊、郡山第二海軍航空隊、郡山第三海軍航空隊の設置が決定された。

良知の東部百十一部隊は、昭和十八年に東部六十六部隊が若松へ移転した後に来駐したのだ。北に安達太良山を望む一帯の土地は、近隣有志によって桜が植樹され、部隊の正門の両脇にも植えられている。今は紅葉の盛りだが、来春にはきっと美しく咲くだろう。

良知は、着飾って嬉々としている人々の輪の中にいる自分を発見して、不思議な感慨に囚われた。

今日こうして自分がここに生きて在ることを、いったい誰が予測し得たであろう。

軍隊に入った当初から、覚悟はただ「見事に死ぬ」の一事だった。

自分をはじめ誰もが、目前の死を意識して兵隊としての一歩を踏み出したのだ。

その後、北海に南瞑にと、一人立ち、二人去り、残る者にとって、よりつらい訣別を繰り返してきた。

そして自分は、秋晴れの青空の下で祭りを祝う群衆の渦の中に、まだ生きて在る。

西に日が傾くと、急に足元から冷え込んできた。祭りが終わり、ひとしきりの喧騒が過ぎ去った部隊では、これからまた転属の命が下ろうとしている。

部隊長の手元でひらひらと風にそよぐ薄い和紙が、一人一人の運命を載せていた。

十一月七日

中隊長家の引っ越しを手伝った後、山崎と二人で映画『おじさん』を見た。

そのとき、ニュース映画『ホーネット艦上より撮影した南太平洋海戦』『学徒出陣式の情景』が同時に上映された。二本とも特別の感銘を持って観た。

『ホーネット艦上より撮影した南太平洋海戦』は、南太平洋サンタクルーズ諸島北方において米国空母ホーネットを日本の第三艦隊が攻撃し、撃沈するまでが記録されていた。

急降下爆撃する九九式艦上爆撃機、低空飛行で雷撃をする九七式艦上攻撃機、ホーネットの艦上から空一面に撃ち拡げられた対空砲射の弾幕を縫うように舞って襲いかかる零式戦闘機。

哀れ、避け損なって錐もみ状態で墜落していく機もある。

一機一機がまるで意志を持った生き物のように、渾身の力を籠（こ）めて戦っている。中の操縦者は眦（まなじり）を決してホーネットを睨み据え、どうにかしてこの巨体の獲物をしとめてやろうと操縦桿を握り締めているはずだ。

艦上では敵兵が、機銃から降り注ぐ弾丸の驟雨（しゅうう）の中で対空砲にしがみつき、必死の防戦を試みている。

艦に沿って、甲板を超える高さの真っ白い水柱が列をなして海中から湧き上がる。

空には、一面に礫（つぶて）を撒（ま）き散らしたような黒煙が広がる。

艦上攻撃機の放った水平爆撃が艦尾に見事に命中し、艦は火を噴き、黒煙を噴出する。

突如として、艦の真横に天を衝くほどの白く太い水柱が吹き上がった。艦影をかき消して勢いよく吹き上がった水柱は、空中に姿を留めるように一瞬、静止したかと思うと、滝のように落下した。

一面に白く波立ち大きくうねる海面に再び現われたホーネットは、いたるところから黒煙を発し、断末魔の様相を呈している。駆逐艦・巻雲と秋雲の放った魚雷が止めを刺したのだ。やがて、さしもの巨艦も喘（あえ）ぐように艦体を大きく傾斜させながら、ゆっくりと艦尾から海中に没していった。

映画館の中を埋めた人々はホーネットが撃沈されると快哉を叫び、手を叩いて大喜びした。

良知は熱狂する館内で、今こうして映画を見ているときにも、前線に身を置く兵士たちが死と隣り合わせで戦っている事実を忘れてはならないと思っていた。

『学徒出陣式の情景』は、十月二十一日に神宮外苑競技場で行なわれた「学徒出陣壮行会」の記録であった。

雨の中を学帽学生服姿の出陣学徒たちが参加七十七校ごとに校旗を掲げ、隊列を組んで泥濘んだトラックを入場行進する。着剣した銃を右肩に担ぎ左手を大きく振って、泥撥ねだらけになったゲートルの足で一歩一歩を踏みしめて進んでゆく。

トラック一面に溜まった雨水が、鏡のように彼らの姿を映し出している。

やがて広いフィールドを立錐の余地なく埋め尽くした学徒たちは、この者たちが皆、出征するのかと、息を呑むほどの数である。

スタンドは見送りの家族や後輩六万五千人で膨れ上がっている。彼らは総立ちになって歓声を上げ、拍手を送る。とくに左翼席一面を占めた女子学生たちは揃って日の丸を打ち振り、旗の波を作っている。

スタンド中央には来賓の東条英機総理大臣兼陸軍大臣、向かって左に嶋田繁太郎海軍大臣、右には主催者の岡部長景文部大臣が敬礼する。

東条首相は、甲高い声を張り上げて「……青年学徒の不抜なる意気と必勝の信念とをもって護国の重責を全うし、後世に永く日本の光輝ある伝統を残されんことを諸君に期待し、かつこれを確信するものである。……必ずや其の責任を全うされんことを切に祈念して諸君に対する私の壮行の辞と致す次第である」と訓辞を述べ、これに応えて出陣学徒代表が「……生等、今や見敵必殺の銃剣を掲げ積年忍苦の精神研鑽を挙げて悉此の光栄ある重任に捧げ、挺身以って頑敵を撃滅せん。生等、もとより生還を期せず。……」と悲壮な覚悟を宣言した。

やがて会場は「海行かば」「ああ、紅の血は燃ゆる」の大合唱に包まれ、壮行会が最高潮に達したところで映画は終わった。

学徒は学業半ばにして兵隊として召集され、十二月一日から入隊するのだ。

その数は全国で約十万人ともいわれている。

三度の繰り上げ卒業に加えて、今こうして学徒も出陣する。

日本の緊迫した戦況を考えれば、やむをえない選択ではあるとは思う。しかし、学窓を巣立つことなく志半ばにして戦地へ赴く彼らの姿には、同情を禁じ得ない。

画面に映し出される後輩たちの姿に、良知の胸の中から熱い塊が突き上げてきた。こうして日本中の若者が悲壮な覚悟で赴く戦地では、今までにもまして激しい戦いが繰り広げられるだろう。

日本を守るという使命感のもと、恵まれた生活から一転して過酷な環境に身を投じる彼らに「頑張れ」と声をかけてやりたい。いや、共に頑張ろう。自分も学徒出身の将校として、「学徒」の名を恥ずかしめないよう心に期してゆくつもりだ。

隣の山崎も後輩たちに寄せる思いは同じなのだろう。はあっと大きな息を吐き出し、軽く鼻を啜(すす)るのが聞こえた。

映画館を出て、深夜の道を山崎と二人で今の映画の感想やこれからの生活、お互いの身の上など打ち解けて話し合いながら帰ってきた。

山崎は剣道が特技だという。それを聞いた良知は、思わず「では剣を取っても見苦しくないな。羨ましい限りだ」と正直な気持ちを口にした。

するると山崎は、気軽に「ならば、教えてやろう。俺が稽古を付けてやる」と言い出した。ありがたい申し出だった。ここへ来て、新しいことに挑戦できるとは思ってもみなかったことだ。巡り合わせに感謝しつつ、さっそく好意に甘えることにした。いつ出陣となるか予想も付かないが、時間の許す限り励んでみよう。

良知は剣を構えた自分の姿を想像して、遠足前夜の小学生のようにはしゃいだ気分で眠りについた。


母からの手紙が届いた。七月に面会に来て以後、体調を崩していたのだが、すっかり回復して家事ができるようになったと書いてあった。面会にも来たいという。

本当だろうか。母が体調を崩したことをさゆりが報せてきて以来、良知は何度かさゆりに手紙を出して、うるさいほど母の容態を訊ねていた。

しかし、さゆりは余計なことを書いたと父や母に責められでもしたのか、心配するほどではないと取ってつけたような返事を書いてよこすだけで、詳しい病状は述べられていなかった。

母の手紙には、元気になったのでなにも心配しないようにとあるが、良知は額面どおりには受け取ることができなかった。

十一月十六日
どんよりとした厚みのある灰色の雲が低く垂れ込めている。空気が籠もってしまったように風もない。重い雲のヴェールで郡山盆地一帯が覆われている。

陰鬱な天候の中、良知は競技場の基本操縦場で実技教育に当たっていた。

自動車隊には五十台の日産製軍用トラックがあり、これを用いて訓練が行なわれている。兵たちは、入隊時点での個々の技量に合わせて四組に分けられていた。運転を職業にしていた者から未修得の者までばらつきがあるためだ。また、これは公にはされていないが、この組み分けには生活態度も考慮されている。運転はできるが態度の悪い者、運転はできないが態度の良い者は異なる組に配分されていた。

今日、良知が行なっているのは『鋭角通過』である。

内輪差に注意して鋭角の屈曲路を通過する訓練だが、単調で面白味のない地味な課目である。よほど熱意を持って取り組まない限り、索漠として興味の湧かない惰性的訓練となってしまう。これを習得すると、次は曲がりくねった坂道で訓練を行なう予定だ。

良知自身はもう車が身体の一部になってしまい、訓練の指揮を執るため車から降りているときは何か忘れ物をしたような気がする。車の助手席に座って軍刀を抱いているときが最も自分らしい。闘争心に似た興奮が全身を包む。

日本の戦況はいよいよもって厳しくなっている。

今月初めよりブーゲンビル島をめぐっての攻防が報道され続けている。四月に山本五十六元帥が撃墜されて墜死した島である。

この島は、ガダルカナル島と、ラバウルのあるニューブリテン島の間に位置している。ラバウルは南海における日本最大の拠点で、南海における日本軍の本丸といえる。

ブーゲンビルが米国の手に落ちれば、米軍は勢いづいてラバウルへと雪崩(なだ)れ込み、日本はますます窮地に陥(おちい)るであろう。

攻防の最前線が後退するにつれて、国土の安全も脅かされてきた。

東京都は十三日に、帝都重要地帯の疎開計画を発表している。これにより防火帯造成のための重要工場周辺民家の撤去や空襲避難場所としての駅前広場造成が行なわれる。

国土が戦場となるような事態は、何としても避けねばならない。

良知は教育の現場にある自分の責任を重く感じ、一人でも多くの兵隊を早く仕上げたいと心急(せ)かるる思いだった。

十一月二十四日

今、自分の全てを兵隊の教育訓練に注ぎ込んでいるという実感がある。意気に燃え上がる闘志を体内に熱く感じ、何ごとにも全身でぶつかっている。

良知は、この情熱を永劫に忘れまいと固く誓った。

良知の一日一日、いや一瞬一瞬は、自分が為し得る限りのことを精一杯為しているという充実感に満ちている。自分の行動の全てが祖国への貢献となっていることに、生きる張り合いが感じられた。

あと十日ほどで将校勤務を命じられる予定となっている。

来週は週番士官の見習いを勤め、二週間後には本物の週番士官となる。

どれほど忙しくなろうとも、それに潰されることはない。

教官・長門良知は多忙な生活を望んでいた。

十一月二十六日

読売新聞に、米国のギルバート諸島上陸作戦が、ブーゲンビル島作戦と並行して進められるであろうとの予測が載っていた。

一部に、今回の米軍のギルバート諸島反攻が、ブーゲンビル戦での苦戦に焦った米軍が日本の兵力の分散を狙った陽動作戦であるといった見解がある。しかし読売の記事は、これに真っ向から反論していた。

予測の根拠として、「ギルバート出撃は、ブーゲンビルのそれと同時に行なわれなかったため敵がソロモンに払った厖大な消耗糊塗の反攻であるかに見えるが、この問題はソロモン方面の敵は南太平洋艦隊司令長官ハルゼー麾下の艦隊であり、ギルバートの敵は飽くまでハワイ中心に根拠を置くニミッツ麾下の別個の艦隊である事実を考案すれば自ずから明かになるであろう」としている。

ギルバート諸島は、ブーゲンビル島の東北東に位置し、開戦直後に日本が占領した元英領である。日本の委任統治領マーシャル諸島の外郭陣地として、また実行されなかったが、フィジー・サモア攻略作戦の前進基地として重視されてきた。日本の占領地としてはもっとも東方にあるが、直線距離としてはブーゲンビルよりもかなり日本に近い。

日本は珊瑚礁に散らばるギルバート諸島の防衛の中心として、タラワ島（正確にはタラワ環礁のベティオ島）に四千五百名が駐屯し、飛行場を設営し、大砲と機関銃の陣地を張り巡らし、東西四キロメートル、南北七百メートル足らずの礁島を要塞化していた。

ギルバート諸島への米軍の上陸は、太平洋を中央突破して日本本土への近道を確保する事態となろう。これはたいへんな重大事である。

激戦が報じられているブーゲンビル島と並んで、ギルバート諸島でも死力を尽くした戦いとなろう。

朝日新聞は「艦隊決戦の時来る」と警告している。良知は「むべなるかな」と頷いた。中途半端な戦力で、徒にじわじわと押し切られながら兵力と地域を失ってはならない。今こそ艦隊を繰り出し雌雄を決する時であろう。総力を挙げて要衝ギルバート諸島への上陸作戦を阻止しなければならない。

【南太平洋の戦局は更に重大の度を加重してきた】

三

十二月一日

高く晴れ渡った冬空に安達太良山が毅然として聳え立つ。

青く澄んだ空を振り仰ぐと、冬の陽射しに煌きながら、さらさらと粉雪が顔に舞い落ちてきた。山越えの北風はしばしば雪を連れてくる。

盆地特有の底冷えのする中を、学徒兵たちが肉親の歓呼に見送られて入隊して来た。

入営の見送りを辞退するように、「初めて國民學校に児童が入学するときのやうに父母兄弟に付き添はれて行くのは恥としなければならない」といった軍当局からの新聞での呼びかけもあったが、肉親の情はそう簡単に割り切れるものではない。

全国で八万人の学徒兵が、今日一斉に陸軍に入隊するという。新入隊者を迎えるたびに、ひとしきり部隊は慌しくにぎやかになるものだ。とくに今日は学徒たちが入隊したため、雰囲気も少し緩んで、まるで大学の構内のようだ。

良知は自分も学徒出身なので、学徒兵に対しては特別な親近感を抱いている。学生服を軍服に着替えた新入隊者は、さすがに緊張した面持ちで営庭に整列した。その姿に重ね合わせて、良知は柏の部隊での入隊初日を思い出していた。

あれから一年余り、今の自分には大きな使命が課されている。彼らを一日も早く一人前の兵にして前線に送り出すことだ。

冬を越す頃には技術を習得し、精神面も一段と鍛えられて立派な兵士となるだろう。良知には頼もしい姿が見えるような気がした。

十二月五日

日曜日である。母とさゆりが面会に来るというので、郡山の駅まで迎えに行った。風は冷たいが、幸い天気は良い。

十一時四十分の汽車が着いて、陸橋を人波が渡ってくる。

はじめに焦げ茶のコートを着たさゆりを見つけた。同時にさゆりも良知を見つけて、笑いながら大きく手を振っている。

手を振りながら、さゆりは振り向いて、まだ階段の途中にいる母を呼ぶ。

黒いコート姿の母は急ぎ足になって階段を下りながら、さゆりが指し示す良知のほうへ顔を向け、笑いながら一回二回と頷いた。

その母の様子を見て、良知は急に視界がぼやけた。おかしなことに、涙が出てきた。

母は元気そうだった。

水戸校に来たときの母は頬がこけて顎がとがり、ずいぶんと年老いて見えた。ちょうど前日に具合が悪かったのだと聞かされたが、実際はそのような単なる一時的な疲労ではなかった。あのあと母は体調を崩し、長く床に就いてしまっていたのだ。

やっと先日、ようやく起き上がってぶらぶらできるようになった旨の手紙を母自身が書いてよこした。しかし手紙だけでは詳しい状態は分からず、良知の心配は晴れなかった。

それが今日こうして見ると、母は血色もよく、頬はふっくらとして若返って見えた。

良知は安心するのと同時に、嬉しさがこみ上げてきた。幼い子どものように駆け寄りたい衝動を堪えて、笑顔の目を母と見合わせながら、二人が改札から出て来るのを待っていた。

実は、母が自分の入隊が決まってからだんだん元気をなくし、ついには健康を損ねたという事実は、母親思いの良知にとってたいへん気にかかる辛いことだった。

遠く離れて、容態は妹たちの手紙を通してしか知ることができず、ほんとうはもっと悪いのではないかとは不安を募らせていた。

死を覚悟して思い残すことはないと大きなことを言いながらも、母のことは一つ限りの心残りとなっていた。

それが、今日の母の息災な姿は、良知の心に長いこと引っ掛かっていた気がかりを吹き払うものとなった。

母とさゆりが改札を出て、笑いながら弾むような足取りで良知に歩み寄ってくる。二人を見守って待つ良知の笑顔には心残りがなくなったことへの安堵も含まれている。悲しい事実だが、二人が気付くことはない。

駅前の牛鍋屋《角海老》で、すき焼きを楽しむことにした。

小部屋に通されて、親子三人で水入らずの昼食だ。

見習士官になってからは、行動の制約がずいぶんと緩められてきた。隊の面会室で、上官の立ち会いを受けながら、周囲を気にして会話を交わしていたのとは大違いである。

ぐつぐつと音を立てて煮え立つ鍋をつつきながら、母の酌で酒を飲む。

喉を通る熱燗(あつかん)の酒が冷え切った身体を芯から温めて、陶然とした気持ちになってくる。つい一杯一杯、また一杯と杯を重ねた。

山崎のこと、剣道のこと、自動車のこと、教官生活と、良知には話したいことが途切れずあり、母とさゆりはどんな話題も眼を輝かせて喜んで聞きたがった。

聞くことに夢中で箸が止まりがちな二人に、もっとたくさん食べるように、しつこいほど繰り返し勧める。

二人とも「たくさん食べてるわ」と言いながら、促されるたびに湯気の立つ甘辛い肉を口に運んで「おいしいわー」を連発している。「こんなご馳走は久しぶりよ」とさゆりが喜ぶ。東京では食糧事情がひどく悪くなっているようだ。

急にさゆりが思いついたように、「凍るから『こおりやま』って言うのかしら」と面白いことを言いだした。

郡山に着いて、あまりの冷え込みの厳しさに驚いたらしい。二人の一番の心配はなんと言っても良知の健康だ。何度も「身体にはくれぐれも気をつけて」と口々に繰り返している。

「大丈夫だよ。心配しないで」

良知は笑って応える。岩沼で一冬を越したのだ。寒さには自信がある。

時間をたっぷりかけて昼食を摂った後、映画館で『虎彦竜彦』を観た。

こうして三人が並んで一緒にスクリーンに向かっている姿は、出征前と変わらない。

よく母や妹弟と新宿で映画を見たものだ。懐かしい気持ちになる。

スクリーンから目を離して、隣に座る母とさゆりの時折り白く浮かび上がる横顔を瞼に焼き付けるように、しばらくの間まじまじと見つめた。自分が力を尽くすのは、この愛する家族のため、家族の暮らす国のためだ。

万が一にも日本が敗れれば、国民は、家族たちは想像するだに恐ろしいほどの悲惨な境遇に見舞われるだろう。それだけは命に代えて防ぎたい。

映画館を出ると、冬の日はとっぷりと暮れていた。勢いを増した北風が擦(かす)れた口笛のような音を立てて、耳も鼻ももぎ取ろうとするかのように吹きつけてきた。楽しい時間はあっという間に過ぎ去ってゆく。

家並みを軋ませて吹き荒れる風の合間にせわしく息を継ぎながら、急ぎ足で二人を宿まで送った。名残りは尽きないが、別れの時だ。明日には帰京する二人を、良知は見送ることができない。

背を向けて歩き始めた良知を、宿の前に一つ灯るほの暗い街灯の下に立って、母とさゆりが見送ってくれる。唸りを立てて全身に吹き付ける強風に吹かれて、コートの襟元をしっかりとかき合わせた二人は、肩を寄せ合って立っていた。さゆりのコートの裾が翻る。

良知は何度も振り返って、手を振りながらもう宿に入れと勧めた。二人は笑って取り合わず、ただ千切れるほどに手を振り続けている。良知が見えなくなるまで見送るつもりなのだ。

その視線は背に熱く、良知は氷の刃を振るうような寒風も気にならなかった。

十二月六日
昨夜来の風は衰えを知らず、擦れた口笛のような風音が絶え間なく駆け巡っている。

青く澄み渡った空の下、午前中には一日に入隊した学徒兵たちの入隊式が行なわれた。

吹きさらしの営庭に、頬と耳を真っ赤にした新兵たちが、強風に向かって体を倒すように踏ん張って整列している。

きびきびとした動作で、一挙手一投足に気合いがこもっているのが感じられる。鍛えがいのある兵たちだ。心強い新戦力となるだろう。

午後は密集訓練と銃剣術、通常の授業が行なわれた。

学徒兵を迎え、一時は慌しさを増していた隊内も、彼らを組み込んで平常に復しつつあった。

十二月十日
【応用操縦。上森中尉殿の率いる第三組と一緒に出る。風は朝になって吹き収まって、僅かの白雲を残すのみの青空が厳しく美しく輝いている。その下に、ぐるりとこの盆地を取り巻いている山々は痩尾根を白雪で飾り、冬の相貌をいやが上にも尖(とが)らせている。それはあらゆる人間的営みを超越している。

車は滑って行く。格段の進歩が行軍縦列の上に見られて、その定距離の保持が美しい帯を作っている。その長い帯は、のたうつ生物――一つの意志を持って驀進せねば止まぬという剛(つよ)さを持っている。鋼鉄の機械と、鋼鉄のように武装した多数の兵隊により成り立っている。中の一人が私。それで或る時、ふと郷里を想う。家を想う。母を想って微笑した顔が陽光に明るい前面硝子の向うにある】

十二月十二日
日曜日。朝のうちちらほらと舞っていた小雪が昼前に止み、雪雲の切れ間から陽が射し始めた。

肌を刺すような冷たい風の中を外出する。

良知は郡山の町へ出て、まず書店に入った。

消灯前のひととき、近頃では読書が日課となっている。ちょうど昨日スタンダールの『カストロの尼』を読み終えたところだった。

入隊後一時はおとなしくしていた体内の本の虫が、郡山着任後にむっくりと起きだしたかと思うと、今はもう手の付けられないほどに増長していた。常に書物に飢えている状態は、さながら活字中毒患者のようだ。

本をむさぼるように読みたいという欲求に突き動かされて、今日は痺(しび)れるような寒さを物ともせず、書店に足を運んできた。

こうして書棚の前に立つと、良知は気持ちが和(な)いで、訳もなく幸福感や充実感がこみ上げてくる。

貧しい少年時代の生活の中で、本を購(あがな)える時間は貴重だった。その経験がそのまま身体に染み付いていて、本屋の中に立っていることがこんなにも幸せだと思わせるのかもしれない。

紙とインクの匂いの中で、本の感触を楽しみながら、あれこれと手にとって開いてみる。開いたページの世界にしばし没入し、時間の経つのも忘れて過ごす。

結局、詩集を二冊と昔譚集を一冊、買った。

日本詩集第二集と『美以久佐』室生犀星、阿波祖谷山昔諸集。

時間と金を気にすることなく好きな買い物を楽しみ、思い切り贅沢な気分に浸った。いつ以来かも忘れたほど久しぶりのことだ。

包まれた三冊の本を小脇に抱えて満足して店を出る。

時間があるので、映画を観ることにした。

『マライの虎』と『富士に誓う』の二本立てが掛かっている。

『マライの虎』は日本軍のマレー進出に協力し、昭和十七年三月に死亡した日本人青年の活躍を描いた映画だ。

死亡時には新聞に「武勲輝くマレーの虎」といった大きな見出しが躍っていたのを覚えている。

当時「マレーの虎」といえばシンガポール陥落の山下奉文中将のことだったのが、もう一人、同じ異名を取る英雄が現われたと想ったものだった。

日本は占領後にマレーをマライと改称したので『マライの虎』となっている。映画はこの勇敢な青年の活躍を、ジャングルを舞台とした冒険活劇にして描いていた。子どもたちも家族に連れられて大勢が見に来ていた。この映画が子どもに人気があるのは至極当然だろう。

もう一本の『富士に誓う』は、少年戦車兵の記録である。弟と同じ年代の十六、七歳の少年たちが志願して兵隊となっている。まだ笑顔があどけない彼らが、国のために一命を擲(なげう)って尽くそうとしている。涙ぐましいほど美しい姿だ。

良知は、彼らの国のために働こうという決意に気圧される思いがした。映画館を出ると、降り始めた小雪が強風に弄(もてあそ)ばれて空中を舞っていた。良知は今夜の読書に思いを馳せながら、本を抱えて隊への道を急ぎ足で帰った。

十二月十四日

【我々の古典はゲーテであるか、カントであるか。我々の音楽はベートーベンであるか、ワグナーであるか。我々の小説家はトルストイであるか、ジイドであるか。我々の映画は『未完成交響楽』であるか、『舞踏会の手帳』であるか——。

欧化の夢、というものか。我々の魂は日本人そのものである。間違いはない。であるが、しかし我々が考えをたぐって行くと、その先々でこうした壁に突き当る。私は今更に、空恐ろしさに慄然とする。

私たちが神と呼ぶ――その神までも、何かしら西洋風の神――ではなかったろうか。神――日本人の呼ぶ神と言う概念の清浄さを思ったならば、我々は更に別の概念でそれを言い現わさねばならなかったのではなかろうか。

私の孫、或は曾孫が、我々が苦しんだことに対して、敬意を表してくれる時代がきっと来る。私は心密かに期待し、微笑を禁じ得ない】

十二月二十日

夕方、点呼の報告に行き、タラワ、マキン両島の玉砕を知らされた。

佐藤大尉が、常と変わらない静かで落ち着いた口調で、ギルバート諸島の防衛の中心であったタラワ島とその北方のマキン島が相次いで米軍によって攻略され、守備隊が玉砕したことを告げた。

五月のアッツ島玉砕に続いて、またも胸のかきむしられるような辛い知らせがもたらされたのだ。

「中隊全員に告げるように」とのことで、良知はすぐさま隊に取って返し、全員を集めた。

突然の召集に、集まってきた兵たちも何事が起きたのかと不安な面持ちである。

両島の玉砕を告げると、「おおーっ」と悲鳴とも嘆息ともつかない声が漏れた。誰かが「チクショウ!」と叫ぶ。ぶつけようのない悔やしさが充満する。

良知は「タラワ、マキン両島の勇者の霊に黙禱を捧げる」と号令をかけて、南に面させて、

「黙禱!」の号令とともに自らも深く頭を垂れ、珊瑚礁に散った勇士に哀悼を捧げた。

怯まず向かっていったであろう。最後の一兵までが力尽きるまで戦い続けたに違いない。

日本を遠く離れた最前線で戦って果てた勇者たち。その魂は今頃は海を越えて懐かしい祖国へ、家族の元へと向かっている頃だろう。

しかし、無念極まりないことであるが、これによって日本への近道が太平洋上に切り開かれた状況になる。太平洋上の要衝の一角の陥落は、ブーゲンビル島の戦況にも切迫した緊急事態をもたらすのではないか。

今年はガダルカナル撤退に始まり、アッツ島玉砕、イタリア降伏、このたびのタラワ・マキン玉砕と日本が劣勢に立たされている戦況は、悔やしいことではあるが、認めざるをえない。

この米軍の勢力を防ぎ得て、挽回から勝利へと繋げ得るのか。公然と口に出すことは許されない疑問が、振り払っても振り払っても、どす黒く胸に湧き上がってくる。

消灯後に良知は自室の窓辺に立って、降りしきる雪をいつまでも見つめていた。

十二月三十一日
毎年過ぎ去った日々を振り返って感慨を新たにする日だが、今年この日を迎えることになろうとは考えてもみなかった。
戦争は開始してから二年が経った。
この一瞬にも、弾丸を放ち、突撃をし、あるいは砲弾に曝され、機銃に撃ち抜かれる戦友がいる現実を忘れてはならない。

彼らはあとに続く者を信じてわが身を投げ出して戦っているのだ。

【私が戦場に死ぬ日、父上と母上は私を許し給うか】

良知の望みは、戦場に自分の生活の最後を燃え立たせ、輝かせることである。

これは身勝手で思い上がった望みであろうか。これを聞いて、父や母は何と思うであろうか。

良知は故郷東京の空へ向いて、父母への限りない愛情を込めてひたすら祈る。

佳き年を迎え給えと祈る。

【不孝の子、われ】

四

昭和十九年一月一日

夜中に非常呼集がかかるのではないかと期待していたが、なにごともなく平穏に新年を迎えた。

定刻の六時半に目覚めると、明けやらぬ中に雲の動きが急である。曙の縁取りが東の山並みに映え、初日の出は間近い。

【黒ずんだ瓦、兵舎の羽目板のしみ、防火用の火叩き、きちんと開け放たれ朝の冷気を吸っている窓、僅かばかりの樹木。いつもの朝だ。何の変哲もない。

「見習士官異状無し」私の口を衝いて出る最初の言葉。

昭和十九年、この年を迎えるなどと想像していたろうか。この年は我々のものではなかっ

た】

一月五日

休日ではあるが、午前十一時まで並業の課目を実施した。

その後、郡山の町まで出る。

夕方には父と会う予定で、それまでの時間潰しに映画を観た。

『花咲く港』という時局物が掛かっていた。

ちょっと面白く仕組んだ芝居だが、もう少しすっきりとした構成ができたのではないかと思い、惜しいと思う。

まだ時間があるので、芳賀少尉の宿舎を訪ねるが、折悪しく不在であった。

少し早いが、父との待ち合わせ場所である国保旅館に向かう。

旅館に着くと、ちょうど父から「二十二時に着く」という電報が届いたところだった。

旅館の者は「待っていませんか」と、しきりに勧めたが、会わずに食事だけ済ませて帰ることにした。


宿を出ると、午後に少しばかり降った雪が止んで風もない。ほの明るい雪明かりの世界の中に聞こえるのは自分の息遣いと、さくっさくっと規則正しく雪道に踏み出す足音だけである。

歩を進めながら、良知は考えていた。

自分はなぜ父に会おうとしなかったのか。あまりに家族の者と慣れすぎ、ともに過ごす居心地のよさに、兵隊としての覚悟や決意が鈍るような状況になりはしまいかと恐ろしかったのか。

それとも兵隊として築いてきた生活の規律を崩されまいとして、自分で一つの禁制を定めたのか。

どちらにしても自分は間違っていた。

自分自身の心の中に確固たる規律を有していれば、何物をも恐れることはないはずである。外のものを恐れて避けるのではなく、身の内に強く強靭なものを鍛え、それによってわが身を峻厳に律してゆかなければならない。

良知の吐く息が夜目にも白く、湯気のように立ち上った。

一月八日

東京では代々木錬兵場において、天皇陛下の閲兵により陸軍始観兵式が執り行なわれる日である。

この部隊でも午前に閲兵が予定されている。起床は一時間早い。

【五時半に起きる。兵隊は暁闇の寒気の中を、頬を真っ赤にしながら車庫に飛び出して行く。寒いときは兵隊にとっては車が掛かるか掛からぬかが問題だ。その為に色々の言うに言われぬ苦労がある。自分たちも通って来た道だ。車が始動するか、時刻に間に合うかどうかということに自動車手の矜持がかかる。

風が雪を飛ばす。昨日に劣らぬ寒気だ。整列七時半。八時、ラッパに送られ、引率して営門を出る。

閲兵開始――手が痛い。知覚を失う。刀を落とすまいと努力する。凍雪のアスファルトは、

しっかりと歩調をとって歩くことができぬ。分列式が終わり、あっけなく解散する。引率して帰る。軍歌演習】

午後は休務である。

ラジオで今日の観兵式の模様を聴いたあと、良知は居合わせた中林と雑談を始めた。ちょうど話がスキーに及んだ。中林は近いうちに休暇を取ってスキーに行く計画があるという。良知は山登りが好きで冬山も登るが、スキーの経験はない。それを聞いた中林の「よし、では一緒に行こう」という誘いに、「おお、頼む」と飛びついた。

白銀の山は良知を魅了して止まない。岩沼の地では蔵王を、この盆地にあっては安達太良連峰をはじめとする周囲の連山を眺めるたびに、心の底に「いつか、あの山々に登りたい」という望みを、ずっと抱いてきた。

突き抜けるような青空の下で、きらきらと光り輝く新雪を踏みしめて登ってゆくことがどれほど爽快なことか、良知は知っている。

それにスキーが加わるとなると、登って登って登りきったところから、何ものにも荒らされていない真白く柔らかな雪の上に軌跡を描いて滑り降りてくる楽しみも味わえるだろう。

「必ずだぞ」と念を押して、いつの頃になるかと考えながら、中隊に戻ってきた。

雪を頂く連山には銀鼠の暮色が迫っていた。

一月十三日

母からの手紙を受け取った。

風邪で臥せったが回復したこと、さゆりが始めて教壇に立ったことなどが書き連ねてあり、ひたすら良知の健康を祈ると結んでいた。

良知は中に畳み込まれた親心をありがたく感じながらも、やはり自分の胸のうちを改めて今一度、言い遺しておかねばと思い、筆を執った。

【長門幹子様

御心配をかけつづけて、最後に又、大きな御心配をおかけするのではないかと胸も塞がる思いが致します。しかし、好んで死ぬるのでもなく、求めて生きるのでもありません。事、私に関する限り、一切の心配はご無用であります。死も口にしません。生も口にしません。何れをも期しては居りません。ただ生とか死とかを冷然と見過ごして、打ち建てるべき人間の心の存り処が私にとっては問題なのです。人生とはそういうものではないかと愚考します（死生感とか云って居る中は、未だ稚いのです）。今、私の中に燃えさかるものを、まことに止むに止まれぬものと観じて居ります。

繰り返して申します。事、私自身に関する限り絶対に御心配無用です。決然と生きる力もあれば、従容と死ぬる力も御座います。しかしそんなことは問題にはならないのです。凛々として私は人生を見つめ、永遠を手にして居るように思われます。神は私の中にあります。喜んで、私を新しい仕事に放ちやって下さい。では又】

良知は、目の前にいる母に語りかけるつもりで書いた。

母は、たぶん鳥取の方言なのではないかと思うのだが、動詞「死ぬ」の連体形を「死ぬる」という。良知もとくに母と話しているときには同じように使う。

ひたすら自分の健康を祈っていてくれる母に、このような覚悟の程をことさらに告げる酷さは分かっているつもりだ。この手紙を母は悲しく辛い思いで読むだろう。しかし、母にこそ良知は自分の心情を理解していて欲しい。良知は自らの人生を、誇りを持って生き抜こうとしているのだ。不本意な死を強いられている哀れむべき存在ではない。

母には、手紙に託した思いを理解し、良知の死という大きな悲嘆の中にも一筋の光明を見出して欲しいと、良知は願っていた。

一月十四日

ドイツがついに旧ポーランド国境以内に兵を引いたという報道があった。

欧州の戦況について最近は目立った報道がなされなかったところへ、突然このニュースである。

いつの間にこのように事態が変化したのか。

ドイツの危機は想像以上に重大で、緊急な局面となっていた。

一月十五日

射撃第二習会のため射場に向かう。

冬枯れの田舎道を行くと、空が晴れ渡り、日が射してきた。

堅く凍った小川が、きらきらとまぶしく陽光を反射する。

枯野の中に、射場の白壁が目に痛いほどくっきりと光っている。

監的壕勤務の長となり、日の射さぬ冷え切ったコンクリートの壕内へ入ると、暗さに目が慣れるまでしばらく時間が掛かった。

寒々とした壕内に、実弾の発砲の音や的を貫く音が鋭く乾いた響きを立てている。

射撃場はどこでも似たような造りとなっているが、切り通しや、壕に入っていく築堤、石段の設え（しつらえ）に、どことなく異国的な雰囲気がある。

その佇（たたず）まいは中国・山西の山々の肌を思わせ、あるいはベルダンの要塞を想像させる。

一月十七日

教官の控え室に入っていくと、見習士官たちが声高に言葉を交わし合っていて、騒然としていた。

「おい、いよいよ出陣だ」

部屋に入った良知に気付いて、一人が黒板を指しながら声をかけてきた。

見ると、「戦時兵籍名簿（見習士官分）を航空本部に提出せよ」と書かれている。

直ちに転属というわけではないが、時期近しという予感がする。

集まっていた見習士官たちと肩を叩き合って、「おお、やっと出陣だ」と喜び合った。

何処へなりとも喜んで征こう。笑って死に場所を得よう。

夜、将校団の会食が将校集会所で開かれた。

良知たち見習士官は、出陣の話題で持ちきりだった。

教官として育て上げた兵たちの晴れ姿を見ずに出陣することは心残りではある。しかし心残りを一つ言い出せば、またもう一つと際限のない話になろう。

最後に次に続く者たちの教育に多少なりとも関われた体験を喜びとして、潔く征こう。

一月二十一日

松岡勝蔵師団長閣下の視察を受けた。

東部百十一部隊の本部は第五十一教育飛行師団で、司令部は岐阜に置かれている。

八時半に整列し、九時半より特業教育をご覧頂く。

良知が制動装置の調整を教育中のところを熱心に巡視された。

車両十一台も任されて方針がうまく立てられず、ひやひやしたが、何とか無事に終了した。

一月二十三日

休暇を取り、裏磐梯への一人旅に出た。

【九時五十分、郡山発。小春日和がうらうらと田畑に岡に照り満ち、エーテルの微妙な振動が見えるようだ。僅かの心の傾きもなく、平衡を保ち切って、至極平凡で、しかも又となく幸福である。中山峠を上って行く汽車の窓に、くるりくるりと向き変わる枯木と雪の山々の風景を楽しむ。昨年通った道は、おやこれがと思わせる程雪に埋まって、人の足跡がまばらについている。白い煙を、ふわふわと、あっちの枝、こちらの枯薄に投げかけて行く。

ごーっとトンネルを出ると、防雪林に風が鳴っている。猪苗代湖をまともに吹き渡って来た風、日本海の風、シベリアの風である。磐梯山の西面を見る。すばらしい眺めである。無限の太古が現実として、眼の前に立ちはだかっている。それは何百万年も前からの私の故郷である。

この旅の良い思い出は、高村光太郎の『某月某日』によるところが多い。往きの車中で、旅館の炬燵の中で、バスの待合室で、駅の待合室とフォームで、帰りの車中で読み耽った。

ここに書かれてあるのは私の言葉か――奇妙な錯覚で自分の血肉を見るように感じ入った。

これは多く私の抱懐するものに相違ない】

第六章——見習士官〔二〕

一

一月二十六日

将校、下士官特別教育の一環として郡山の汽車工場見学が行なわれ、隊の下士官以上が参加することとなった。彼らは、週番士官兼教官として一人で残る良知に留守を託して、早朝に出立していった。

隊を預けられた良知は、多忙ではあるが充実した一日を過ごした。

午前の前段後段は学課の授業で、冬季夏季の車両の取り扱い及び差動機、電磁気についての講義を行なった。

午後の前段は国際情勢の講義で、まず昨年（昭和十八年）十一月二十七日にニューアイルランド島付近の海上で発生した陸軍病院船ぶえのすあいれす丸の沈没を例にとった。

これは、傷病兵、従軍看護婦ら千四百人あまりを乗せた病院船が、ラバウルからパラオへ向かう途中で米軍機に攻撃され、多くの死傷者を出した事件である。折しも昨日の毎日新聞には、七日間に亘る漂流後に救助された従軍看護婦の手記が掲載されていた。

米軍が病院船を撃沈したのみならず、救命艇に溢れる重油まみれの漂流者たちまで銃撃した事実を知って、良知は怒りを新たにした。

同船は一九〇七年のハーグ条約で保護されている病院船で、白色の船体に緑線、鮮やかな赤十字の標識を施してあり、赤十字国際委員会を通じて連合国側に船名が通知されていた。それにも関わらず、攻撃を受け沈没に至ったことは重大な国際法違反であると、良知は熱く説いた。それに加えて、本事件のみならず米国が日本の病院船を開戦以来たびたび攻撃している事例を挙げ、これらを許されざる暴挙と断じた。

続いて良知は、実戦に話題を移した。

ドイツ海軍のビスマルクは、日本の大和が建造されるまでは世界最大の戦艦であった。良知はビスマルクの撃沈を例に引いて、海上の戦艦にとって航空機による攻撃が最も脅威となっている現状を解説した。

いまや航空機は陸戦海戦を問わず戦況を左右する存在であり、航空部隊の任務がいかに重要かをひときわ声を高くして強調した。そして最後を「一層の奮起を期待する」と締めくくった。

一通りの講義を終えて、良知は「質問のある者はいるか」と、自分に集中している教室中の視線を均等に見返しながら問うた。

一瞬の静寂の後に「はい」という歯切れのよい声と同時に、すっくと一本の腕が上がった。

「大東亜戦争はいかにして終わるのでありますか」

指名されて立ち上がった兵は顔を幾分か紅潮させ、臆する様子なく質問した。教室の空気が一瞬ざわめいてから静まり返った。質問者に注がれた全員の視線が良知に戻る。すがりつくような真剣な面差しが教室を埋めて、じっと息を呑んで良知の答を待っているのが感じられた。言葉に出すことは許されないが、皆、この戦争の結末を心の底では恐れているのだ。不安などという生易しく漠然とした感情ではない。半ば絶望的な思いを抱いている者とて少なくないはずだ。それを軽々しくは責められない。

戦局が、どう贔屓目に見ても日本に圧倒的に不利なのは誰の眼にも明らかな事実だ。しかし、良知の立場としては、そういった本音を曝け出して語るなどは論外である。

良知は質問者に向かって一つゆっくりと頷いてから、おもむろに口を開いた。

「戦争はこれからが正念場である。四周が海という皇国の地勢を最大限に活用し、我々が死力を尽くしてぶつかれば、全力をあげて戦う体制が整った。今こうしてお前たち学徒も出陣し、我々が死力を尽くしてぶつかれば、いずれ敵は損害の大きさに音を上げて撤退せざるを得なくなる。二度にわたる元寇を思い起こしてみろ。さしもの大軍を持ってしても水際で阻止され、皇国へ踏み込むことは叶わなかった。神風によって元の大軍は滅んだが、神風が吹かなくても元が撤退に至ったであろうことは明らかである。決して皇国が敗れることはない」

通常の授業と変わらぬ口調で言い終わると、良知は教室の全員を見渡して自分自身を納得させるべく、もう一度ゆっくり頷いた。

それに釣られて、それぞれの顔が頷く。

与えられた責務を全力でやりぬくしかない。それは良知も初年兵も同じことである。

喉が痛くなるほど立て続けに授業を行なった後は、午後三時から往復二時間ほどをかけて営外への演習に出た。日が傾くに連れて冷え込みが増してくる中を、原野の枯れ草を踏み締めて大声で軍歌を歌いながら行進した。こうした軍歌演習は、兵たちにとって気持ちを発散できる数少ない時間である。

【話すということ、教えるということは、確かに我と我が身の学ぶことの第一歩である】

一月二十七日

剃刀のような寒風が朝から休みなく吹き付けて、兵舎のガラス窓はがたがたと、ひっきりなしに音を立てている。

昨日に引き続いて一人で隊を守る良知は、一日中、教壇に立ち続けた。

午前は前段後段を通して、衛生法、救急法、礼式令の講義をした。これらは歴とした幹部候補生試験の課目だが、熱心に取り組む者は少ない。

一通りの教育を終えて試験を待つだけの初年兵たちには、こうして落穂拾いのように知識の不備な箇所を補ってやりながら、試験までの日々を過ごさせたい。今日は不徹底なところを解明し、理解を深めてやる授業ができた。良知は教える者としての喜びと満足感、達成感を抱いた。

しかし、こうしてあれもこれも身につけさせてやりたいと考えながら初年兵たちに関わってゆくと、いつか彼らを手放せぬ心情になりはしないだろうか。

ふと取り越し苦労にも似た心配が頭を過ぎるほど、良知は初めて受け持った初年兵たちに肉親のような愛着を覚えている。彼らの笑顔によって勇気づけられ、鼓舞される自分を感じていた。

良知は午後も続けて教壇に立ち、陸軍刑法及び懲罰令を講義した。刑法は大学時代には研究会に所属するほど打ち込んで学んだ課目である。口調は知らず知らずのうちに熱を帯びてきた。

【昔の私が蘇り、事前に想像したよりも尚更に、これらのことと、私との繋りは緊密なものに感じられた。法学士長門良知である】

二

一月三十一日

この日から見習士官集合教育が実施され、良知も参加した。二泊三日で福島から関東にかけての飛行部隊を見学する予定だ。その後は一泊だけ自由な外泊が許可されるので、良知は千歳船橋の家に帰る旨を申告していた。

第一日目の今日は福島にある矢吹飛行場の見学後、埼玉県の大宮で宿泊する日程となっている。

矢吹飛行場は矢吹が原に作られた陸軍飛行場で、隣接して熊谷陸軍飛行学校矢吹分校が設置されていた。

分校では特別操縦見習士官第一期生が訓練を受けていた。これは深刻な問題となっている航空機操縦者の不足を補う目的で、昨年十月に始まったばかりの制度である。

彼らは赤とんぼと呼ばれる複葉中間練習機で六ヵ月間の基礎訓練を受けた後、戦闘機、爆撃機、偵察機に分かれて四ヵ月間の操縦訓練を受け、入校から十ヵ月後には実戦部隊に配属される。これまで操縦者の養成には三年から三年半かかっていたので、十ヵ月とはかなりな短期養成である。しかも心強いことに、明日からは第二期生として、出陣学徒が一般兵科から転科し入校してくる。

第一期生は全国で千八百名、第二期生は千二百名。こうして操縦者が増えれば自ずと戦況も好転するのだと、分校の教官はまるで自分の手柄のように誇らしげに説明した。

同じ航空部隊でも飛行機の整備や飛行場の警備に携わるものを教育する良知の隊と戦闘部隊とでは、さみしいことだが、雰囲気が違っていた。

大声で教官の指示が飛び、プロペラは学生が敬礼するのと同時にいつでも飛び立てるように回り始めた。一挙手一投足が素早く、てきぱきと物事がこなされてゆく様子が見て取れる。彼らには半年後に戦場で敵と戦うという具体的で明確な目標がある。目的意識を持って多くの課題を吸収しようと努める姿は意欲的であった。

訓練生が乗り込んだ練習機は次々と滑走路を疾走し、やがてふわりと浮かび上がって雲ひとつない紺碧の大空へ吸い込まれるように飛び去っていった。良知は一機一機を目で追いながら、自分もともに飛び立つような気持ちがしてきて、興奮を覚えた。

良知には、前線の航空機の操縦者を目指して訓練を積んでいる同世代の者たちの、緊張感の中にも闘志に溢れている姿が眩しく感じられた。

興奮と羨望が綯い交ぜになった気持ちを引きずって、良知たちは福島駅から東北線に乗り込んだ。

汽車は混んでいて、立っている者が通路を塞ぎ、乗降にも支障があるほどだった。一般の人々も大勢乗っている。

良知は通路の端に立って、駅の雑踏をそのまま持ち込んだようなざわつく車内の情景を見るともなしに眺めていた。

話し言葉からすると、思いのほかに東京の人間が多いようだ。皆一様にずっしりと重そうな荷物を背負ったり、抱え込んだりしている。席を取り合って険悪な者たちもいる。言い争うような棘々しいやり取りを続けている者もいた。

笑顔や譲り合う姿などは見られず、険しい表情で剝き出しの感情をぶつけ合っている。

一駅ごとに荷物を抱えて乗り込んでくる人の数は増えてきた。

彼方此方で交わされる会話が耳に入ってくる。

彼らは農村部へ食糧を買い出しに来た都会の人間たちだった。東京では、新聞記事などから良知が想像していた以上に食糧事情が悪くなっていると見える。

「今年の餅は黒かった」とか「どこそこの界隈では売るものがなくて店屋がいっせいに閉まってしまった」といった話が聞こえてきた。

良知の家族たちは心配させまいとしてか何も言わないが、やはりこうして買い出しに出ているのだろうか。良知は急に家族に思いを馳せて、家に帰ったら聞いてみなければと思った。

良知が久しぶりに会う家族の顔を思い浮かべていると、耳障りな大声が飛び込んできた。

見ると車両の中ほどで一人の見習士官が一般の乗客を相手に、見下した口調で最近の戦局を論じているところだった。

今さっき見てきたばかりの特別操縦見習士官のことなども引き合いに出し、独断や想像に過ぎない解説を得意になって止め処なく話している。

見習士官とあって聞き手が恐れ入って聞くために、ますます調子に乗って饒舌極まりない。他の乗客までが声を潜めて聞き耳を立てているのを感じてか、声は高くなるばかりである。

良知はその男と同じ軍装で同じ車内にいることさえ我慢がならないほどの、胸がむかつくような軽蔑の感情がこみ上げてきた。

これ以上は聞くに堪えないと、良知は身を翻して吹きさらしのデッキに出た。

レールの継ぎ目を拾う、がたんごとんという規則正しい音がひときわ大きく耳を打ち、合間には途切れることのない連結器の甲高い悲鳴が聞こえる。列車の揺れに任せていた身体が冷え込んでくると、冷静さが戻ってきた。

すると、あんな男の軽率な言動に心をかき乱された自分がむしろ哀れで恥ずかしく思えてきた。やはり矢吹分校の颯爽とした特別操縦見習士官たちの姿を見て、心の平静を欠いていたのかもしれない。

平常心に立ち返ると、今ここで体験した出来事を心の中で整理する余裕が生まれてきた。

ささくれ立っているような一般人の感情、都会人の買い出し風景、物資の状態。

軍隊という半ば隔離された世界に身を置き、一般社会を「地方」と呼んでいる間に、その「地方」にも一般民衆の気持ちにも大きな変化が兆しているようだ。束の間の断片的な見聞ではあったが、戦況の悪化と物資の困窮が、人々の感情からゆとりや潤いを奪い、殺伐とさせているように良知には感じられた。

二月二日

見習士官集合教育の最終見学地は、千葉県柏の東部第百二部隊と東部百五部隊であった。東部第百二部隊は、良知が入隊直後の三日間を過ごした場所である。

最寄りの豊四季駅から迎えの車に乗り込むと、同じ道を軍用自動貨車で運ばれた日の光景がしきりと思い出される。自動貨車の出発直前に良知の手を痛いほど握った母の筋張った手の感触。土埃の中を遠ざかっていく良知を身じろぎせずに射るような視線で見つめ続けていた母の立ち姿。

駅を振り返ると、あの日の母が佇んでいるような錯覚に襲われた。

今日の午後には久々に懐かしい母に会い、声を聞くことができる。家には報せていないから、さぞ驚き、喜ぶだろう。

良知は、その瞬間を手繰り寄せたいほど心が急いた。

まず、東部百二部隊では、部隊内で編成された飛行場大隊を見学した。飛行場大隊とは飛行場の補給や警備を任務とする部隊である。

その後、一同が向かった東部百五部隊は飛行第五戦隊（防空専任飛行隊）で、任務は国土、主として帝都・東京の防衛にあり、九七式戦闘機を使った訓練が行なわれていた。しかし、今回の見学の主な目的は直協隊と呼ばれる飛行部隊だった。

これは昭和十七年十月に、地上部隊の作戦に直接協同する目的で編成された九八式直協偵察機の部隊である。柏だけでなく全国の主要な飛行部隊の中に置かれている。この単発単葉で主脚の太い偵察機は、偵察だけでなく二百五十キロ爆弾を搭載して攻撃に参加することも可能であった。

見学が終わると、皆そわそわと落ち着かず、浮き足立っている。急行軍（一時間に五キロメートル以上の速度）で豊四季の駅まで戻り、午前十一時に解散となった。「行動は慎むように。明日は上野駅に午前十一時に集合」と指示され、きっちり二十四時間の自由時間が与えられた。

帰心矢の如し、滑り込んできた汽車に飛び乗って柏へ出た。昭和十七年十月一日の入隊の日、家族全員に付き添われて千歳船橋の自宅から豊四季を目指したときに辿った道を逆行して行く。

柏で降りて常磐線に乗り換えようとしたが、汽車は時間通りに到着しない。良知はいらいらしながら何度も時計を見た。遅れてはならない予定などないのに、時間が気になって仕様がない。

ようやくホームに進入して来た混んだ汽車に乗ることができた。

車窓には、東京の場末の風景が灰色に濁った空の下に広がっている。細い路地の両側に立ち並ぶ古びた木造の小さな家々。物干し台の洗濯物は赤ん坊のおむつだろうか。ところどころには枯れ草色の寂れた空き地が殺風景な表情を見せていた。

この家並みの一軒一軒に人々のかけがえのない生活が繰り広げられているのだと思った瞬間、自分でも意外なことに涙が出てきた。働き、子を産み育て、精一杯生きている人々が健気でいじらしく思えて、良知は不思議な感慨に囚われた。

荒川、隅田川と陸橋を渡って汽車は上野に到着した。

ここまで来ると、帰ってきた実感がある。省線（現・JR）に乗り換え、新宿で降りた。

もう通い慣れた道である。馴染み深い小田急線に乗った。

参宮橋、代々木上原、下北沢、聞き慣れた駅名と見慣れた景色が現われては過ぎ去ってゆく。

あといくつ、あといくつと胸の中で数えながら、乗りなれた電車の振動に身を委ねている。

こんな自分の姿は、この電車で通学していた頃と少しも変わっていないのではないか。

三十分ほどで懐かしい千歳船橋の駅に到着した。

駅に降り立つと、思わずその場に立ち止まって周りを見回した。良知を降ろした電車がスピードを上げてレールの上を遠ざかっていく。踏切がゆっくりと上がった。そこには良知が入隊するまでと変わらぬ光景が続いていた。

足を踏み出すと、ホームや改札口の三和土の感触も昔のままであった。

踏切番の爺さんが良知の顔に目を止めた。一瞬、「おやっ」という表情をしてから、見る見るうちに打ち解けた笑顔になって会釈してくれた。その笑顔に刻まれた皺は良知の記憶にあるものより深い。変わらない風景の中にも、確実に年月が流れている重みを感じさせた。

駅前には人通りがなく、がらんとしていた。見慣れた生垣、見知った門札の前を通って角を曲がる。明るい木の塀の我が家が見えた。

潜り戸を開けると鈴が響いた。見渡すと、庭に面した縁側に見慣れた背中がある。母だった。

「ただいま」という声が澱みなく口を衝いて出た。

「だあれ」と母が応じる。そう言いながらも、弟と思っているようだ。末っ子に向けた甘い声だ。良知に向かっては、このような声は出さない。

応えずに歩み寄ると、気配で感じたらしく振り向いた母が、「おやっ、まあ」と腰を浮かした。良知は母の視線に温かく包まれるのを感じた。

良知は低い垣根の枝折戸を押して庭に入り、縁側に近づいた。

「どうして帰ってきたの」

こう訊ねる母の顔に、喜びの色が広がってゆくのが見て取れる。

「うん」と曖昧に頷いて、応えの言葉をゆっくりと捜した。僅か一日、いやもう二十一時間余りしかないのだ。糠(ぬか)喜びはさせられない。

「休暇じゃない。明日の昼には帰るんだ。出張でね、こっちに来たんだけれども、用事が早く終わったから寄ってみた」

期待を持たせないように、時間が限られている事実をまず初めに断わった。

母は「ご馳走をどうしよう」と、まず一番に食事の心配をしてくれている。やはり食糧事情はかなり悪いのかもしれない。

「まさか、お米がないわけじゃないんでしょう」と訊いてみると、それ程でもないと母は言う。

良知は靴を脱がずにそのまま中井中将を始めとした近所の家々に挨拶回りをして、ついでに妹たちの勤務先に早く帰るように電話を入れた。

一通りの用事を済ませてから初めて家に上がって、母が夕食の支度に右往左往しているのを幸せな気分でしばらく見ていた。その後は自分の部屋で絵を眺めたり、本を読んだりと、緩やかに心も身体も解き放たれる時を過ごした。

やがて弟と二人の妹たちが帰り、それぞれに良知を見て歓喜の声を上げた。こうして一年四ヵ月ぶりに母と四人の兄弟が一つ屋根の下に集まったのだった。

二人の妹たちが母の手伝いをして食事を作る音を、良知は茶の間の柱を背にして座りながら、満ち足りた気持ちで聞いていた。

その状態は良知にとって、入隊前の生活の延長上にあるように自然なことに思われた。兵隊生活など始めから無かったかのごとく吹き飛んでしまい、何万年も前からそこに座っているような安堵に包まれていた。

夕食が整い、五人は夕餉（ゆうげ）の膳を囲んだ。置炬燵の上に調（ととの）えられた料理は、湯気を立てる炊き立ての白米こそあったものの、他には茶碗蒸しや数の子、芋の煮っ転がしなど、入隊前夜に比べて粗末な取り合わせだった。しかし良知には家族の会話が一番のご馳走で、最上のもてなしに思われた。

食事が終わってラジオを聴（き）く。以前のように雑音が多い。

「時々、故障が出る？」と誰にともなく訊（たず）ねると、「うん、時々」と桜が顔をしかめて応えた。

このラジオは以前にもよく故障をしていた。

時計の振り子が時を刻み、オレンジ色の電灯の光が部屋を満たしている。

本当に自分はこの空間を一年四ヵ月も留守にしていたのだろうか。そんな気持ちにさせられるほど、以前のままの家族の生活が良知を包んでいた。

こうした生活の中で、良知は以前のように風呂に入り、大きな声で歌を唱った。そして「さあ、明日もみんな、早いのだろう。早く寝よう」と、いつまでも休もうとしない母と妹弟を促して、床に入った。

二月三日

夜、一度目を覚ました。隣には母が規則正しい寝息を立てていた。母の安らかな息遣いを聞いて、安心してまた眠りに落ちた。

朝、弟と桜は登校と出勤のために慌しく支度を整えて、「今度はいつ会えるかなあ」と良知に心を残しながら家を出て行った。

仕事には一時間遅れて行くというさゆりと母と三人で朝食を摂る。

炊き立ての赤飯が白い湯気を立てている。勧められるままに何杯もお代わりをした。

「お握りはいくつ？」と母に訊かれて、「三つ、いや四つ貰おうか」と応えた。言ってしまってから急に心配になって、「ご飯あるの」とお櫃を覗き込んだ。「ありますよ。ほら」と母が笑いながら少し自慢げにお櫃を傾けた。ほんのりと湯気を立てる赤飯の中に、小豆がつややかに光っている。

「それだけで足りる？」と今度は母が心配する。「ああ、大丈夫だよ」と言うと、母は両手からはみ出しそうな大きな三角形の握り飯を四つ作り、海苔を巻いて竹の皮に包んだ。他にも大根の漬物と数の子、ゆで卵を入れて、もう一包み作り、二つ重ねて良知に手渡してくれた。ずしりと重量のあるこれらの包みが車中の昼食となる。

良知は温かい包みを両手で押し頂いてから、大切に風呂敷でくるんで円嚢にしまい込んだ。

さゆりが「元気でね」と、名残り惜しそうに学校へ出て行った。それを見送ると、そろそろ良知にも出立の時間が迫っていた。

母が送ってゆくと言うのを強いて断わりもせずに、二人で連れ立って家を出た。敷居を跨いで玄関を出ると、早朝から降り始めた雪が、はらはらと顔に冷たく掛かる。うっすらと雪の積もった敷石を辿って門を開けると、潜り戸が澄んだ鈴音を響かせた。通りは人影もなく静まり返り、黄楊の生垣には柔らかな白い雪が綿帽子のように、ふんわりとかぶさっていた。

後から後から舞い落ちてくる雪の中を、母の下駄の音に合わせてゆっくりと歩を進める。

「いつごろ何処へ行くのだろう」

母が独り言のように呟いた。

「心配しなくてもいいよ。おかしいなあ」

「それはそうだけど……」

母はそれ以上の言葉を飲み込んで、白い雪片が無数に散りかかっている黒い毛糸のショールを搔きあわせた。

良知にも先のことは分からない。またいつ帰ってこられるのかさえも知らない。

それなのに、こうして以前の生活に身を置くと、このまま昔の生活の延長線上にいるような錯覚が生じる。今日も夕刻になると積もった雪をぎしぎしと踏みしめてこの道を通り、あの潜り戸を開けて家に帰って行くような気がする。

しかし、今夜これから実際に良知が踏みしめるのは、今は遥か遠い世界のように感じられる郡山の雪である。

郡山の生活が良知を待っている。良知が選び取った生活が、そこにあった。

駅に着くと、母は新宿まで送るという。

二人で並んで千歳船橋の駅に立った。雪は風に弄(もてあそ)ばれながら乱れ飛んで、プラットホームを被っている。

踏切が軽い音を立てて閉まると、寒そうに警笛を響かせながら、緩やかな下り勾配を電車が近づいてくるのが見えた。

雪を舞い上げて滑り込んできた電車に乗り込んだ。吹き込んでくる雪交じりの風を断ち切ってドアが締まる。その瞬間、先刻までの生活から一歩遠ざかったような気がした。

モーターの激しい息遣いとともに、電車は見る見るスピードを上げる。良知は黙したままの母の顔を見ながら、さっきまでの現実から引き離されていくのを感じていた。

【新宿駅で山手線に乗り換える為に、地下道からホームに上って行く。母はそこを上らずに暗い所に佇んで私を見上げている。振り向いて手を挙げると軽くお辞儀を返す。電車はまだ進入して来ない。暗くて良く判らないけれども、母は爛々と眼を光らせて、私を凝視しているように思われる。私は帰って下さいと手で指し示す。母は動かない。

電車が轟々と音を立てて進入してくる。周囲の空気は一時に激しく揺れ動く。私は挙手の礼をする。母がお辞儀をする。車の扉が開かれる。ぱっと手を上げる。母がお辞儀をかえしたかどうか、闇の中で確かめもせずに、私は母が見える位置から身をひるがえして、そそくさと乗り込む。

電車の音が轟々と遠去かって行くまで、母はあの位置で耳を傾けているに違いない。それがすっかり聞きとれなくなったら、母は切符を買い直して、今来た道を電車に揺られて帰ってゆくだろう。そこで母の生活が始まる。幸いあれ、つつがなかれと念ずる。

帰りの車中で『島木赤彦』を読む。

歌を詠む。

赤飯の　海苔の巻きたる　握り飯　四つ携え　北に帰りぬ

雪野走る　夕の汽車の　薄明りに　黙して居れり　母を恋いつつ】

三

二月四日

見習士官集合教育で四日間留守にしている間に、初年兵に転属命令が出されていた。

ちょうど今日は軍装検査があり、部隊全員が凛々しく武装して整列している。中でも数日後に転属する者たちの姿は、一足早い出陣の晴れ姿を見るようだ。

自分は彼らの中に何かを培（つちか）おうとしてきた。知識のみならず、強い精神力、冷静な判断力、果敢な行動力。こういった兵として、人として必要な能力を、彼らの中に培い得たであろうか。

良知は、自分の教育の成果を彼等の中に見出せないかと一人一人を凝視していった。

入隊直後の、まだ学生気分が抜けなかった頃の姿が瞼を過ぎる。気負いが感じられたあの頃に比べると、どの顔にも訓練を積んできたことに対する自信が見て取れる。軍装もすっかり身について、身体も一回り大きくなったような感じがする。どこから見ても一人前の兵士である。こうして成長の跡いちじるしい彼等を国軍の新鋭として第一線に立たせるという任務を果たした喜びは、良知にとっては大きな感動であった。自分にこのような成果をもたらす力があったとは。

良知は教育に携わることの意義を感じ、任務を誇らしく思った。

二月十一日

紀元節のこの日、前日に入隊した航空技兵の入隊式が行なわれた。

この地でも稀な厳寒の中、御沙汰書拝受、拝賀式と続いて、滞り(とどこお)なく式も終わった。

午後になると、外出を許可された者たちが身を切るような寒風をものともせず、外出検査のために衛兵所に集合した。

良知が彼らの服装検査を実施し、携行品等の注意を与えていると、

「長門見習士官殿、中隊長がお呼びであります。至急お帰りください」

と、慌しく入ってきた兵隊が息を切らせながら告げた。

なにごとかと疑問に思いながら、耳をちぎるような風を受けて全力で走った。顔の感覚がなくなり、息が詰まりそうだ。

本部に近づくと、窓が開いて中から山崎が身を乗り出した。

「南方に輸送で征くんだ、見習士官が」

山崎の叫び声が風の唸りに乗って聞こえた。

思わず速度が落ちる。俺が征くのだなと直感した。早鐘のような激しい動悸は、走ったためだけではない。拍動する心臓が、ひりつく喉元までせりあがってきているかのようだ。息を整えながら早足で隊長室へ入った。

隊長室には山崎もいた。隊長は征くのは一人で、これからどちらが征くかを決めるという。

──自分に征かせてください──

胸の中にとっさに浮かんだ言葉が、唇から出てこなかった。

時間にすればほんの数秒、良知にとっては終わることがないと思われるほど長く重い沈黙が、その場を満たした。

ここで強いて主張すれば、征けるかもしれない。一歩、前へ出ろ。

頭の中で命じる声がある。しかし、意に反して良知の身体は金縛りに遭ったように動かず、喉を塞がれたように言葉を発することができなかった。

「籤で決めよう」

隊長の思いがけない提案が、凍りついた重苦しい静寂を破った。

良知は横っ面を叩かれた気がした。名乗り出る機会は失われた。

隊長は二人が異議を唱えないのを穏やかな眼差しで見て取って、白い紙にペンで二本の線を引き、籤を作った。

最初に良知が一方に長門と記し、山崎が残ったほうへ名前を書いた。

折りたたんであった紙の下半分を広げると、山崎の線を辿った先に大きく○印がついていた。

隣で山崎の喉がかすかに、ひゅう、と擦れて鳴った。

良知は突風に煽られたかのように、自分の身体が揺らぐのを感じた。

隊長が山崎のほうへ向き直って、転属までは残された職務を全うするように告げた。

良知は一瞬の逡巡を、取り返しのつかない過ちをしてしまったと悔やんだ。山崎の顔を見て、出陣の祝いの言葉を掛ける自分に後ろめたさを感じた。言葉は空虚に響いた。

同時に激しい自己嫌悪に襲われた。俺の身体を縛り喉を塞いだのは、俺の中に巣食う怯懦ではなかったか。

その夜の良知は自分を責め苛みながら、転々として寝付かれなかった。少しうとうとと夢うつつを彷徨ったかと思ったが、すぐに目が覚めた。暗闇に自分の鼓動がやけに大きく響いている。

隣の山崎も寝返りを頻繁に打つ。もしやと思って小声で「山崎」と読んでみると、「おう」と応答があった。

「眠れないのだよ」

山崎は告げた。

夜中の三時頃、もう皆が寝静まっている時刻である。その中で枕を並べる二人の頭脳は同じことに集中されている。

良知は息を吸い込んだ。こめかみが脈打つ。胸に詰まった思いがこみ上げて流れ出した。

「あれは俺が行くべきだった」

呟きは頼りなく闇に吸い込まれた。

そう、――べきだった――。当然のことに俺は背いたのではなかろうか。良知の心は掻き乱され、思い迷った。

山崎は黙っている。良知の心臓はますます高鳴ってゆく。山崎にもその鼓動が聞こえるのではないかと思われるほどだ。

唾を飲み込んで、「おい」と改めて呼びかけた。

「譲ってくれ、俺に征かせてくれ」

とうとうこの言葉を発することができた。凍りつくような部屋の中で、良知の身体は火のように熱くなった。

「いや、俺が征くさ」

山崎は、良知と自分自身に宣言するように硬い声で言い切った。譲歩や妥協の余地がないことをきっぱりとした声の調子で表わしていた。

良知も一度、口にしてしまうと、いまさら後へ引けない思いになった。

「先に征かせてくれ。俺は年長者だぞ」

「だからと言って、お前が先に死なねばならぬとは限らない」

山崎の言葉が閃光のように走った。良知は暗闇の中に息を呑んだ。

二月十二日

重苦しい一夜が明けた。

山崎はなにごともなかったかのように、良知を剣道の稽古に誘った。

良知は、これ以上の拘り(こだわ)はかえって山崎の潔さに対して礼を失すると考え始めていた。自分のあの一瞬の逡巡を許すつもりはないが、そのことは自分自身の問題で、その後悔を山崎にぶつけてはならない。

良知もいつもと同じ調子で、「おう」と気持ちよく応えた。

二人は竹刀を取り、互いの熱い息遣いを聞きながら、素振り、切り返しと型どおりの練習をして最後に切り結んだ。氷点下の講堂に二人の吐く息が湯気のように立ち上る。

有段者の山崎にはとうてい敵わないが、良知もこの三ヵ月でかなり上達していた。

以前は手元も定かではなく、胴を狙ったつもりの竹刀が腿を打ち、山崎が痛みを堪えて苦笑することもままあった。最近は腕と切っ先の感覚が判ってきて、こういった失敗もなくなっていた。

「めーんっ」という掛け声とともに、床を蹴った山崎が勢いよく打ち込んできた。良知が鍔で受け止めて、激しい鍔迫り合いとなった。もともと山崎のほうが体格に勝っているのだが、今日の山崎には圧倒される力がある。良知は突き放された瞬間に、籠手をしたたかに打たれた。

「まだまだだな」

乱れた息を整えながら、山崎が白い歯を見せて笑った。

良知は白い息をもうもうと吐きながら、

「いや、今度は俺が取る。もう一本、頼む」

と、笑顔を返した。三ヵ月ほど続いているこの習慣も、あと少しで終わる。

良知には、この時間が永遠に続いて欲しいものに思われた。

この日は土曜日で午後は休務となった。山崎は郡山まで外出するという。

肩幅の広い背中が遠ざかってゆくのを見送りながら、きっとあの娘に会うのだろうと、良知は思った。

山崎は、郡山で女中をしている照子という娘と懇意になっていた。良知も何度かその娘に会ったことがある。

山崎は照子に、それとなく別れを告げるに違いない。

転属など軍務に関することは口外してはならない規則である。

山崎とて、よもやはっきりとは口にしまいが、言い残したい言葉はあるだろう。二度と会えないかも知れぬという覚悟を胸の内に畳み込んで、山崎は照子に会いに出かけたのだ。今頃はどのように話そうかとあれこれ思い悩みながら、郡山へ向かっているのだろう。

山崎の辛い胸中を思いやり、良知は悔恨の情に駆られた。

四

二月十三日
快晴の日曜日となった。外周の山々を覆う雪は白銀に輝き、山襞(やまひだ)の陰影を際立たせている。

かねてよりの約束が実現し、中林とスキーに行くこととなった。

良知の当番兵の行徳二等兵が郡山まで同行した。

では、記念写真を撮ろうという話になり、郡山の写真館に寄り道した。良知は軍刀を携えて中央に座り、右に行徳、左に中林が納まった。

その後、中林と二人で汽車に乗り、磐梯熱海に着いた。

貸しスキーがあるだろうと軽く考えて出かけてきたが、どこにもない。仕方がないので、駅と駅前の新聞屋に無理に頼み込んで、一台ずつ、二台のスキーを借り受けて山道に入った。頂は遥か彼方に見える。中腹のゲレンデまで雪道を踏みしめながら二人で登ってゆく。はじめははしゃいで交わしていた会話も、登るにつれて途切れがちになってきた。雪の山肌を吹き降ろしてくる風は冷たいが、身体は次第に汗ばみ、全身に疲労感が広がってくる。

こうした疲労は、かつて営々と山に登った日々を良知に思い起こさせた。山に登ったときにはたいてい、山に解いてもらいたい何かしらの問題を抱えていた。解きあぐねて持て余した屈託を抱えながら、良知は山へ登ったものだった。山は良知にとって精神上の一つの母胎であった気がする。その懐（ふところ）に抱かれて良知は安らぎ、慰められた。

思い出に浸りながら、しばらく黙々と登り続けた。お互いの荒い息遣いが続く。

ようやく到着したゲレンデには、スキーに興じる多くの人の姿が見られた。

まずスキーの付け方を中林に教わり、こわごわ踏み出した。

中林は、「まず平地を歩くこと。次に平地滑走、斜面の直滑降の順に教えてやる」と慣れた足捌（さば）きでどんどん歩いてゆく。

良知は続こうとするが、僅かのことでバランスを崩し、どさっと倒れてしまう。スキーを履いた足を青空に向かって高く持ち上げると、倒れた拍子に舞い上がった雪がはらはらと顔にかかる。転んだまま大声で笑った。こうして転ぶたびに中林が上のほうから、「ご苦労っ」と声をかけてくる。

文字通りの七転八倒の修行だが、無心に我武者羅に雪と取り組んでいくと面白くなってきた。気がつくと、潮が引いたようにゲレンデから人影が消えて中林と二人だけになっていた。さっきまであれほど晴れ渡っていた空に、鉛色の分厚い雲が広がり始めている。

「上から滑ろう」と中林が促した。スキーを履いたまま横向きになって小刻みに歩を進め、斜面を上がってゆく。スキーは面白いほどずるずると滑り、足元をすくわれて良知は何回も横倒しになった。そのたびに立ち上がってさらに上を目指す。高くなるにつれて緊張が増してきた。

一進一退を繰り返しながらも、ついに斜面の上方へ辿り着いた。これまでの苦労は全て、この斜面を滑り降りる一瞬のためのものである。

吸い込まれるように滑り出した。「もっと重心を前に」「腰を出してっ!」と中林の声が耳に刺さるが、身体は言うことを聞かずそのまま突進する。

低く垂れ込めた雲から、粉雪が吹き付けるように降りだした。静まり返った山の斜面は、地上から隔絶された別世界である。

良知たちは粉雪を顔に浴びながら、さらにしばらく上って下りてを繰り返していた。

「おーい、帰ろう」「帰ろう」。視界も悪くなってきたので、呼び合って山を下りることにする。スキーをつけた二人は下界へ出発した。

二月十四日

午前中は遭遇戦を行なった。

良知たちとその一隊は錬兵場のある片平から、山崎とその一隊は射撃場のある大槻から出発し、互いの陣地を目指して戦うはずだった。二つの地点は四キロメートルほど離れている。しかし、どういうわけか良知の一隊は、敵と遭遇しないまま悠々と大槻に進入してしまった。あっけに取られながらも、とりあえず休憩し、状況中止を命じた。そこへ反転した敵が、銃剣を煌かせて喚きながら突入してきた。

不意を衝かれた形で、これが実戦なら完全に敗戦である。状況中止後の事態で問題にはならなかったが、油断があったことは否めない。先に陣地へ進入したのは自分の隊だが、一本取られたようで、良知は悔やしかった。

隊までの帰路は軍歌演習になった。先頭に立って、一時間の道のりを『四条畷』『討匪行』などを謳いまくって行進した。

夜、高村光太郎詩集『大いなる日に』を読了する。

二月十五日

【数日前、ブナ、バザブワ両地の守備隊の感状が公表され、その戦闘状況が明らかにされた。如何なる芸術も及ばぬ悲愴な有様である。傷病兵、軍夫、主計等々が、我が軍の後退拠点を援護する為に、悪戦苦闘の末玉砕した。その戦局の背景には、制空権、制海権を奪われた悲惨な状況が織り込まれている。

十七年十月、ポートモレスビーを指呼の間にした常勝日本軍は、急転して敗者として殲滅の運命に追われ、十八年一月、力屈してニューギニア東岸の一根拠地を撤収したのであった。

ガダルカナル、ベララベラ、レンドバ、コロンバンガラ島等々の進攻より、ニューギニア東岸の進攻、ニューブリテンへの上陸、橋頭堡確保、タラワ・マキンの玉砕。その前にはアッツが刀折れ矢尽きて陥り、今又、マーシャル諸島に敵は一歩を印した。この流れを阻止し得るものは、一にかかって最大限に発揮される我が戦力の如何である。思えば累卵の危うき——と言っても過言ではない。敵の進撃を大河の流れにしてしまってはならない。戦友の屍を持って堰を造るのだ】

二月十八日

朝、父から郡山に着いたとの電話があった。

隊長に外出許可を願い出て、三時半に隊を後にした。

父と落ち合い、角海老で夕食を共にする。話の接穂がなければ、二人ともいつまでも黙っているほうだ。別にそれで気まずいわけでもない。父は内心、もっと良知の現在について話を聞きたいのかもしれない。

しかし、良知には軍隊のことを、誇りがましいようにも、また、諦念を持っているかのようにも話すことはできない。特にここ数日、胸の中にあるのは時々に表情を変える、言葉に言い尽くせない複雑な感情である。したがって、そういう話題はむしろ意識して避けている。

だが、初年兵の教育に打ち込み没頭している自分自身に誇りを持っていることは、父に伝えたかった。

「精神教育を第一義としたいと思っています。私の教えた初年兵が、他の初年兵と違った何物かを持っていてくれるに違いないと言うのは、期待ではなく確信なのです」

勢い込んで言う良知の顔をまじまじと見ながら、父は「特別志願をしてはどうか」と提案した。

良知は予想もしていなかった言葉を聞いて、思わず父の顔に見入った。父がこのような言葉を口に出すとは思っても見なかった。良知のように幹部候補生から予備の将校になった者の中には、特別志願をして現役の将校、つまり職業軍人になる者もいる。父はそういった道を歩むことを勧めているのだ。

良知は視線を父の顔から落として、しばらく黙って考え込んだ。教官として兵たちを戦場へ送り出しながら、任務を終えれば、このまま一般社会へ帰って行くことになる。そういった立場でどんなに熱心に兵の教育に取り組んでも、所詮は腰掛けのような職業意識に過ぎないのかもしれない。

目の前の鍋はぐつぐつと音を立てて煮詰まっていた。だが、黙した良知の答えを待つように父も箸を止めている。

やがて良知は顔を上げて、

「そうです。私は他人のように中途半端は嫌です。なんだかいつまでも予備でいることは、地方の生活に恋々としているようにも見えます」

と、言い切った。

言葉に出してしまうと、まさにこの道が自分の志していた方向なのだという思いが湧き上がってくる。蟠(わだかま)っていた胸の中のもやもやとしたものが取り除かれていくのが感じられた。

二月二十一日

マーシャル諸島への敵上陸の報を聞いてから間もないというのに、トラック島が敵機動部隊の攻撃を受けつつあるという報道が現われている。

トラック島、正確にはトラック環礁は、もともとはスペイン領であったが、その後ドイツ領となり、第一次大戦後は日本の委任統治領となっている。大小二百五十もの島から成り、第四艦隊司令部が置かれ、連合艦隊をすっぽり収容できる泊地に恵まれた海軍最大の根拠地である。これまでラバウル、ソロモンへの中継基地としての役割も担ってきた。

タラワ、マキン、マーシャル、そしてトラックと、敵は日本に息つく暇も与えないように、一直線に太平洋を切り裂いてくる。

朝刊には、「もはや今日の戦いに勝つ能わずしては、明日の戦いに勝つ能わず」との悲壮な見出しが踊っている。これには内閣の一部が更迭され、東条首相が参謀総長を、嶋田海相が軍令部長をそれぞれ兼任することになったとの発表も載っていた。

夕方には大本営がトラック方面の戦況を公表した。それによると、我が軍の損害は航空機百二十、艦船十八、これに対して敵は航空機五十四、艦船四となっている。物量に勝る敵のほうが損害が少ないという現状が突きつけられていた。

息を呑んで良知は、危局の鼓動を聞いた。国を支える釘の一本にも及ばない我が身を思って、情けなく、もどかしい思いに苛まれた。

まるで喉元に匕首(あいくち)を突きつけられているような日本の現状に、今の自分は何の役にも立たず、今までも微力にさえなれなかった。良知が日本に尽くせるのは、少なくとも今後についてだけである。

初年兵という苗木を若木にして前線に送る。これが今、自分に課された使命だ。任務に向かって全力を傾注するのだ。こう自分に言い聞かせるのだが、国家の危機的な状況を目の当たりにすると心が乱れる。

なぜあの時に名乗り出なかったのだろう。不意に、先日の籤を引く前の逡巡が思い起こされて身体が熱くなり、胸が締め付けられた。

あの時に名乗り出ていれば、胸に垂れ込めた雲のような忸怩(じくじ)たる思いを抱え込むことはなかっただろう。

今度は決して躊躇しない。

運命がこの立場から自分を救い出してくれる日を、良知は待ち望んでいた。

二月二十三日

昨日、参謀総長を兼ねた東条首相が内閣改造後の所信表明で、国民の決起団結を訴えた。

今朝の新聞は、どの紙もこの記事が第一面であった。毎日新聞は続く解説記事で、「勝利か滅亡か」と大きな見出しを紙面に載せている。

「戦局は茲まで来た。眦(まなじり)決して見よ、敵の鋏状侵寇」「竹槍では間に合わぬ。飛行機だ、海洋航空機だ」と小見出しが続き、「敵が飛行機で攻めに来るのに竹槍を持っては戦ひ得ないのだ」「本土沿岸に敵が侵攻し来るにおいては最早万事休すである」と書かれている。

ずいぶんと思い切った表現をするものだと、良知は思った。しかし航空機の不足は事実で、日本にとって深刻な事態である。

鉄鉱石を積んだ輸送船は、次々と沈められていると聞く。日本は資源のない国の悲哀を嚙み締めている。

ガソリンは戦争開始から一般では使用が禁止され、バスもタクシーも木炭や薪などの代用燃料で走っている。しかし、今では軍でもガソリンを受領するのに手間取る現状だ。

そういえば、先日転属が決まった兵隊たちがいまだに出発の日も決まらず、床掃除などをしているのは戦局と関係があるのだろうか。

兵舎には床を磨く兵たちの掛け声が近く遠く響いていた。

二月二十五日

「クェゼリン並ルオット島を守備せし約四千五百名の帝國陸海軍部隊は一月三十日以降来襲せる敵大機動部隊の熾烈なる砲撃下之と激戦を交え二月一日敵約二個師団の上陸を見るや之を激撃し勇戦奮闘敵に多大の損害を与えたる後二月六日最後の突撃を敢行全員壮烈なる戦死を遂げたり」

夜のラジオニュースが告げた。

クェゼリン島とルオット島は、日本の委任統治領であるマーシャル諸島の環礁で、昨年末にタラワとマキンが陥落して以来、激しい敵の攻撃にさらされていると報道されてきた。

遂に勇戦虚しく全員戦死を遂げたという。

敵はまた太平洋に大きな一歩を進めてきた。

南に面して黙禱を捧げていると、戦況の厳しさがひしひしと身に迫ってくる。戦いの場に立てない我が身が歯痒くてならなかった。

五

二月二十七日

【はね起きると、カーテンの隙間に戸外に漲(みなぎ)って居る陽光を感ずる。夜が明けるのが早くなった。我々のみ取り残されて、戸外では万物が生き生きと律動している。その鮮烈な息吹に取り囲まれてすっかり嬉しくなる。

点呼を終えて、おもむろに営庭の東端に歩いて行く。そこからは広々と野面が、林や民家を点在させ、朝の霧を一面に湧き立たせて拡がる。

太陽がすばらしい意志をもって、その光景に蔽(おお)いかぶさり、靄(もや)を透して燦々ときらめき躍る。この太陽を慕って、草木は萌え出でようと言う。その潜勢力がこの地肌に、田の畦に、村に、森に、感じられるではないか。その偉大な潜勢力は私の身内の力に、痛く響き、こだまする。「よし、やるぞ」と言わせる】

こうして自然の中で、目覚め、芽生える季節の胎動を全身に感じていると、少年時代の思い出が眼前の光景と重なり、蘇ってくる。

父は小・中学生の頃の良知を、よく野へ山へと連れ出したものだった。良知は、四季折々に移り変わる田園、山野の風景の中で、飽きることなくスケッチブックに向かった。時には二人で自転車を並べ、当時の自宅（神奈川県・鶴見）から、小机、菊名、矢口の渡、六郷、三ッ沢、綱島など、足だけでは行けないところを、ライトを点ける頃になるまで走り廻った。昭和初期の、ともすれば享楽的に流される時代を、父は地に足をつけて自分を自然の中で教育してくれた。

小机には城址があり、矢口の渡には新田義興の故事があった。父は土地の人とすぐに打ち解けて、どこでも熱心に土地の由来などを尋ねていた。

良知が今でも未知未見のものに対する欲求に全身を刺激されるのは、こうした山野、史蹟、太陽、土の匂い、遠山の眺望、人情とに満たされた日々による影響が大きいと思われる。

「俺も子どもができたら、こういう風に教育する」

良知は独り言を呟いた。

二月二十八日

夜、良知は床に就いてから、隣の山崎に自分の結婚についての話をした。

死を思い定める一方で、結婚について考えるなど、我ながら矛盾した行動だと思う。

自分は三十までは結婚するまいと思っていた。確固たる自律性を備えた人間として一人前になるのはそのころだと思っていたからだ。しかし事情は変わった。三十どころか、来年までの命もあるまい。

そのような中で結婚を思うのは、自分自身のためより、父母のことを考えるからだ。良知が今ここで望んでいる妻は、自分の亡き後にこそ立派に妻の務めを果たしてくれる女性である。

彼女に安心して後事を託したい。

しかし、人間には相性というものがある。家族と感情的にしっくり行かない場合もあるだろう。そう考えると、迂闊なことはできない。

良知は半ば独り言のように闇の向こうの山崎に、自分の中で醸成しきらない思いを取りとめなく吐き出した。

三月四日

夕方の点呼後、中隊内を見回っていると、怒鳴り声と人を殴っているような音が聞こえてきた。

喧嘩か、それとも私的制裁か。そちらへ足を向けると、急に静まり返ってきた。どの部屋を覗き込んでも皆、慌てて直立不動になって敬礼する様子はなにごともなかったかのようだ。

良知は強く糾弾できずに、仕方なくその場から立ち去った。

いきなり重い鉛の塊を胸に抱えこんだ感じがする。足取りも重く、黙り込んだまま階段を下りた。

教官としてこれでよかったのか。自分に問いかけた。

大半の上官は私的制裁については見て見ぬ振りをする。中には制裁を見かけるなり、行っていた者を殴りつける上官もいたことはいた。だが、それも暴力による制裁の一種だった。

自分が初年兵の頃、明らかに私的制裁の場を眼にしながら見て見ぬ振りをする上官を憎んだものだ。

しかし良知自身、未だに確固たる確信を持って私的制裁を処理することができずにいる。

良知は自分の自信のない対応を恥じて残念に感じていた。


山崎の出陣日が慌しく決まった。明日、山崎は夕刻の汽車で郡山を発つ。

転属が決まってから一月あまり、山崎は今日まで通常の業務に服してきた。

やっと出立日時が決定し、明日は朝から挨拶回りや送別会で多忙な一日となるだろう。

良知は、今夜は夜を徹してでも山崎と語り合いたいと思っていた。

一時は緩んだ冬の寒さが、ここ数日ぶり返して、今日は朝から猛烈に吹雪いている。

消灯ラッパが鳴り終わった兵舎には、風音が巡っていた。

山崎は思いつめた表情で黙々と荷造りをしている。良知は先刻から声をかけるのを躊躇っていた。

リュックの尾錠をぎゅっと締め終わった山崎が、良知に顔を向けて引き結んでいた口を開いた。

「おい、ちょっと外出してきたい」

山崎の真剣な視線が、まっすぐに良知の目に突き刺さってきた。

あまりに意外な山崎の言葉に、良知は一瞬だが答に詰まった。次の瞬間、山崎はあの娘に会いたいのだと直感した。山崎は目を逸らさず、良知の返答を待っている。

「よし、俺も行こう」

思いがけない返事に、今度は山崎が驚く番だった。

しかし、良知は確信していた。山崎の郡山最後の夜に間違いがあってはならない。彼をしっかりと支えて明日の汽車に乗せてやるのが自分の務めである。

吹雪の舞う深夜の道を、良知は山崎と自転車を並べて滑り出した。

容赦なく吹き付ける雪交じりの強風は息を塞ぎ、顔を上げていることすらできない。腕に力を入れていないと、深い雪道にハンドルを取られそうになる。風の唸りの中にぎーぎーとお互いがペダルを漕ぐ音が響いた。

濃い闇を、山崎の、男の意志が真一文字に突っ切ってゆく。

「不思議なものだなあ。これでお別れになるかも知れぬ」

改めて今さら気付いたように、山崎が弾んだ息の下から声をかけてきた。

「ああ」

通り一遍の言葉は要らない。淡々と現実を受け止め合う。

重く軋んだペダルの音は続き、二台はぴたりと並んで雪の中を進んでいく。

照子は今月から女中を辞めて、実家へ帰っているという。

住所を頼りに、ようやく訪ね当てたときには、二十三時を回っていた。

雪がひときわ深く積もっている集落の一角に照子の家は、ひっそりとあった。

家人も皆、もう寝(やす)んでいるのだろう。家は降りしきる雪の中で暗く静まっていた。

山崎が玄関の引き戸を叩いて名乗ると、照子が驚いて出てきた。家に入るつもりはない。霏(ひ)霏(ひ)として降り募る雪の中を、三人で黙々と歩いて行く。

良知には、ことさらに二人と離れて歩くのも不自然に感じられた。二人の心を推し量りながら、黙って自転車を押して歩いて行く。横殴りの風が雪を巻き上げて吹き付けてくる。たちまち照子の頭に肩に雪が積もり始めた。皆が寝静まっている世界では、時間が止まり、良知たち三人だけが存在している。

「話すことがあるといったじゃないか」

山崎が照子を振り向いて、ぶっきらぼうな言い方をした。

「いいえ、ありませんわ」

「話すことがあるんだろ、遠慮するなよ」

「ああ言わないと、会えないもの」

「そうか」

話の糸が断たれた。

防空頭巾には夜目にも真っ白な雪が積もり、照子は花嫁の綿帽子をつけているように見える。足元は、素足に下駄である。

見かねた良知が、

「おい山崎、どこまで歩かせるつもりだ。かわいそうに、風邪を引かせちまう」

と咎(とが)めると、横から照子が気丈にも「寒くはない」と首を振る。

山崎はもう一度、照子の顔に目をやった。

良知は山崎が何を言い出すのかと待った。もしも明日には発つなどと口にしようとしたら殴り倒さなければならない。これは決して許されない言葉である。

「ああ、もういいんだ。もういいです。帰ってください」

最後は他人行儀な言葉で、山崎は照子に家へ帰るように促した。

「では、あそこまで」

照子は隊へ続く道を指差した。

良知は、

「言うことがありそうだがな」

と、照子に水を向けた。

「あったんだけど、今はないんです」

照子は目を落として襟元に顎を埋めた。防空頭巾に遮（さえぎ）られて、良知には彼女の表情は見えない。

隊への道まで出て、三人は誰からともなく立ち止まった。

「遅くてすまなかった」

山崎は普段と変わらない口調でさらりと言ってのけ、「さようなら」と自転車を漕ぎ出した。

自転車に乗った山崎の身体が良知の脇を通り過ぎた時、良知は心に疾風を感じた。

山崎が明日には発つ事実を、本当に照子に報せないままでよいのだろうか。

ぐらついた気持ちはほんの一瞬で、良知は意志の力でそれを立て直した。

「この次の日曜には来られないかも知れん。外出がないでしょうから」

こう告げて良知は自転車にまたがり、「さようなら」の言葉を照子と交わすと、山崎の後に続いた。

「さようなら、お身体に気をつけて」

か細い声が吹雪の中を追いかけてくる。前を行く山崎は振り返らない。

良知が肩越しに後ろを振り返ると、雪の舞う中に佇む照子の黒い影が見えた。

ペダルを漕ぐたびに影は小さくなってゆく。しかし、遥かに遠のいても影は動こうとはしなかった。

――知ったな――と思った。女は敏感な生き物だから、きっと山崎の身に異変が起こることを察したに違いない。

良知の耳には、「山崎さあん」と闇に叫ぶ照子の声が聞こえたような気がした。

第七章――見習士官〔三〕

一

閏年の今年（昭和十九年）は、三月に入ってから気候が狂ってしまったようだ。地元・郡山の人々も、「こんなに寒暖の差が激しく雪の多い年は珍しい」と驚いている。東京でも三月に入ってから二度も大雪に見舞われたそうだ。

新聞はビルマのインパール作戦が開始されたと伝えていた。インパールは英領インドの東部の都市で、ビルマとの国境に近い町である。日本軍はビルマから国境のアラカン山脈を越えてインドへ進攻を始めた。作戦には、インドの独立を目指すチャンドラ・ボースが率いるインド国民軍も加わっている。彼は日本軍の支援を得て、イギリスからの解放を勝ち取ろうとしていた。

この作戦の報道が始まってから、南太平洋の戦況についての報道は少なくなっている。

良知は転属者が出陣した後のがらんとした隊で、四月の入隊者を迎える準備作業に追われていた。

郡山に着任してから目覚め始めた本の虫は、依然として盛んに良知の読書欲を掻き立てている。外出の折には必ず何かしら本を買い込み、忙しい時間の合間を縫って、むさぼるように読み続けていた。

三月二十七日

良知は、郡山で買って来た本を一冊ずつ、ぱらぱらとページをめくってみた。

『北原白秋歌集』『ヴイコの哲学』『法律思想史』『新法学の課題』に加えて、建築家のブルーノ・タウトの『ニッポン』と多岐に渡る分野の本だ。

どれから読もうかと考えながら、部屋の本棚に並べる。わくわくする思いに満たされた至福の時間だ。

在学時代には、これほど寸暇を惜しんで本を読みたいとは思わなかった。

それが今は突き動かされるように、読書に傾倒していた。

【法律に開眼しかけた私の眼。

芸術に対して共揺れをしそうになる心。

外国語に、妙に惹かれる私の興味。

その三つは、保持しなければならぬものだ。具体的にいえば、法律に対する法哲学的な考え方を推し進めて私なりに一つのテーゼを得ておくこと。

芸術については、その心の流動を固定化せしめぬ方策を考えておくこと。技術については云わない。ましてや、知識や学的な論証などは問題外として。

外国語は一つの技術力であるから、その力を落とさぬこと】

四月一日

良知が隊の週間予定表を作成しているとき、窓の外に初年兵の一団が到着したのを見かけた。彼らはまだ軍装ではなく、これから身体検査を受けるところだ。予備役から召集されたらしい年配の者も少なからず混じっているようだ。どことなく雑然として見えるのは、私服であることに加えて年齢がかなりまちまちだからだろうか。

しかしこのような時局である。きっとそれぞれが、祖国への思いを激しく燃え立たせて入隊して来たに違いない。彼らを兵隊らしく作り上げてゆくのが、自分の務めだ。

新入隊者を迎えて、再び隊にも活気が戻ってくる。

新たな目標を得て、任務に取り組む闘志と活力が再び湧き上がってきた。

良知は、昨年、新任の見習士官として中隊全員に紹介された時の誇らしい気持ちと身が引き締まるような責任感を思い出していた。

四月二日

告達式後の幹部の紹介で、伴中尉の「米英を叩き潰すのだ」という訓話に胸を打たれた。教育隊にあっては数少ない実戦の経験者である。戦闘機乗りであったが地上部隊に転じて、今は自動車隊の責任者となっている。規則に縛られがちな教官の中では異色の存在で、大陸の前線にも出ていただけに話には迫力が感じられる。

身じろぎせずに聴き入ってる新入隊者の胸の中にも、激しく滾(たぎ)るものを抱かせたに違いない。

昨日から大都市では、学童に対して学校給食が始まったと聞く。

「ヨイコの疎開」とか「今日から踏み出す精進生活」といった新聞の見出しにも、もうこれ以上は後のない日本の現状を読み取る。

去る二月二十五日に、「決戦ノ現段階ニ即応シ国民即兵士ノ覚悟ニ徹シ国ヲ挙ゲテ精進刻苦其ノ総力ヲ直接戦力増強ノ一点ニ集中シ当面ノ各緊要施策ノ急速徹底ヲ図ルノ外先ッ左ノ非常措置ヲ構ズ」との目的で閣議決定された決戦非常措置が次々と実施されつつあった。

学徒動員体制や国民勤労体制がさらに強化され、食糧増産に学徒五百万人が動員される。

空き地は畑になり、作物が植えられている。高級享楽の禁止で劇場や高級料亭は次々と閉鎖していると聞く。雑誌も整理統合され、数が絞られた。

要綱の謳う「時局突破ノ為ニハ国民生活ヲ徹底的ニ簡素化シ第一線将兵ノ困苦欠乏ヲ想ヒ如何ナル生活ニモ耐フルノ覚悟ヲ固メシム」という、やり抜くしかない捨て身の覚悟が国中に浸み渡りつつある。

おかしな言い方だが、良くぞここまで国民の意識を高め得たものだと思う。

少年兵の記事も多くなってきた。十六～七歳で志願した幼顔の残る兵たちが、身体を盾にする覚悟で前線に出撃している。

良知は内地の教育隊に留まったままの自分を省(かえり)みて居たたまれなくなる。お前はこれでよいのかと胸の奥から揺さぶられるようだ。自分の任務だ、目標だと並べてみても、感情の奔流は制御できない。

自分は彼らに無条件で負けていると思った。

四月五日

初年兵の兵器授与式と入隊式が行なわれた。

良知は、御真影を奉拝する初年兵の態度に乱雑な印象を抱いた。

代表者に合わせて腰を折って礼をするのだが、一本筋の通った、きびきびとした感じがない。目に見えて不揃いである。

これは指導が不適切だった。反省しなければならないと思った。

しかし、考えてみれば御真影奉拝は国民全員が小学校からずっと行なっているはずだ。軍隊式は腰を折る角度が浅いが、それは指導済みである。何も今回に限って手を抜いた覚えはない。

それなのに、なぜ雑になったのだろうか。

年配者が混ざっているので、学校から直接入隊してきた者とは幾分か身体の動きが違って、それが乱雑に見えたのだろうか。

まさか、ご真影を奉拝する真摯な気持ちにぶれがあるわけではないと思うが――。

しばらくの間、訝(いぶか)しい思いが良知の胸に燻(くすぶ)り続けた。

四月九日

ブルーノ・タウトの『ニッポン』を読んでいる。

ドイツ人のタウトは世界的建築家である。日本に三年間ほど滞在していた関係で、日本の文化や建築にも造詣が深い。伊勢神宮、桂離宮や民家の建築の美しさを高く評価し、小堀遠州を敬愛していた。

タウトの所論は、「『永遠の美』はもっとも時代的なるものの中にある」という点に帰結するようだ。

良知はタウトの鋭い観察眼、審美眼に驚き、日本の文化を改めて誇らしく思いながら読み進んだ。

しかしその一方で、この著作によって日本文化を見直している自分自身が妙に哀れな存在に思えてきた。

外国人であるタウトをこれほどまでに魅了する日本文化を、日本に育ち、暮らしている自分は、今まで正当に評価していなかったのではないか。自分だけではない。日本人が日本文化に向けている認識と把握が正当なものかが疑わしくなってくる。

このような疑いを抱くのは、日本人として情けなく悲しいことだった。

四月二十九日

父が郡山を訪れた。

二十二時四十五分の帰りの汽車に乗るまでゆっくり過ごせると言う。

まず、映画『不沈艦撃沈』を見た。戦闘場面などはなく、銃後の工場で働く人々の物語だ。

切り詰めた感じがするのは、フイルムが足りないからだろうか。俳優の名前と顔が印象に残る程度のものだ。

角海老で日本酒、酒場で葡萄酒、旅館でビールと二人で梯子した。父とこうして気ままに過ごせる自分の立場を幸せに感じる。

良知の結婚も話題に上った。

良知は後に残る父母が心配で、妻を娶ったほうがよいのだろうかと考えてみることがある。それを父に話すと、父は「まだ早いだろう」と笑う。

それでも良知は、母の考えも聞きたいと思っているので、「考えておいてください」とさらに頼んだ。

すると父は笑いを消して良知のほうに身を乗り出し、「考えていないことはないのだよ」と、まじめな口調で応えてくれた。

そうであるなら、後はもう父と母に任せればよいと良知は思った。父と母のことを託したくて結婚を考えてはいるが、父母には父母なりの心積もりがあるのかもしれない。去ってゆく自分の気持ちよりも、残る者の意志が優先されるべきだ。良知は話題を替えた。

二

五月一日

応用操縦の第一日目である。

郡山――本宮――安子島――堀之内――郡山――三春――郡山と、兵隊たちに代わる代わる自動貨車を操縦させて回ってきた。

安達太良山も磐梯山も、まだ頂上付近は厚い残雪に覆われているが、麓は色とりどりの花々が咲き競い、春爛漫の趣である。

車は郡山市内へ入り、隊が目前の所まで帰り着いた。助手席の良知は一日が事故なく終わることを喜びつつ、ぐったりするような疲労を感じていた。

自動貨車が大きく左折した刹那だった。

左前方から、いきなり赤ん坊が這い出してきた。

「停止ーっ」

叫ぶと同時に、良知は慌てて屈んで手を伸ばして、運転席脇の手動ブレーキを力いっぱい引いた。運転席の兵士は叫びにならない声を発して、狂ったようにブレーキを目一杯踏み込む。

しかし、車はスリップして前のめりに滑り出してゆく。子どもの影は左の車輪の下へ吸い込まれた、ように見えた。

左前輪が何かを乗り越えた。ぐぐっと嫌な感触で車体は一度わずかに傾げてから、ようやく停止した。

一切の音が消えた。無声映画のように、車の外では人々がなにやら叫んでいる。

終わった。全て俺の責任だ。全身の血が引いて、呼吸も鼓動も止まったような瞬間が訪れた。

はっと我に返って慌ててドアを開け、「駄目か？」と叫んで飛び降りた。

「怪我はありません」「大丈夫なようです」

荷框（にがまち）の上から、兵たちの明るい声が降ってきた。

聞き間違えではないか。

どういう奇蹟が起きたというのだろう。

車の脇に蹲（うずくま）っている母親と思しき若い女に駆け寄った。彼女は血の気の失せた唇を震わせながら、赤ん坊の身体を指が食い込むほど固く胸の中に抱き締めていた。その子は、あまりの恐怖からか泣きもせず、不思議そうに良知を見上げている。初めて安堵の感情が流れ出してきた。足の力が抜けたように跪（ひざまず）いて、くどいほど「大丈夫ですか」と念を押した。彼女は涙を流して何度も頷くが、言葉にはならない。

それにしても、あの感触はなんだったのかと、膝を突いたまま車の下を見ると、半分ほど土に埋まった赤ん坊の頭ぐらいの大きさの石があった。

これだったのか。身体の芯からほっとして座り込みたいほどだった。良知はかろうじて堪えて、笑顔で赤ん坊の頭を一つ撫ぜて立ち上がった。

大きく息を吸い込み吐き出した。久しぶりに呼吸をした気がする。つい先刻の息が止まる瞬間が、フイルムのように目の前に蘇る。

止まってしまったかのようだった鼓動が急に激しく打ち出した。

【歓喜がどくどくと血管をめぐった】

五月三日

大本営が中国戦線で京漢作戦が開始されたことを発表した。北京――漢口間の輸送路を確保する目的で、総兵力六十万の支那派遣軍のうち五十万の兵力と馬十万頭、自動車一万五千台、火砲千五百門が動員される。

ビルマのインパール作戦に続いて、大規模な作戦が実行に移されていた。大陸で日本は快進撃を続けているという。

五月六日

昨日、連合艦隊司令長官の古賀峯一大将が三月三十一日に殉職されたと公表があった。搭乗していた二式大艇がパラオからミンダナオ島のダバオへ向かう途中、悪天候で遭難したのだ。

古賀長官は元帥の称号を送られ、後任には暫定連合艦隊司令長官として高須四郎中将が就いていたが、このたび正式に横須賀鎮守府司令長官の豊田副武大将が任命された。

戦死と殉職の違いはあるが、昨年の山本元帥に引き続いて、またも海軍の司令長官が落命したのだ。

軍人は戦場に倒れるのが本望とはいえ、一年で二人の海軍総大将の死は衝撃的だ。

山本元帥のときは仇を討てとばかり、日本中の志気が高まったが、今回はどうなるのであろうか。

再び志気が高まることを期待したい。

五月十四日

日曜日。快晴の天気に誘われて大槻へ出かけることにする。兵舎のある富田から四キロメートルほどの道のりを、スケッチブック片手に初夏の景色を楽しみながら散策した。郡山から二本松にかけての一帯は安積野(あさかの)と呼ばれている。農業用水を供給するため猪苗代湖から引かれた安積疏水は、枝分かれしながら一帯を縫うように走る。この疏水が、点在する溜池を満たし、一面に広がる水田を潤(うるお)していた。

田には植えられたばかりの苗が整然と並び、豊かな水は陽光を反射して眩しい。思わず眼を細めて水田の彼方を見やると、桑や椚(くぬぎ)が新緑を萌え立たせていた。

良知は広葉樹の茂るあたりで腰を落ち着けると、新緑をスケッチし始めた。

――まさか絵を描ける日が来るとは思わなかった――。

無心に描こうと思っても、こんな感慨や写生に纏(まつ)わる思い出が次々と胸に沸き、頭を過(よ)ぎり、瞼に浮かぶ。

結局、一枚を描いたところで、良知は思い切りよくスケッチブックを閉じた。

郡山へ出て本を買って帰ろうとバス停へ行くと、次のバスまでかなり時間がある。

真夏のような陽射しを避けて、近くの寺へ入った。

山門に『曹洞宗長泉寺』の文字を見たときから、良知は心惹(ひ)かれていた。母の実家が同じく曹洞宗の寺であったからだ。しかも母の実家は『長通寺』といい、名前まで似通っている。祖父の牛尾得明は、良知が物心ついた頃には鶴見の総持寺の中に起居していた。そのため良知は、鳥取県岡益にある長通寺を訪ねたことはない。

良知は目の前の寺に、まだ見たことのない母の実家を重ねて、境内を見回した。

寺の中はきれいに掃き清められ、木立も形よく整えられている。石畳の先には赤褐色の大きな瓦屋根の本堂が聳えていた。

身体が熱くなってきたので欅の木陰で汗を拭いていると、きれいに頭を丸めた和尚が近づいてきた。

軍服は身分証明書代わりになる。怪しい者かと疑われることはない。和尚の人を和ませるような笑顔に釣り込まれて、良知も笑いながら敬礼をした。

茶を飲むように勧めてくれたので、厚かましくも上がりこんだ。本堂脇の庫裏の和室でご馳走になる。

天井が高い家の中は冷んやりとしていて、汗が引いてきた。

訊ねられるままに今日のことを話すと、和尚は喜んで、

「味のない人間は駄目です。あなたのように絵をやっている方は忙中閑あり、誠によろしいのです」

と誉めてくれた。

「人はいろいろな趣味を持っているほうが面白く、深みがあるような気がします」

「そうです。仰るとおり。割り切れる人間ではいけないのです」

和尚は、わが意を得たりとばかりに声を弾ませた。年齢はよくわからないが、五十前ではなかろう。しかし読経で鍛えた喉は、張りのある若々しい声を保っている。話をしていると元気が出てきた。

「禅とは、決して座禅のみではないのです。貴方が自然の風物に惚れ込んで夢中になって絵を

画く。そのことは自然、禅になっております」

バスを待つ間、良知は久しぶりに会話を楽しんだ。

三

五月十五日

朝、良知が演習に出ようとしていたところに電話が鳴った。本部の魚住軍曹の声が耳に飛込んでくる。

「転属ですよ。おめでとうございます」

どくんと一つ、拍動が感じられた。遂に来たか。軽い興奮と、その中に持ち重りのする荷物を降ろしたような安堵がかすかにある。

出発の概略を聞いて電話を置くと、清々しいほど自分の感情が平らかなのを感じた。程なく、本部から須崎上等兵が到着し、開口一番「おめでとうございます」と祝いの言葉を発した。電話と同様の内容を告げた後、「準備をしておいて下さい」と言い添えた。

【僅かの興奮はあったが、束の間で、ほとんど何の動揺も起きない。しかし時として、演習の車の上で、眼を凝らして何事かを考え込む自分を見つけた。青空に太陽が輝く。けれども涼風が野面を渡り、自動車の上の私に襲いかかる。

やはり、後に残る人達について考えねばならない。けれども私自身について云えば、生きるとか死ぬとか、そんなけちなことはどうでも良くて、自分に与えられたことを、どんな風に充足したらよいかという野心的な望みが野火のように拡がる。

それは単なる勇躍や興奮ではなくて、静的な常日頃の心の在り様を、事新しく気付いて見ただけのことである。

私はこんな風に発展して来た。軍隊に入る前後から、私は「死に徹する」ことを一途に考えた。それが何時の間にか、（極く近頃であるようにも思われるが）死ぬるの生きるのは問題ではないことと考えられるようになった。そういう風に一途になる凝りが、まだ人間の死生感の本物でない証拠であると気付いた。むしろ死生感というものすら必要ではないのである。

そこで問題は後戻りして家の人達のこと、私の家庭のことを考えた。勿論単なる感傷や、去り行くものへ、或いはうしなわれるものへの絶望的な希求のみではない。けれどもその人達を浸す或る種の悲愁がありはせぬかと思われ、ともすれば私の胸もその悲愁に瞼を熱くしようとする。

日本の風景が、私の眼前を爽やかに満たして、フイルムのように繰りひろがる。今日は又、なんと懐かしく感じられることか。日本の風景は、甘美な匂いと心ばせを持って私に迫る。私はこの国土から出で立とうとしている。

安積平野の春――、私はここの秋もたのしんだ。今、初夏をたのしんで行く】

五月十六日

六時の起床時刻より前に自然と目が覚めた。

窓を開けると、朝日が部屋の奥まで差し込んでくる。見渡す営内はまだ静寂が支配していた。

良知は窓辺に立って、これからの日々に思いを馳せた。

昨日を境にして、良知の人生は大きな変貌を遂げつつあった。ある意味では清算期に入ったと言えよう。一日一日が今までのそれよりも重く価値のあるものに感じられる。

良知には、自分がその中で、これまでより急激な変化、脱皮、成長を絶え間なく続けるであろうという確信がある。それらをできうる限り日記に記し続け、投射された自分の姿を家族に描き残したいと思っている。それは無二の贈り物になるだろう。

良知は日記に対する愛着をさらに深めた。

ここまで考えて、良知の思考は小さな石に引っ掛かったように止まった。昨日から胸の中に一つ、結論の出ない問題が残っている。

【父上母上にこのことを報せてあげたものかどうかを思い悩む。しかし何等かの形で遥かに挨拶をおくりたいと思う。幸い、私は一昨日の外出で、私の肖像を四ッ切大に引き伸ばして貰うことを頼んで来た。予感が漠然とあったというわけではなかったが】

五月十七日

「五月二十二日迄福岡県三井郡大刀洗村西部第百六部隊ニ到着スベシ」

二十二時、良知が飯坂温泉往復の行軍を終え帰営すると、命令書が待っていた。

——遂に来るべきものが厳然と来た——。

大刀洗は帝国陸軍が東洋一と誇る航空戦略の一大拠点であり、大陸及び南方への出撃基地になっている。

その部隊へ転属になる意味を冷静に、かつ重く受け止めた。

明日の夜にはこの地を離れ、東京の実家に寄った後、二十一日の朝に大刀洗へ出発する。出陣の覚悟は疾うにできているが、こみ上げてくる別離の寂しさは抑えようがない。良知はともに過ごしてきた隊の兵士たちに離れがたい愛着を感じていた。しかし再び会う機会はないだろう。

振り返ってみると自分の教員生活は人の輪に恵まれて、誇らしく輝かしいものだったといえる。達成感を一つ胸に抱えていられることは、これから新しい任務に就くに当たって大きな自信となるだろう。

良知は助教の田中軍曹を始めとして、居合わせた一人一人の手を取って「今までありがとう」と感謝の言葉を繰り返した。

五月十八日

繁忙のうちに最後の一日が暮れた。

部隊長、本部関係、各中隊への挨拶回りを終えた頃には、兵舎には暮色が訪れていた。溢れるほど浴びせかけられた転属を祝う言葉の波がまだ耳元でうねっている。良知は一人で夕暮れの営門に臨み、田中軍曹が引率していった第二組の帰営を待っていた。

七ヵ月前に初めて着任したときのことが無性に思い出される。ひどく遠い昔のようでもあり、つい昨日のようでもある。

その間に受け持った多くの兵たちがこの営門から巣立ち、前線の部隊へと転属して行った。

良知も四時間後にはここから出立するのだ。

夕闇が立ち込めて営門は静まり返っている。風一つない。

やがて良知は、彼方から微かに伝わってくる聞きなれたエンジンの響きを捉えた。

それはだんだん大きくなってくる。今では良知の体の一部ともいえる音が速度を増して近づいてきた。

営門に入ってきた自動貨車が、驚いたように速度を落として停止した。

助手席から田中軍曹が飛び降りてきた。良知が帰りを待っていたと知って、しきりに恐縮する。面目なさそうに「酒はなかったのです」と目を落とした。

良知は、遅い帰営の理由が自分を送るための酒や肴の調達にあったと知って胸を衝かれた。

このところ軍都郡山でさえも食料品や酒類は眼に見えて不足しているのだ。その中を無理をして探し回ってくれた田中軍曹たちの心遣いのほうが、良知には酒よりも遥かに嬉しかった。

「俺は酒なんかよりもお前たちの笑顔で送ってほしいぞ。米英を叩き潰してから勝利の美酒を溺れるほど飲もうぜ」

明るく気を引き立たせるように笑うと、田中軍曹も釣られて顔をほころばせた。

第二組が揃ったところで会食が始まった。良知は初年兵時代の失敗談などを話して皆を笑わせた。良知は、自分が傍目(はため)にはただ旅行に出かける人のように見えるだろうと思った。

また、そう見えることを望んだ。離れがたい愛着を持つ兵たちとの別離は良知の中で承認し、諦念したものである。今さら後ろ髪を引かれる思いを人目に曝したくはなかった。

「お前たちも元気でな」と軽く別れの言葉を口にして、良知は振り切るように部屋を出て、下士官以上の者たちが開いてくれる送別会の会場に向かった。

そこには僅かだが酒が用意され、いつもの宴会のように議論が交わされる雰囲気があった。良知もすっかり溶け込んで、——いったい、誰が征くのか——と不思議な錯覚にとらわれたほどだった。

宴が終わりに近づくと、良知に記念品が渡された。

「では、お元気で」

「有難う」

最後の杯を干すと、車の用意ができたと知らせがあった。

部屋を出て厠へ行こうとした良知に、石廊下のところで手島軍曹が追いすがってきた。

「教官殿、どうして貴方は征くのだ。貴方が征くとは思えない。どうして私を連れて行ってくれないのです。他の人が征けば良かったのに」

良知は込み上げてくる熱いもので、危うく顔が歪みそうになった。泣き顔になってはならないと、崩れるほどの笑顔を作って応じた。

「後から来いよ。待ってるぜ」

そうするうちに、石廊下に集まってきた人々は外まで溢れ出した。

「なんじゃい、こんなに荷物を持って、大騒ぎだなあ。じゃあ、参ります」

良知は人々を掻き分けて、兵舎の前に横付けされた乗用車に乗り込んだ。

夜目にも白い手套を上げて敬礼する。

「では」

「ごきげんよう」
「元気で」
「頑張って下さい」
【挙手注目の私を載せて、漆黒の暗にライトを輝かせて自動車は走り出した】

四

五月十九日

玄関の格子硝子の引き戸を開けて、「ただいまっ」と足を踏み入れた。

どさっと音を立てて式台に重い手提げを下ろしたところへ、「まあっ」と驚いた声を上げながら母が小走りに出てきた。妹たちも続いて笑顔で走ってくる。

三人は玄関へ着くなり、大きな荷物を持った完全軍装のあまりに物々しい姿に気を呑まれたように言葉を失った。

「いよいよ征くぞ」

良知は、自分の喜びをこの一言に籠めて投げかけた。

母が胸にこみ上げた思いを飲み込むように、口元を引き締めて大きく頷いた。妹たちは返すべき言葉が浮かばないようだ。

「ほら、早く上がって」

気を取り直したように、母が良知に笑って促した。眼が潤んでいる。

一息ついてから近所へ挨拶回りに出た。

良知が二日も滞在できることを知った母と妹たちは、良知を快適に過ごさせるためにどうしたらよいかをしきりに考えている様子だ。

良知が家に帰ると床が延べてあった。夜行列車ではゆっくり休めなかったろうという気遣いだ。

三時間ばかりぐっすり熟睡すると、昨日までの疲労がすっかり洗い流された。潑剌とした自分が蘇ったのを感じる。

起き出していくと、母と妹たちが夕飯の献立に頭を捻っているところだった。いくら「何にもいらないよ」と言っても聞いてはいない。

良知が久しぶりに新宿へ出ようかと誘うと、さゆりが二つ返事で飛びついてきた。桜は「任せて」と笑って、食事の仕度に残ってくれるという。

母も連れ出して、三人でうきうきとした足取りで新宿へ出た。入隊前に母と来て以来だから一年半ぶりだ。この雑踏を再び歩く自分の姿など想像してもみなかったので、不思議な感じがする。夕方の混雑は相変わらずだが、伊勢丹のような大きな百貨店でも品物はほとんどなく、エレベーターやエスカレーターの装置も取り外されていると、さゆりが教えてくれる。

武蔵野館で潜水艦記録映画『轟沈』を見た。伊号潜水艦が南洋で敵船を次々と撃沈し、帰還するまでが一時間ほどにまとめられている。主題歌はゆったり目のマーチ調だが、機雷を投じられて艦が激しく揺れ停電する場面や、長い潜航で酸素不足になってゆく場面などは息苦しい思いにさせられた。実際の映像なので興味深い。真剣な兵士たちの表情が目に焼きついた。

遅くなったことを気にしながら家路に着いた。

二十時半に遅めの夕食となった。父は出張で、弟は演習で、ともに帰らず、四人で丸いテーブルに向かう。

「お兄様はご馳走に恵まれるわねえ」

桜は食材が揃ったことを喜んでいた。

なるほど、湯豆腐、玉ねぎとジャガイモの天ぷら、竹の子ご飯と、調(ととの)えられた食卓には、戦時下としては得がたい食事が並んでいる。心尽くしの贅沢な手料理だ。

良知は日常の話を聞きたがる母や妹たちに兵隊生活の傑作集を聞かせ、盛んに笑わせた。

良知はまさに郡山で兵隊たちと別れたときのように、旅に出るかのごとく出立したいと考えていた。

食事が終わると、母の横に良知と二人の妹も床を延べた。まだ眠ってしまうのがもったないと佐々木信綱の『豊旗雲』を開いて、以前、良知が「これは」と思って印をつけておいた歌を味わい合って楽しんだ。妹たちははしゃいで代わる代わる節をつけて詠(よ)み上げる。母は眼を細め、この上なく満足した表情で小首を傾げて時々小さく頷く。心行くときを過ごしている母の癖だ。

「ほら、もう寝たほうがいいよ」

いつまでたっても休もうとしない母と妹たちを促して、良知は電灯を消した。

程なく吸い込まれるように深い眠りに落ちた。

五月二十日

曇った空から、やわらかい小糠（こぬか）雨が絶え間なく降りかかっている。

今日は吉祥寺の村上家と病気療養中の荻窪の伯父の家を尋ねる予定で家を出た。

前触れもせずに訪れた村上家では、細面の品の良い夫人がすまなそうに主人の留守を告げ、「ご武運を祈っております」と門の外まで見送ってくれた。

ちょうどオート三輪が通りかかったので止めて、荻窪まで載せてくれないかと頼んだ。

運転手は快く引き受けてくれて、わざわざ伯父の家の前まで送り届けてくれた。

丁寧に礼を述べて去ってゆく車に手を振ると、良知は伯父の家の門を潜った。

伯父は病み伏していたが、良知が部屋に入っていくと起きだして迎えてくれた。やつれた様子はなく元気そうに見えたが、口を開くとある種の悟りを得たような言葉を発した。

「身を惜しめ、しかして名を惜しめ」

かつては「身を惜しむな、名を惜しめ」と、息子たちにはもとより良知にも号令していた伯父であった。病が伯父の思考を変化させたのであろう。

お互いの健康を祈りあって、三十分ほどで辞すことにした。

帰り際に、ちょうど里帰りしていた英子が赤ん坊を腕に抱いて挨拶に出てきた。

良知が入隊するとき結婚が決まったといっていたが、あの後、結婚して子どもが生まれたのだ。入隊前と現実が確実に繋がっていて、その中に月日が流れていることを感じさせられた。

幼い頃から良知とはとりわけ仲の良い英子だったが、しばらく見ないうちにすっかり母親の顔になっている。良知には眩しく映った。

明るく笑いながら赤ん坊の様子を語る彼女の胸で、当の本人はすやすやと眠っている。
「お大事に」と最後に一言残して、良知は伯父の家を後にした。

家に帰ると、母と妹たちが昼食を一緒に取ろうと良知を待っていた。

父から今夜帰る旨の連絡があったという。良知の入隊以来で初めて一家六人が一堂に集うこととなる。

昼食を済ませ、身の回りの品を整理しているところへ、さゆりの教え子たちがさまざまな贈り物を手に訪ねてきた。

香水に人形、お守り袋、手箱、手帳など、かわいらしい女学生の趣味である。良知には必要のないものも多いが、自分たちにとって大切な物を持ってきてくれた気持ちが嬉しい。微笑(ほほえ)ましくありがたく受け取った。

こぼれるような笑顔を残して華やかな一団が去ったところへ乙彦が来訪した。頼三叔父の次男で、英子の弟である。良知の帰郷を聞きつけて会いにきてくれたのだった。

二人で縁側に椅子を持ち出して暮れなずむ景色を楽しみながら会話を交わしていると、折よく弟が帰ってきた。ビールの栓を抜いて三人で乾杯する。まもなく出征する乙彦に請われるままに入隊の心構えなど語っていると、つい力が入ってしまう。「体力と気力が大切である」「旺盛なる企図心を持て」と、いつの間にか熱弁を振るっていた。

警戒警報が発せられていたので、名残り惜しかったが、乙彦にはひとまず夕食を済ませて帰ってもらった。

二十一時過ぎになって父が帰宅し、久しぶりに全員が顔を合わせた遅い夕食が始まった。

まずビールで乾杯し、皆が良知の壮途を祝ってくれた。

明日は一家全員で見送ってくれるという。良知が昼の汽車に乗る前に、皆で明治神宮に参拝しようという話になり、ついでに記念写真も撮る予定になった。

こうして家族の団欒(だんらん)の中で温かい心遣いに包まれていると、一年八ヵ月前の入隊前夜がそのまま続いているような錯覚を抱きそうになる。あの時と今とでは、日本の戦局はいちじるしく様相を異にしている。しかし、この家族の暖かい雰囲気と、家族の住む日本を守らなければならないという自分の気概は少しも変わっていない。

慌(あわ)ただしかった一日が終わろうとしていた。

五月二十一日

走り梅雨の肌寒い朝だった。

新しい軍服を身に着けた良知は、家族とともに家を後にした。

参宮橋で下車し、明治神宮へ向かう。

裏参道の湿った小砂利は掃き清められて、他に人影はない。

良知は父と母に歩調を合わせて、ゆっくりと歩を進めた。妹弟の足音が背中に続いてくる。

拝殿の前に揃って拍手を打ち、良知は家族の健康を祈った。顔を上げると、母はまだ固く手を合わせて念じ続けている。自分の健康を祈ってくれているのだ。良知には母の胸中がありがたく、そして哀れでならなかった。

参拝を終えると、雨が上がり、薄日が射し始めた。

雨に洗われた若葉に宿る水滴が時折、きらきらと輝く。参道の砂利を踏みしめて、良知たちは言葉少なに参宮橋の駅へと戻った。

その後、新宿で記念撮影をした。

全員で一枚の写真に収まった後、良知は一人で立ち姿の写真を撮ることにした。

カメラに向かって立つと、カメラの後ろに並んだ家族たちは、良知の姿を瞼に焼き付け、脳裏に刻み込もうとするように、じっと良知を見つめている。良知はその視線に心地よい温かさを感じた。

東京駅で良知が十一時発の急行三号鹿児島行きに乗り込むのを、家族たちはホームまで見送りに来てくれた。列車に乗って家族を振り向いた良知に、母は詰まったような声で「身体に気をつけて」と一言だけ言った。妹たちは「元気でね」「手紙を頂戴」と口々に何度も繰り返している。

さゆりは涙声だ。弟と父はその後ろで黙って立っている。

発車後、ホームに残った家族の姿を眼で捉えていたが、やがてそれは視界から消え去った。デッキから車内へ入り、席に腰を下ろした。

しばらくして、列車は品川駅に滑り込んだ。

ホームを何気なく見やると、窓ガラスの向こうに先ほど別れたばかりの家族たちが笑顔で打ち揃って手を振っていた。良知は思わず涙が目から溢れそうになるのを必死で堪えた。急いで窓を開けると、「驚いた?」「間に合ってよかった」と妹たちは目に涙を溜めながらも、いたずらっ子のような表情で笑う。母は泣き笑いの顔をして肩で息をしていた。父と弟は笑顔だ。こんな僅かな時間を共にするために、皆は別の線で先回りしてきたのだった。

ほんの数分で列車は発車する。がくんと一つ大きく揺れて、ゆっくりと動き出す。良知は挙手をして、静かに離れてゆく家族一人一人と目を見交わした。

【窓外を過ぎる風景は二度と相見えざるものかも知れない。肉親の顔も二度とは見ることの出来ぬものであるかもわからぬ。しかし、私にはついぞそういうことには気付かなかった。

私は至って平静に運命を迎える心構えは出来ていた。それで、ただじっと自分を信じていた。自分の中から湧き上る力が唯一の味方である。そこで運命も別離も悲愁すらも何の問題とはならない。

私は自意識の上にしっかりと固定されて居り、些細な程も動かされなかった】

第八章——大刀洗〔一〕

一

五月二十二日

関門海峡の暗いトンネルを抜けると、射すような光が車内に満ちた。良知は痛いほどの眩しさに一瞬、視力を失った。九州は初めて訪れる地である。

博多駅で佐世保行き列車に乗り換えて基山まで行き、そこから甘木線で太刀洗を目指した。真夏のようなぎらぎらした陽射しが頭上から容赦なく照り付けている。

大刀洗の名は一三五九年（正平十四年）、南北朝時代の大原合戦で大勝利を収めた武将の菊池武光が血糊のついた刀を近くの小川で洗ったことに由来する。その小川を大刀洗川、近隣の地域を大刀洗と呼ぶようになったという。村には昭和十二年建立の菊池武光の銅像がある。

大刀洗は陸軍の航空基地として大正年間から発展を遂げてきた。

○中国大陸への中継基地となる
○敵艦隊の長距離砲の射程内に入らない
○人家が少なく広大な土地がある
○飛行の障害物がない
○風向きが安定している

といった条件を満たす理想的な土地として陸軍が白羽の矢を立て、開発してきたのである。大刀洗村、三輪村、馬田村にまたがる大刀洗飛行場を中心に、航空機製作所、第五航空教育隊、大刀洗航空廠、大刀洗陸軍飛行学校、技能者養成所（航空廠の工員養成所）が開設されていた。これらの施設のために敷設された省線甘木線の太刀洗駅と西太刀洗駅――面白いことに駅名だけは太刀の字が充ててあるのだが――が最寄り駅となっている。甘木線の終点の甘木には、少年飛行兵の教育訓練に当たる甘木生徒隊も置かれていた。

店屋が立ち並び賑わいを見せる西太刀洗駅を過ぎると、次が太刀洗駅だった。ちょうど南の空に一機の中島製の九七式戦闘機が着陸態勢に入っている。飛行場は間近だ。

二十六時間の旅を終わって太刀洗の駅に降り立ったとき、良知はまだ身体が揺られているような気がして思わず両足を踏みしめ、立ち止まった。ホームにいた人々が良知を避けて列車に乗り込んでゆく。駅を基点に敷設された二組の引き込み線が、大刀洗の基地としての規模の大きさを表わしていた。

駅から出ると南側は大きな広場になっていて、線路に平行して、舗装された大きな通りが走っていた。行きかう人の数はどこから来たのかと思うほど多い。両側には商店が並び、店先の品物は郡山よりずっと豊富に見えた。

良知の転属先である西部第百六部隊は、第五航空教育隊内で編成される。第五航空教育隊では毎月七百～八百名の初年兵が入隊し、航空技能兵としての訓練を受けた後、前線に送り出されている。

良知は、前線に送り出される部隊の将校として配属されたのである。

第五航空教育隊の正門は、駅から西へ七百メートル程の近さにあった。灰色の石造りの角柱には『西部第百部隊　第五航空教育隊』と掲げられていた。

衛兵の敬礼を受けて営内へ足を踏み入れた。道の中央に、高さが五～六メートルある黒く太い幹の頂上に鳳凰の羽のような大きな葉を四方八方に広げた木が数本、植えられている。蘇鉄の木だった。濃緑色の葉が深く陰を作っている。こんなに大きく育つものなのだと、良知は改めて南国へやってきたことを実感した。

本部で到着の申告を済ませると、任務の概要について説明があった。

良知は近日中に編成される飛行場大隊の自動車小隊長として、来月には出陣とのことだった。

飛行場大隊とは、昭和十四年に空地分離の観点から飛行連隊を飛行戦隊と飛行場大隊に分け、飛行部隊の行動性を向上させることを目的として組織された部隊である。

当初は飛行機の整備を中心とした活動を担い、規模も中隊三個からなる約六百五十人であった。しかし戦局の悪化に伴い、部品の不足などから前線における飛行機の中間整備は次第に困難になってきた。それを受けて昭和十九年三月に航空兵操典が改正となり、飛行場大隊は、補給と警備の二中隊からなる約四百人規模の部隊となった。

大隊本部は大隊長以下副官、本部付き将校、軍医、経理担当主計等で構成され、二つの中隊はそれぞれ二つの小隊を持つ。補給中隊には補給と自動車の小隊、警備中隊には警備と機関砲の小隊がある。

良知の自動車小隊は自動車の運転、分解、梱包、組立を主な任務としていた。今度の兵たちとは運命共同体となる。さっそく隊の兵たちに会えるものと勢い込んで部屋を出ようとすると、まだ彼らは到着していないという。良知は耳を疑った。自分は眦（まなじり）を決してここまでやってきたのだ。落胆を顔には出すまいと努力したが、肩透かしを食らったようで、大いに気勢を削がれた。

結局、良知は兵たちの到着を待つしかなかった。

五月二十三日

緊張が急に解けたからであろうか、良知は夢も見ずに熟睡した。

目覚めは爽快であったが、任務のないまま、あてがわれた兵舎の部屋で一人ぽつんと置き去りにされていると、陰鬱な気持ちに支配されてくる。人間が開店休業といったところだ。

仕方なく持参の『南方開拓者列伝』を紐解いた。昔の人々の業績を読んでいると、自分の中に当時の人々の気宇が、まざまざと蘇ってくる思いがする。夢中で読み進んでいくうちに、良知の沈んだ気持ちは一掃されていた。

こうして部下たちと切り離されて独りになってみると、自分がいかに部下から支えられていたかを今更ながら気付かされる。まして今度の部下たちとは、死なばもろともである。人の輪を強くして、団結した隊を作り上げてゆこう。

良知は、自動車小隊を指揮する自分の姿を思い描いて闘志を呼び起こした。

五月二十五日

【食欲は増して来た。旺盛なる体力を養わねばならぬ。最悪の難関を予想して行かねばならぬ。しかし今となっては、難関何するものぞとの気魄が胸に溢れるのを覚える】

気力と体力が回復してくると、良知は志気に溢れた身体を持て余すようになった。周辺の散策でもしてみようと思い立ち、許可を得て外出することにした。周囲の陸軍施設について大まかな説明を受けて兵舎を出た。

まず、隊内を一回りしてみる。自動車の講堂や車庫は隊の南西部にあるというので、そちらへ向かった。営庭の中央には池があり、周囲に機関砲が七門据えつけてある。

池の向こうに回ると、講堂と思しき建物が並んでいた。ざっと見ても十棟はありそうだ。中では講義が行なわれている。

自動車の講堂は一番奥まったところにあり、隣には燃料庫と車庫があった。そこから先は発動機や航空部品を作る航空廠の敷地に続いている。

演習に出ているのか、車庫は空だったが、良知は自分の居場所を見つけたような気がして気持ちが落ち着いてきた。

自動車の施設を見たことでひとまず安心した良知は、隊を出て太刀洗駅のほうへ歩いてみた。途中に繁華な交差点があって、右折すると飛行場だと教えられていたので、そちらへ向かう。

菓子屋に時計屋、写真屋に床屋、旅館とアスファルト舗装された道の両側に並んでいた。行き交う人々は、語尾に「たい」「ばい」がつく方言を声高に話している。

突き当たりに大刀洗陸軍飛行学校の営門があり、歩哨が立っていた。向かって左側には陸軍病院もある。その奥一帯が飛行場になっていた。

水戸の飛行学校に入学した当時を思い出しながら、ぶらぶらと陸軍病院の前を通り過ぎてゆく。しばらくして駅前の道に出た。駅舎の向こうには北へと引き込み線が延びており、その先には航空機製作所の工場がいくつもの三角屋根を並べていた。煙突からは黒い煙が吐き出されている。工場の機械は休むことなく稼動し続けているのだ。

そこでは『国内必勝勤労対策』によって動員された女子挺身隊員が、一日三交代制で就労している。彼女たちの多くは家を遠く離れて派遣されてきているのだという。

「女ながらも戦争の一翼を担える。自分の力が国の役に立つのだ」と固く信じて、日夜に亘って厳しい仕事に打ち込んでいるのに違いない。

良知は銃後で働く彼女たちを身近に感じて、打ち込むべき誇るべき自分の任務が待ち望まれた。

二

五月二十六日

夜になって関東軍（満州の日本軍）から伊藤俊一大尉以下二百名が到着した。戦地からの部隊は硝煙の匂いがするように思われる。
ようやくここに隊の編成が開始される。残りの人員も明日には到着するという。

五月二十七日

西部軍より山下中尉以下七十名、第五航空教育隊より水谷軍医中尉以下百名弱が到着し、編成業務は順調に進行している。

この隊は正式には第百二十七飛行場大隊（威第一八四四八部隊）と呼称され、隊員数は四百七名となる。この大隊は独立混成五十七旅団に組み込まれて南方へ派遣される。大隊長は楠田武治大尉で、補給中隊の中隊長は山下中尉である。補給中隊の中の補給小隊長には、鬼塚という見習士官が任命された。良知と同じく幹部候補生九期の見習士官である。

良知の部下となる自動車小隊は下士官が五名に兵が五十名で、三個分隊に分かれていた。引率してきたのは三好という名の、良知より一歳年長の曹長だった。

三好によると、兵たちの多くは入隊三〜六ヵ月の兵で、自動車手は少なく、しかもその自動車手たちも経験は浅いという。良知は限られた期間に促成で仕込まなければならないと、腹を括った。そのためには下士官が乏しいのも問題だが、どうにかやり遂げなければなるまい。

【如何にせん。但し兵は精悍なり】

五月三十一日

雨模様の空の下で、編成完結式及び出陣式が挙行された。兵器格納庫前の勝鬨（かちどき）広場と呼ばれる営庭に整列した隊に、正式に所管の岐阜教育飛行師団より第十四方面軍隷下での比島派遣が命じられた。

第百二十七飛行場大隊

大隊長　陸軍大尉　楠田武治（少候十八）
大隊副官　陸軍中尉　小澤真一（幹五）
大隊附　陸軍少尉　本田康夫（幹六）
大隊附　陸軍少尉　木下義男（幹八）
大隊附　陸軍見習士官　大楠忠男（幹九）
大隊本部附　陸軍主計中尉　森（召集）
大隊本部附　陸軍主計少尉　松尾（幹九）
大隊本部附　軍医中尉　水谷治夫（医学）
大隊本部附　衛生部見習士官　小鳥居（予備員）

警備中隊

中隊長　陸軍大尉　伊藤俊一（特応）
中隊附　陸軍少尉　山本（幹八）
中隊附　陸軍見習士官　久保田元旦（幹九）
中隊附　陸軍見習士官　長野（幹九）
中隊附　陸軍見習士官　西山（幹九）

補給中隊

中隊長　陸軍中尉　山下（召集）
中隊附　陸軍見習士官　長門良知（幹九）
中隊附　陸軍見習士官　鬼塚（幹九）

来月早々には出発予定とのことだ。

良知は厳粛な思いになることができず、じりじりした思いで式の終了を待ち構えていた。兵たちは操縦技術が未熟なだけでなく、自動車についての知識も想像以上に乏しかった。驚いた良知は、寸暇を惜しんで訓練に当たっていた。教え込みたいことが山ほどある。

良知は部隊長の訓辞にも、なかなか集中できなかった。

六月一日

出陣に必要な部品の調達のために、良知は自動貨車を運転して福岡へ出かけた。大刀洗近辺は道路整備が行き届き、操縦し易い。これは大刀洗に入隊なさった皇族方の通学路となっていた関係である。

兵の教育は、出発間際まで手を抜かずに仕上げてゆくつもりでいる。今日も三ヵ月間の教育を受けた初年兵を連れてきていた。交通量の少ないところで操縦を代わり、訓練をする。

運転は「習うより慣れろ」で、ハンドルを握る機会を多く持つことが大切だ。身体に覚えさせなければならない。良知は緊張して肩が上がっている兵士に、「もっと力を抜け」と声をかけながら、自分が初心者であった頃の姿を重ねた。

県の運輸課で所要部品の数量を示し、了解を得てから自配会社に行き、購入した。希望したものがほとんど入手できたので、出陣に際して幸先が良く感じられる。

夕方からは甘木の錦城館で将校団の会食が行なわれた。膳の上に並んだ皿を見ると、郡山とは比較にならないほど食材が豊富である。皆で出陣を祝して大いに盛り上がり、二次会へと雪崩れ込んだ。良知は久々に爽快に酒を飲んだ。

六月四日

日曜日で午後は休務になった。昼過ぎから雨が激しく降り出している。

良知は三好曹長を誘って、酒を飲むことにした。

三好は良知の小隊の先任者だが、常に良知を立てて気働きのあるところを見せてくれる。十日足らずのうちに良知は三好とすっかり打ち解けて、彼を信頼に足る人間と感じるようになっていた。表裏のない性格で、口には出さないが、苦労を重ねてきたのではないかと思われる。

三好は兵たちの訓練不足に責任を感じている様子で、「小隊長殿にはずいぶんご迷惑をかけます」と何度も口にする。律儀で実直な性格が表われている。

良知は、直属の部下である三好をしっかり摑みたいと思っていた。また、自分のことも深く理解してほしいと願っていた。

砲煙弾雨の中でともに働くのである。なまじな結びつきではなく、肉親以上の結合でなければならない。

今日、この男とならそのような強い連帯感を共有できると確信した。

郡山の隊といい、この大刀洗の隊といい、自分はなんと人の和に恵まれているのだろう。良知は巡り合わせに感謝した。

六月五日

牽引車普及教育を行なうこととなった。

使用車両は九八式高射砲牽引車である。この車両は六輪自動貨車の前輪はそのままに、後ろの四輪の変わりに一対のキャタピラが装着されている。前輪がタイヤのままなので、操縦はそれほど難しいものではない。

外地では操縦するのは自動貨車や乗用車だけではない。部隊の加藤曹長に任せて自動車手全員に参加を命じた。

午後は営外への操縦演習として、自動車手に交替で操縦させ、良知は助手席に着いた。

小鳥居衛生部見習士官が便乗する。

ディーゼルが唸りを上げて車体が動き出す。キャタピラの規則的な轟は、男性的な律動を伝える。もっとも操縦している初年兵は、この乗り心地を楽しむどころの心境ではないと見え、必死にハンドルを握っている。

「ああ」感に堪えないといった悲鳴のような声が上がった。

良知が見ると、小鳥居が良知のほうへ顔を向けて、「風景が二十七キロから三十キロの速度で目の前を過ぎてゆくのを見ると、日本はこんなに美しかったかしらと南に行くのが嫌になります」と漏らした。良知は笑って頷いた。口に出して同意はしかねたが、祖国の風景の中でいつまでも速度に身を任せていたい思いは同じである。しかし、この国を守りたいがために出陣するのだ。

こうして振動に身を委ねていると、日ごろのわずらわしい雑務から解放される。良知は、自動車が自分の大切な一部分であることを改めて感じさせられた。

六月六日

出発予定が急に変更になり、大刀洗にての待機命令が出た。

良知には拍子抜けした思いと、これで訓練の時間が稼げたという思いが交錯する。

時局は急を告げている。待機といっても長引くことはあるまい。良知はその間に少しでも訓練を重ねようと計画を練った。

六月十三日

海難訓練が行なわれた。輸送船が撃沈されたときに備えての訓練である。中隊長が自動車隊の指揮を執る予定が、直前に良知が任命された。

良知にとっては、自動車手を自動貨車に割り振るのさえも時間が足りない状態で、何も準備できないままの慌しい出発となってしまった。

七時半、大隊全員を乗車させて、大隊長車を先頭に博多海岸へ向かう。

とにかくやるしかないと腹を決めて、車両の進行に全精力を傾けた。荷框に兵士を満載した自動貨車は、機械化された部隊の全容を民衆に誇示するように整然と連なって行進していく。滞りなく目的地に着き、何はともあれ一息ついた。

兵たちは岸壁から軍装のまま海に飛び込む。

躊躇なくドボンと潜ってから浮かび上がり、涼しい顔で立ち泳ぎをしている練達者もいるが、中には脚を竦ませて下士官に怒鳴られる者もある。怖気づいている兵を目の当たりにすると、沈没時にはどうするのだろうと心もとないが、日本の兵員や物資の輸送状況が日増しに危険になってきている現在、一度はこうした経験をさせておくことが役立つかもしれない。

往路復路を無事に終えて、誉められるものと思いきや、ひどく酷評された。事前準備の周到を欠いたという。そう叱責されても、事前には指揮を執るとは思っていなかったのだが、言い訳は許されない。

しかし、良知は今日の行軍にはかなり満足して、中隊へ帰ると「よくやったぞ」と皆を労った。

三

六月十七日

朝、急遽、東京行きを命じられた。自動車分解梱包組立集合教育への参加である。

二十時三十分の博多発東京行き急行四号で東上する。東京着は二十一時二十一分の予定だ。

乗車前に家へ「十八ヒ　ヨルカエル　ヨシトモ」と電報を打った。

さぞ家ではびっくりするだろう。良知自身でさえ事の成り行きの意外さに驚いているのだ。

長い夏の日がようやく暮れて、窓の外には夜の帳(とばり)が下ろされている。その向こうには再び見ることはないと思い定めた風景が広がっているのだ。

まだ報道はされていないが、これから通過する八幡と若松は昨日の未明に米軍機による空襲を受けた。爆撃機は大型の新型機B29で、支那方面から飛来したと部隊で知らされたのだった。工場を多く抱えた要地である。被害はどれほどのものだったであろうか。

先入観があるせいか、今夜の闇はひときわ濃く深いように思われる。

列車はその闇を切ってひた走る。良知を家族の元へ運んで行く。レールの継ぎ目を拾う振動が刻一刻と良知を家族へと近づけていた。

六月十九日

死んだように眠って、目覚めると昼近かった。

昨夜は小田急線の終電で帰宅して、母が用意してくれていた夕食もそこそこに、倒れこむようにして床に就いたのだった。

軽く腹ごしらえをしてから、明日から開始される集合教育の準備で、陸軍兵器補給廠の小平分廠へ連絡に出かけた。

東京に来ると交通機関が発達しているので、田舎暮らしの者は距離が急に圧縮されたようで感覚が狂う。

帰路、新宿へ回ってみることにした。今更ながら東京の人出の多さに驚き、しばらく街を歩いた。二度と訪れることはないと思いながら、母と妹とともに歩いたのがつい一ヵ月前のことになる。本当に今、この街を歩いているのは自分だろうかと確かめたくなるほど不思議な気持ちだ。

ついでに紀伊国屋で本を買おうと思って立ち寄ってみたが、めぼしいものはなく、がっかりして家路に就いた。

六月二十一日

今日の集合教育は機甲整備校で行なわれた。この学校は良知の家から歩いて十五分ほどの近さである。

機甲整備校は自動車、牽引車、戦車の運転を訓練する目的で作られ、校内には付属の機甲技術研究所も置かれていた。大正六年に輜重(しちょう)兵大隊から八十名の自動車班が着任したのが始まりであるから、軍の施設としての歴史は長い。

自動車は分解し梱包して船に積み込む。こうすると、未分解の自動車と比べてほぼ三分の一の容積で済む。しかし分解、梱包、そして上陸後の組立と技術を要する仕事を短時間で行ない、速やかに輸送任務につかなければならない。また上陸後、自動車の走行できない道を進むときは、ばらばらに分解して部品に分け、人力で運搬しなければならない。

今回の分解梱包組立集合教育は、こういった一連の作業を機能的に行なうための勉強会であった。

車庫の前の広場には何台もの車が並べられ、構造について説明が行なわれていた。ここでは車体の分解梱包組立だけで、登載してある発動機や始動機については明後日、中野のN自動車と立川航空廠で行なわれる予定になっている。

ただし、今日の内容もまた明日、明後日の分も、良知にとってはそれほど目新しいものではなかった。

夕方五時半の終了後、良知は家族と新宿で待ち合わせて、末広亭へ落語を聞きにいった。

桂文楽の『素人船頭』はとびきり面白かった。若い素人船頭のために散々な目に会う客二人だが、どうにも船頭を憎みきれないという話だ。随所にはじけるような笑い声が上がり、「お後がよろしいようで」と文楽が締めると、大きな拍手が湧き起こった。

母が弁当を作ってきてくれたので場内で食べた。母は満足そうに見ている。

他に落語を三つばかり聴いて寄席を出た。

夜の新宿の街はすっかり寂しくなり、暗くてひっそりとしている。

唯一の彩りで、夜店が少し出ているのを見かけた。

帰宅すると特別配給のメロンがあり、皆で切り分けて楽しんだ。

六月二十三日

集合教育最終日となった。夜には汽車に乗り、大刀洗を目指す。

まず、中野のN自動車で始動機の分解組立作業を行なった。始動機は発動機を始動させる機械である。

この後、場所を立川航空廠に移して、ここで研究した始動機の分解要領を見学した。

締めくくりとして南波少佐が輸送に関する講演をし、今回の集合教育は終了した。出席者たちとは「では、お元気で」と言葉を掛け合って別れた。いずれ南海で見(まみ)えることになるだろう。

【帰宅して身の廻りのものを整える。十六・三十、家内揃って家を出る。東京駅八重洲口の珍満という支那料理屋に席がとってある。こういう世の中では一寸望むべくもない御馳走とビールと。夕闇が濃くなる。夕刊に連合艦隊が出動して、艦隊決戦を交えたということが書いてあり、「彼に決定的打撃を与えるに至らず」とある。

ほろ酔いで渡る舗道の真向かいから、東京駅の黒いシルエットの上に真紅の太陽が、光線を照らしつける。人通りの絶えた街の隅で、子供が四人、砂遊びをしている。プラタナスがそよとも言わぬ。濠の水も更に音を立てない。

過ぎて行くものは、どれもこれも一瞬として止まらず、どれ一つ現実として止まらない。ただそれらは抽象され、美化され、形成され、新たに記憶の中に編集される。その時その時が尊いのか、それが記憶の中に編集された姿こそが尊いのか。私は勇んで、現実をぐんぐんと過去に送って行く。よしや他から見て、それが無情に見え、非情に思われようと――。しかし私は、編集された追憶をたぐってその中で、過去を味到して、永遠に哭(こく)すべきは哭す。

私はただ普段のように踏みしめて、現実の東京の土の上を歩いた。それはやがて時が経つと、どれ程の価値をもった出来事だったかが判然として来るだろう。

西洋料理で軽い夕食。すっかり暗くなる。十九・四十、駅に入る。列車がホームに入って待っている。あわててかけ上る。一つ下のホームに家族皆が居る。席を取って装具を下ろしてホームに降りて皆に挨拶をする。声はほとんど届かぬが、手を挙げて挨拶をする。下のホームにも列車が進入して来て、私達の間を隔てようとする。「では」との身振りで皆が右にホームを帰って行く。客車の窓越しに母上の白足袋が右に歩いて行くのを見ていると、瞼が熱くなって来る。祈るように目を伏せる。幸くませ、病弱の母上。すべての姿は走る。東京駅の夜の中に私一人残される。

汽車が滑り出す。黒々と夜空に聳(そび)えるビルヂングの群。残された僅かの灯。急に東京が懐かしくなる。瞳をこらして見る鶴見の街の闇の中にも私の思い出はこもっている。

瞼を閉じて赴任の時とは異った、待つ者のある安らかさを感ずる。私には中隊があり、部下がある】

七月二日

日曜日。休務である。

未だに出陣の命は下されないが、兵たちは訓練の成果が目に見えるようになっていた。良知はようやく気持ちに余裕が出てきた。

今日は一部の兵隊を、佐藤曹長の指揮で映画見物に行かせることにした。皆、嬉々として足取りも軽い。

良知は終日、面会の立ち会いで過ごした。

営門横の面会場には、朝から多くの親族たちが面会に詰め掛けていた。

近頃は汽車も、特急は廃止になり、急行は本数が減らされている。車内の混雑は、とみにひどくなり、切符の入手も困難になっていると聞く。時刻表の扉には、「必要やむをえない用事の外は旅行を止める様にしたい」と運輸通信省の指示があるほどだ。

そのような交通事情の中を押して面会に来ているのだ。言葉少なく我が子と顔を見合わせて、それだけで満足そうな母親や、僅かな時間も惜しんで語り合う家族たち。若い初年兵たちは少年のような表情に戻って近況を語っている。

良知は兵隊たちの母親の姿に、かつて水戸の学校まで身体の悪いのを無理して訊ねてきてくれた母の姿を重ねた。

「もう会えないかも知れないね」と呟いた母の言葉が蘇る。

先月東京に帰ったとき、母は面会に行きたいとしきりに言っていたが、良知は列車の混雑と母の体力を考えて、「面会に来る必要はない」と言い置いてきたのだった。

夕刻まで面会者は途切れることなく、良知は蒸し暑い面会場の中で、愛情のこもった家族たちの会話に包まれて過ごした。

立ち会いを終えると、本部から、少尉任官の内命があったと知らされた。

「小隊長殿、いっちょ飲まにゃならんとですたい」

居合わせた兵隊たちが沸き返って、はしゃぐ。

夜は演芸会をやり、中隊全員で楽しんだ。

四

七月四日

七月一日付けで少尉に任ぜられた。

鬼塚も同時に少尉を任官し、二人で同じ下宿に住まいすることとなった。隊から離れた場所で通うのには少し不便であるが、下宿人を置き慣れた老夫婦が行き届いた世話をしてくれる。

鬼塚の小隊と良知の隊の面々は何かにつけて競い合っているが、鬼塚はそういったことには拘(こだわ)らない。どこかしら飄々(ひょうひょう)としている。体調を崩して休みがちな中隊長の代理を常に良知が命じられても、気にならないようだ。

鬼塚は早朝から朝食も摂らずに、大刀洗へ帰っていった。実務教育として、飛行学校での補給整備作業に兵隊を連れて出かけるのだ。

良知は食事をしてから隊に戻った。少尉の服に着替えて中隊の勅諭奉読式に臨み、いざ式が始まろうとすると、警戒警報のサイレンが鳴った。早々に式を終わって、命じられたとおり自動車を錬兵場に分散配置した。しかし、これでは空への遮蔽がないに等しい。もっと適切な場所がないものかと思う。

先月には八幡、若松が空襲を受けたばかりだ。敵も要地を狙い済ましてくる。大刀洗のような軍の施設の密集地は、格好の標的となるに違いない。

飛行機に対しては西部軍から掩体壕構築強化の通達があり、先月から良知たちは開いた時間を土木作業に費やしている。しかし、自動車については何の手段も講じられていない。

良知は曝されたまま配置された車両が心配で、他に分散して隠せるような場所を探しに付近の部落へ出かけた。

偵察して適当な場所を何箇所か探し当てた良知は、分散配置案を大隊長に提出した。すぐにも採用されるものとばかり思っていたのに、大隊長は「それには及ばぬ」と、にべもなく言い捨てて一顧だにしなかった。

良知はなぜこのまま遮蔽のない錬兵場に置くほうが良いのか、その理由がどう考えてもわからない。

しかし軍隊では口答えはできない。

大切な自動車をむざむざ攻撃目標になるまま放置するとは悔やしくてならないが、怒りを抑えて引き下がるしかなかった。

そこで良知は午後、錬兵場の車両位置で機械教育を行ない、授業内容を拡大して、上空に対する偽装、遮蔽、分散秘匿、監視、待避、初期防火の要領、対空監視、瓦斯(ガス)防護の概念など矢継ぎ早に講義した。自分の考えも交えて話し続けているうちに、胸に鬱積した不満や不快感が少し薄れてきた。

日没とともに車を車庫に収め、「情勢緊迫セリ」とのことで、緊張して夜を迎えた。

敵機は来ず、豪雨に襲われた。

七月六日

先月はあまり日記をつけられなかったが、良知はこのところ、そういった日記への懈怠(けたい)を克服しつつあった。

日記は何事かを、その日その日に記していくことに意義がある。一日一日を積み重ねていくうちに内省や自制心が蘇り、自分らしさが戻ってくるのが感じられた。

顧みると、先月の日記の少なさは忙しさにかまけてというより、環境に流されてといったほうが正確な気がする。

良知の周りは、いわゆる野戦気分というか、乱雑な雰囲気に支配されている。自分ではしっかりしていたつもりでも、やはりその中に取り込まれて自分を見失っていたのだ。

良知は、ようやく冷静さや秩序だった考え方を取り戻し始めていた。

七月十一日

午後から久留米への出張を命じられた。燃料の取得が目的である。

なぜか、こういった補給の作業はいつも良知に回ってくる。「これがお前の取り柄だ」とでも言われているかのようだ。

そのたびに良知は、自分の小隊を放り出して出かけなければならない。

普通の社会であるなら、敵と見なした人間は敵としてこなせばよい。しかし上命下服の軍隊では上官の命令は絶対であって、従わざるを得ない。上官に対して不信や疑義を抱いたり、命に従わないことなどは許されない。意見の具申はできるが、それに対して理不尽な取り扱いがなされても、異議を唱えることはできない。それらを許しては、軍紀の破壊になる。

だが、そうであるなら、上官たるものが卑しくも部下に不信の念や不服従の感情を抱かせるようなことがあれば、部下よりもむしろ上官のほうが責められるべきものではないだろうか。

軍の中では規律が全てを律すると思うのは間違いで、やはり人間と人間が事を律してゆくのだと考えなければならない。人間が進んで従うところに軍紀があり、そうすることを団結というのではないか。団結の破壊者は多くの場合、団結を要求する側の人間である。
事あるごとに燻(くすぶ)る不信や不満は、良知の胸の中に澱(おり)のように沈殿していた。

七月十七日

三好曹長に誘われて博多に出た。二日市まで一時間あまりバスに乗り、その後は電車に乗る。良知には、そうまでして行く価値があるとは思えない。だが、三好があまりに熱心に誘うので、仕方なく同行した。

　時間の関係で映画を見ることもできず、小さな買い物をしただけで、夕方七時に下宿へ帰宅した。

「早かったですなあ」と安堵とも感心したともつかない言葉で、下宿の主人が出迎えてくれた。行水でさっぱりと汗を流し、暮れなずむ南国の風景を愛でていると、無性に画心を刺激される。良知は絵を描きたいと渇望した。

七月十九日

【「重大関頭に立ち到った」という報道を最後にして、我々はサイパンの戦局について聞くことが出来なかったが、その報道が今日やって来た。昨夜のラジオは調子が悪くて聞こえず、地方では新聞が夕方来るので、詳細を知ったのは帰宅してからである。

　サイパンの恐らく何万という陸海軍は、七月六日の総攻撃を最後に、全員戦死を遂げた。三千の重傷者は自決し、在留邦人もこれと運命を共にしたものと認められた。総指揮官南雲海軍中将、陸軍指揮官斎藤中将と発表された。

まじまじとこの壮烈な報道に見入った。大東亜戦争三年目から我々は二度とはよもや繰り返すまいと思われたこの種の悲愴な出来事を、数度耳にしつつ、ついに今日、敵は、東京を去る二千二百八十粁(キロ)の地点に基地を推進した。危機が黒雲の如くにみるみる拡がって来た。それは、何処に原因があるのか、物量の劣勢が凡てを決しているとしたら、その充足補強は焦眉中の焦眉の急である。飛行機を、艦船をと叫びつつ、我々は悲壮にもガダルカナルを奪われ、ニューギニアを追われ、アッツを潰され、タラワ・マキンを敵手に委ね、遂にサイパンを譲った。

相当の期間を貸し与えたならば、敵はこの新たな基地から、新しい作戦行動の準備を整えて、次の目的に進出してくるに違いない。驕慢とか不遜とかいうに当たらず、敵も十二分の計画と緻密な計量の上にその作戦を進めてくる。しかも短期決戦をその最高指導方針にしていることは争うべくもない。こちらは持久若(も)しくは攻勢に転移する機会を狙いつつある防御であるから、少なくとも時がほしい。この相克が世界の明日の歴史を決する。国運は正に、この一瞬一瞬に賭され、勝敗の分岐は、実はこの分秒という貴重なかけがえのない時間にある。有史以来の困難は招来されて、今、この天地の間に、厳存し、エーテルの一粒子毎を、恰(あたか)も帯電させたように、重苦しくぴりぴりと戦慄せしめている】

七月二十日

東条内閣の総辞職が発表された。

朝、良知が隊へ登庁したとき、中隊長がそのような噂があると話していた。しかし、確かなことは判らないまま福岡へ出張になり、そこで新聞速報を見て知った。

帰隊後に兵たちに告げた。皆が驚いてざわめいてはいたが、束の間のことで、別段、現状に影響はない。感情にも何の変化ももたらさないだろう。

ただ戦う。死ぬ。考えていることはそれだけだ。ここにいるものは皆そうであるから、ことさら感想を述べることもない。

世間の人達のこの事件への印象を推量すると、多くの人が「否」と答えるのではないか。良知も、理想からいって「否」であったと考える。

しかし、このような情勢の中でもなお総辞職が強行されたからには、そこには相当の理由があったのであろう。

【それ以上の意見は、判断中止する】

七月二十一日

後継内閣組織の大命は昨日のうちに、小磯国昭、米内光政両大将に下った。連立内閣ということになる。

驟雨(しゅうう)に襲われて外での作業は中止となる。このところ空いた時間は飛行機の掩体壕造りに追われているので、皆、真っ黒に日焼けしている。

今日はまさに干天の慈雨で、午前を兵舎の環境整備に当て、午後は休務とした。

十六時に退出し、久留米で伊藤大尉を送る会に出席した。

十九日に所管部隊である岐阜教育飛行師団より、将校の変更が通達されたのだ。

伊藤大尉は警備中隊中隊長を免ぜられ、百二十七飛行場大隊から去る。替わりに副官の小澤真一中尉が警備中隊中隊長を、大隊附の本田康夫少尉が副官をそれぞれ拝命した。

久留米から車を誘導しながら帰ってくる。今日は鬼塚も週番を交代しているので、久しぶりに下宿に二人が揃った。

七月二十三日

大宮島（現・グアム島）に米国の二個師団が上陸したと報じられた。大宮島はマリアナ諸島の島で、サイパン島、テニアン島の南に位置している。

ここからも悲報がもたらされるのではないかと、知らず知らず想像を抱いてしまうのがこの頃の日本人であるとするなら、こういった現状は大いに悲しむべき、いや、忌むべきことだ。

必勝の信念を失いつつある国民に対して、政府はもっと強力な施策を打ち出し、人心を掌握しなければならない。

良知は珍しく夕方には下宿に帰り、文藝春秋や古い中央公論などを持ち出して読書を楽しんだ。その後で日記に向かった。

早くも鳴きだした秋の虫の音を聞きながら、大刀洗に着任以来ずっと失っていた心の平衡を、ようやく取り戻してきたのを感じる。

身一つで飛び込んだ新しい社会では、周りの棘々(とげとげ)しい環境の中で自己の発言を押さえつけながら暮らしてきた。自分を殺して軍人の道徳律に従おうとする姿を、痛ましい思いで見つめていた。

しかしここへ来て、不安定な面の上にあった心が、ようやく平衡を保つようになってきた。周囲のせいばかりでなく、これまで自分も必要以上に感情を高ぶらせていたのかもしれない。

良知は平常心を呼び起こしていた。

【なつかしく画のことを思い出す。生涯私はそれで純一に生きたら、案外旨く行くんじゃなかろうか。社会にあって他人の前に意見を発表したり、お世辞を言ったり、人的交渉をうまくやって行くことは、私のように鋭すぎたら不幸だと考えられる】

七月二十四日

テニアン島への上陸を企てた米軍を、守備隊が撃退したとの報道があった。狭い水道を隔てて全員が玉砕を遂げたサイパン島と隣り合っている島である。その守備隊が未だに健在で戦闘を続けているという事実に、良知は思わずはっとさせられた。欧米人ならこんな絶望的な状況に置かれたら、さっと手を挙げて降参するのではないだろうか。

しかし日本の兵士たちは、死命を制されて大勢が決した戦いの中でも諦(あきら)めずに立ち向かってゆく。

良知はこの部隊の兵士たちの働きを思い、もっと自分も自らの任務に意識を集中させなければならないと反省した。最近とみに多くなってきた故障への対策と、整備班の指導方針を考えなければならない。自分の隊に力を傾注し、汗まみれになって作業に精を出している兵たちに心を沿わせていこう。

折りあるごとに自意識を増大させて周囲に不満を感じ、そのたびに彼方此方(あちらこちら)に突き当たってゆく自分を恥ずかしいと感じた。

五

七月二十五日

【九州への旅は初めてであり又最後でもあると思い定めて西下してから疾うに二月経ってしまい、浴衣姿で夕暮の美しい森のたたずまいに見惚れ、一日終えた夏の日の焦燥を収めて夜気の中に洗われる心の行方を追うこの頃である。昨年の暮は私にとってはもはや亡きものであった。今年という年は全くの儲けもので、余生という言葉が数え年二十七の人生にぴったりと当てはまるように思われる。

色々の過ぎ去った出来事を衡量して胸の中に一篇の物語を編むことは亦こう云った時には良い事かも知れぬが、今はただ片々の出来心に従ってレコードを聞き、小説を読み、画集を見して一日一日と過不足ない生活をつづけている。生活の中心は既に我が身には無くて、彼の処にある。即ち無遍在の悠久、大いなる無、韻律もなき高き調べの極まって嫋々と響く境。私が繰り拡げる人生は彼の処のものたらんと我が身を捧げ、夾雑物を自然に燃焼せしめて純一無垢たらんとする願望の姿である】

七月二十六日

米軍のテニアン島上陸が発表された。ひとたび上陸が開始されたからには、この島の命運が尽きるのに幾日もかからないだろう。

大宮島では、増強を続ける米軍に対して必死の防戦が試みられていた。

外電は、「日本の太平洋防衛線を突破せり」と喧伝（けんでん）している。

このような状況にあっても、良知はまだ勝利への可能性が全く消え去ってしまった訳ではないと信じていた。恐れるのは、むしろ勝利への確信を国民が捨て去ってしまうことである。不信に取り付かれた人間は無力になる。

国家の中にあっては国も大切、個人も大切だと良知は常に考えてきた。しかし、国家存亡の危機にあって国民は国家と一体であり、国民は国家を離れては存在し得ない。

現状に動揺することなく、勝利以外に存続の道はないと確信して、国民一人一人が己のできうる限りの力を発揮することだ。そうすれば絶望的な戦局の中に必ず道は開けるだろう。

八月一日

大刀洗では新聞が夕方に届くので、ともすると読みそびれてしまう。

良知たちの主な情報源は、ラジオと無線で届けられる軍の情報である。

しかし、このところ連日齎（もたら）される報せは暗いものばかりであった。テニアン島でも大宮島でも守備隊が次々と後退し、米軍の機動部隊はこの二島だけでなく、大宮島南西のヤップ島、カロリン諸島、パラオ諸島へも空襲を行なっているとのことだ。

夕方、事務室へ入ったとき、机の上に二十九日付けの中部日本新聞を見つけた。

これには、杉山、米内陸海両相が閣議で、「陸海軍は真に実質的に一丸となり戦争完遂上これにあらゆる施策を集中し、もって目的の達成を期する為次の実現を希望する」と一致した意見を述べたことが記されていた。

政府は戦争完遂に邁進すること、国民の士気を高揚するため世論の明朗化に考慮を払うこと、航空戦力の増強に万策を講ずること、強力かつ簡素な国務の運営に留意することが必要とされていた。新政府は全力を傾注して実現に努めるとある。

良知は、日本にとっての胸突き八丁ともいえる局面が展開しようとしているのを感じた。

八月二日

日の出とともに陽光は勢力を増し、地上をじりじりと焼き付けるように照らしている。

熱せられた大気の中を、兵隊たちは土埃を上げて作業場へと出発した。

『地獄の鐘』と呼ばれる甲高い鐘の音が八時半の作業開始を報せると、ひたすら掩体壕作りに精を出す。

太陽が容赦なく照りつける中、良知も兵に混じってスコップを振るう。

体内の水分がすべて放出されてしまったかのような渇きを覚えたとき、息せき切った鐘の乱打が響き渡る。これは作業終了を報せる『仏の鐘』だ。

後は甘木川に飛び込んで、子どものようにはしゃぎながら泳ぐ。束の間の開放感を味わうひとときだった。

八月四日

今日は百部隊が休日ということで、良知の部隊も倣って休日となった。

普段の休日と違って面会の予定はなく、立ち会いの任務からも解放されている。

小隊の兵たちを下士官に引率させて甘木に映画を見に行かせ、半数の下士官には単独外出を初めて許可した。

人気のない兵舎は静まり返っている。

良知は前日に配給になった二合ほどの酒を空けて、一人で将校室の寝台で手足を伸ばして寝そべっていた。

十八時に突然、サイレンの咆哮が空気を引き裂いた。良知は、がばっと跳ね起きる。敵機来襲の警報だ。

兵舎に戻っていた者に、まず車を車蔽へ移動するよう命じた。空からの視線を遮蔽した場所を選定し、車蔽としてあらかじめ指示しておいたのだ。

機関砲小隊が「わっしょ、わっしょ」と掛け声をかけながら、砲をがらがらと引いて陣地へ向かってゆく。

営外に居住している西山少尉から、「爾後の処置は貴官よろしく」と通報が入った。

緊急配備案を兵たちに通達し、着々と準備を整える。

そうこうするうちに、外出していた兵たちは揃い、営外者は次々と駆けつけてきた。

二十一時に大隊長以下が出揃ったが、選りに選って良知の中隊の鬼塚だけが来ない。何の連絡もなく、彼に関する情報もない。

幸いなことに警報は空振りに終わったが、とうとう最後まで鬼塚は現われなかった。

八月五日

山下中隊長がとうとう入院し、良知は中隊長代理を任命された。

復帰できないまま出陣となれば、良知は中隊を背負っていかなければならない。肩にかかる責任がいっそう重くなった。

母からの手紙を受け取った。東京からの手紙は十日以上掛かって届く。

すぐ出陣だと思えばこそ面会は諦めていたが、このような状況であれば是非一度面会に出かけたいと、掻き口説くように繰り返してある。

良知はもう家族とは会えないものときっぱり割り切って、未練は残さないように決意していた。しかし、ここまで母に言われては、いつまでも断わり続けるのも忍びない思いがする。考えを改めなければならないと思った。

八月六日

少尉任官を記念して、博多で写した記念写真が出来上がってきた。良知は写真を家へ送り、母に宛てて手紙を書いた。

【別便で写真を送りました。どうですか。やや痩せては居りますが、この地の暑さのせいです。なかなか堂々としたものでしょう。内地に居て任官の写真をお見せすることが出来るとは思いがけませんでした。その後食欲も旺盛で至って健康にやって居ります。中隊長(山下中尉殿)

が病気で昨日入院されてからは、隊長代理として中隊を背負っていかねばならぬ責任を感じています。この頃はずっと炎天下の土木作業の指揮で黒い上にも真黒に上半身を焼いて、作業終了後、甘木川で兵と水浴して帰って来ます。物凄い雨が時折降ることはお話した通りです。ガソリンの使用が制限されて急に交通機関の不便を感ずるようになり、鬼塚さんの処では遠いので甘木の町か大刀洗かに下宿を移さねばならぬと思います。大変良くしてくれた家ですから去るのが惜しいです。今、週番についていますから隊で寝泊りです。私が週番につくと必ず空襲があるので、空襲男のようです。そのときは可成り眼が廻るように活動します。

経済状態を報告しますと、内地ですから（細々と貰ったのではっきりしたところを忘れました）、本俸七五、〇〇、手当二〇、〇〇程、それに滞在手当と居残料が一五〇、〇〇程です。計二五〇、〇〇程です。支出の筆頭は下宿料四〇、〇〇。その他に書籍代、飲食代、被服、軍装品代若干等です。一ヶ月百円を出るか出ぬかであります。では余りは？　と云われそうですが。母上のへそ繰りの足しにお送りしましょう。

それから遠征計画ですが。身体は大丈夫ですか。想像以上の混雑と疲労がありますよ。もし凡ての条件が宜しいなら、旅費ぐらいは差し上げます。二等でいらっしゃい、誰かを連れて。近頃読了した書籍を返送しましょう。真船豊の『鶉』。久保田万太郎の『町の音』。――この二つは仲々良い。上田広の『海燃ゆ』。小川真吉の『隻手に生きる』。大木惇夫の詩集と福沢一郎の画集は持参する荷物に加えようと思います。とりとめも無く、右近況お知らせします。末筆ながら、健康第一をお祈りします。

長門　良知】

八月八日

明日、良知と鬼塚は下宿を移ることになった。

ガソリンの使用が制限されるようになり、交通の便の良い大刀洗か甘木で適当な下宿を探していたところ、見つかったので引っ越しとなったのだ。

よくしてくれた家なので去りがたい思いはあるが、考えてみれば出陣までの仮の宿りである。次のところにも、いつまでいられるかはわからない。

兵たちが荷物の整理を手伝いに来てくれたので、準備は早く済んだ。後は明日のことだ。

良知は一ヵ月余りを過ごした下宿で、最後の一夜を過ごした。

第九章——大刀洗（二）

一

八月九日

夕刻に、新しい下宿に移った。甘木駅にほど近い二階建ての家である。

ひとまず荷物を置いて、良知は入院している中隊長を見舞おうと下宿を出て甘木線に乗った。太刀洗駅から薄暮の中を陸軍病院に向かって歩いていくと、小道でばったりと鬼塚に会った。

「おう、もう甘木には行ってきたのか」

「ああ、荷物を置いてきた。今度は駅から近いぞ。先に行っていてくれ。俺は隊長殿を見舞ってから帰る。一時間半ぐらいで戻れるだろう」

「おう、わかった。どんな家だ」

「大きな二階家だ。すぐわかる」

「そうか。それにしても暑いなあ」

鬼塚といったん別れて、汗だくになりながら歩き続ける。日は落ちても昼間の熱気が残っていた。

病院の玄関を入ると、少し温度が低く感じられる。良知は薄暗い廊下の電灯の下を、中隊長の病室へ向かった。

部屋に入ると、中隊長は胡坐（あぐら）をかいて食事をしていた。良知は終わるまで外で待つことにした。開け放した窓やドアから涼風が流れ込み、日中は蒸し風呂のように暑い病室も一息ついているかのようだ。

食事を済ませた中隊長は、中隊の報告をする良知に、物憂く言葉少なである。

型どおりの「ご苦労だった」の後は言葉も続かない。

良知には病気のことはわからないが、かねてから具合が悪かったところに無理を重ねていたのだろう。それが一挙に噴出したのではなかろうか。出陣という一生の大事を目前にして倒れた負い目もあって、肉体だけではなく、精神的にもかなり打ちのめされているように見える。

良知は、「どうぞくれぐれもお体をお大事になさってください」と、久保田万太郎の『町の音』と安田貞雄の『蛍灯記』を置いて帰ってきた。

声をかけて下宿の暗い三和土（たたき）を入ると、簾（すだれ）越しに三人の黒い影がゆっくりと動いた。

「飯は食ったぞ」と、鬼塚の声がする。座敷に上がると、鬼塚は胡坐をかいて、ずっと以前からここで暮らしているかのように、すっかり寛（くつろ）いでいた。

下宿人を扱いなれた家人なので、無駄な儀礼や余計な遠慮はいらない。

良知たちの居室となる二階の八畳二間だけでなく、家全体に手入れが行き届いている感じがして気持ちが良い。何より風呂場が清潔なのが気に入った。

一風呂を浴びて明るい電灯の下で鬼塚と二人で寝そべっていると、冷んやりとした夜風が吹き抜けてゆく。風通しの良い部屋である。

暮れ方の静けさに身を任せていると、この家の十九歳になる娘が上がってきて、本籍やら宗教やらを書いて下さいと書類を差し出した。無邪気に声を立てて良く笑う娘だった。

八月十日

【前の家の五歳になる子供が疫痢で死んで、坊さんの経が僅かばかりの畑を越えて聞こえる。家の前の道を通る下駄の音が絶えたかと思うとまた誰かが歩んで来る。夜気は暗く重く澱んで僅かの吐息にも似た風さえ起こらない。気早の時計が十時を打つ。穏やかな気分が欲しいものだと思って居る。心の平衡が保たれている時を、郷愁に似た気持で深々と呼吸し楽しんでいる。医者の小鳥居見習士官が「貴方は何時も張り詰めている弓だ」と評した。
巧いことを言うものだと思った。私は所詮そういう性質なのかも知れぬ。常に張り詰めた心で全神経を緊張させているのは私の宿命かも知れぬ。けれどもそれでは疲れてしまう。その後に来る疲労がどういうものであるか。私は緩急法を知らぬので常に息苦しく喘いでいる。殆ど(ほとん)フォルテッシモを鳴らしつづけて居る。そして亦潔癖に物事を処理しようとして行くので、有り余る汚垢が私の狭量を嘲笑(あざわら)う如く眼前に奔濤する】
夜中の二十三時半に警戒警報が発令され、続いて空襲警報のサイレンが闇を引き裂いて響き渡った。

営外居住者も駆けつけて、一刻を争って準備態勢を整える。そんな地上の慌しさをよそに、東の空から黄銅色の下弦の月がぽっかりと現われ出た。

「B29約二十機、青島通過」「対馬上空ヲ東進」「敵五機、長崎ヲ攻撃中、八幡上空ニ敵」「松枝上空ヲ旋回中。米子上空ニ敵」

緊迫した状況が刻々と入電する。

敵は九州西部から北部、山陰にまで攻撃の手を広げてきた。今こうしている間にも国土が攻撃されている。

「松江上空ヨリ東南方ニ去ル」

危機が去ったことを知らされて、ようやく緊張が解けた。

被害の程が気になるところである。やがて三時半に空襲警報解除、やや間を置いて警戒警報解除が発せられた。武装を解いて空腹に苛(さいな)まれながら床に入った。

八月十一日

今日の朝日新聞は、ここ二～三週間の間にドイツが東、西部戦線において一ヵ所でも転換の契機を摑まねば、今後において戦勢の転換は困難になろうというチューリヒの特派員の観測を重大に取り上げていた。

アヴァランシェ地区(いわゆる北仏戦線の右翼)で、独軍は米国の機械化師団によって突破された。進入した反枢軸軍は二手に分かれ、一軍は長駆パリを突かんとしている。

これによって、独軍が上陸軍を叩き潰し、後に東部に当たるという希望は瓦解したのである。ドイツはゲルマン民族の最初にして最後の国力の総出動を見せるであろう。それがいったいどんな力となって現われるのか。

総統大本営には暗い影が落ち始めている。

しかし、危局はドイツばかりではない。日本も、B29が大陸に進出してから本土は空爆され、太平洋の戦線は僅か二千キロメートルまで迫っていた。

良知は大刀洗へ着任してから始まった北九州への空襲によって、日本の厳しい状況を目の当たりにしている。日本も転換の契機を摑まねばならないところに追い込まれていると痛感した。

八月十四日

午前中は兵たちに相撲をとらせた。八人一組にして、二組で総当たり戦を行なう。闘志を剝き出しで相手に組み付いていく。力と力がぶつかり合う。周りでは、皆が子どものように大声を上げて自分の組を応援していた。

終わってみれば、肘や膝に擦り傷だらけだ。

六勝一敗の北村が優勝で、後は五勝二敗の田辺、籠谷、四勝三敗の松山、堤、田中、財津と続く。

久しぶりに身の内に籠もっていたものを発散しつくした感があった。

午後は構造機能の講義である。機関本体について教え始めるが、郡山の航空教育隊で初年兵教育を行なった時と違って、すんなりとは行かない。理解が行き届かぬようで、もどかしさを感じる。彼らにはやや難解であったのかもしれないと、良知は講義の内容を反省した。

営外者に酒の配給があったので、夜になってからそれを持って、木下、大楠、西山と飲みに行った。

警報のサイレンもならず、大いに盛り上がって愉快になり、下宿に帰ってきた。

窓を開け放して横になるが、そよとも風が吹かず寝苦しい。

良知は二度三度と眼を覚ました。

八月十六日

画が描きたいという衝動が、前触れもなく突然に身体の中から湧き上がってきた。

帰隊後、町の東にある花屋へと急ぐ。

店には売れ残りの僅かな花がまばらに置かれていた。

「これでよかやろか?」

しきりに言い訳をしながら、お内儀（かみ）さんが選り分けてくれたのは赤と白のダリアと紫の桔梗（ききょう）だった。

ダリアの鮮やかな赤は紛れもなく夏のものだが、青味がかった紫の桔梗は秋の七草の一つである。良知は新聞紙でくるまれた花に、季節の移ろいを感じた。

下宿の部屋で、白磁の花瓶に挿して水彩で描いてみる。

花弁が幾重にも重なった大きな花を頭頂に載せ、すっくと立った紅白のダリアと、しなやかに撓（たわ）んだ茎に青紫の星型の花を三輪つけた桔梗。面白いコントラストで、良い出来映えが期待できた。しかし描いているうちに情けなく、いじけたものになってきたので、がっかりして途中で筆を置いた。

二年間まともな画を描かなかったので、手際がすっかり拙くなってしまった。立体感が感じられない。色彩も深みが無く、貧弱だ。ただ、画を描き始めると、食事も入浴も忘れてしまう性癖だけは以前と変わらない。

外電が「ガダルカナルになお日本軍が残っていて敵を悩ませている」と伝えていた。真実であるとすれば、たいへんな快挙である。撤退以来一年半、敵中にあって奇跡的に奮戦し続けている彼らの旺盛な精神力は驚嘆に値する。撃敵の一念に身も心も捧げつくしているのだ。まさに我々の龜鑑(きかん)であると良知は感激した。

二

八月十八日

朝六時に起きると、空の高いところに綿を細かくちぎって並べたような鱗雲の帯がかかっていた。

澄んだ涼感が身体を包む。かすかな秋の足音が聞こえる。

透明な朝の光の中に見る花瓶の花は、水を吸い上げて花びらの先端まで瑞々(みずみず)しい生気に満ちていた。花の色の赤も白も青紫も、微妙に異なるダリアと桔梗の葉の緑も、くっきりと際立って鮮やかだ。

この色を留めたいと、良知は自然に身体が動き、一心に絵筆を執った。今日は思ったとおりに腕が動く。絵の具の発色も良い。花びらの質感もうまく捉えた。仕上がりが軽やかだ。

良知は納得のゆく画を描き上げた満足感に浸りながら、時間を忘れて飽かずに眺め続けた。

「あのお、ご飯……」

階下から食事を促す娘の声がして、良知は、はっと我に返った。

今日は幹部教育で「小隊の攻撃」の演習が行なわれる予定だった。良知は食事もそこそこに、隊へと急いだ。

八月十九日

「日独両国が、たとえ戦争が両国の国境に至らぬ前に抵抗をやめたとしても、反枢軸軍は両国を確実に占領するまでは進撃を続けるだろう。日本が他の諸国と協調する有効適切の処置をとらぬ限り、日本に対しては永久に世界から閉め出しを食らわせねばならぬ」

十七日にルーズベルトは、このように発言したという。

ドイツの西部戦線は憂慮すべき状況である。北仏では米英軍がパリから僅か四十キロの地点に達し、南仏に新たに上陸した米英軍は占領地域を日増しに拡大させていた。

十九時のニュースが、サイパン島の在留邦人、なかでも婦女子の最後の模様を伝えた。崖に立って黒髪を梳(くしけず)り終えてから、従容として海波に身を躍らせた婦人たち。遥かに祖国を祈りつつ、米人の眼前で海に没して再び現われることのない十五、六の少年。黒潮に緑の黒髪を漂よわせたカーキ色のズボンをはいた婦人の遺体。日本軍の兵士の遺体にしっかとすがっていた五

〜六歳の子ども。

ラジオから流れる状況が瞼に浮かぶ。真っ青な海の波間を流離(さまよ)う何体もの大和撫子や日本少年の遺体。彼らを永遠に忘れてはならないと、良知は爪が食い込むほど拳を握り締めた。日本人は今日、復讐の二文字を心に刻んだに違いない。

良知は復仇の弓が引き絞られるのを感じた。

八月二十一日

休日であるが、良知は防衛担任将校として詰め切り服務となった。

三好曹長以下十名を作業のため飛行場に行かせ、他の者たちには組外出を許可した。外出を許された者たちは、顔を輝かせて足取りも軽く出て行った。

良知は隊に詰めていること以外に取り立てて任務が無いので、倉田百三の『出家とその弟子』を読み、その後うとうとと昼寝をした。

一時間半ほど眠って起きると、もう夕風が立っていた。

良知は、飛行場に今日飛来した飛行機を見に行こうと大楠少尉を誘った。

昨日の北九州への空襲を受けて、本土防衛強化のために飛行第五十六戦隊の飛燕十七機が隊長の古川治良少佐に率いられて大坂の伊丹から移動してきたのだ。

夏草がそよぐ飛行場に、飛燕が低翼・単葉・流線型の細身な機体を休めているのが見えた。胴体に描かれた日の丸が夕日を受けている。液冷エンジンの整備が難しいという欠点はあるが、南方戦線に多く出撃している高性能かつ、惚れ惚れするほど美麗な機種である。

こうして飛行場で飛行機を眺めていると、水戸陸軍飛行学校で過ごした昨年の夏が思い起こされた。

【水戸校にいた昨夏は涼を取りに夕方飛行場に出るのが日課だった。友達と誘い合わせて妙に望郷の念に囚われながら卒業後の互いの運命を予測し合った。戦場と死は候補生の目前にあり、又穏やかな初秋の陽光に濡れた常陸の山々の佇まいも眼前にあった。斜陽に過去と未来は長々と尾を引いて影の如く足許から拡り去って、そうした夕方、候補生は現在する自分の存在に強く感激を唆(そそ)られた。

ここの飛行場にも初秋の空気が蕩漾(とうよう)し、飛行機の脚から揺曳している陽の光は、昔の思い出を取り出させるに充分の明るさと暗さを持っていた。何時までもそこに立って居たかった】

夜になって「不明機東進中」の情報が入ったというので、良知たちは緊張して夜を過ごした。大陸から発進するB29による空襲は、もう五度を数えている。米軍の主目標は小倉の陸軍造兵廠と八幡製鉄所だ。日本の兵器製造を壊滅させるのが目的である。むろん大刀洗も敵の攻撃目標の一つであろう。

B29が現われるたびに、山口の小月飛行場の飛行第四戦隊が三十七ミリ機関砲装備の二式複戦屠龍で迎撃している。

六月に行なわれた最初の空襲では、四機を撃墜したそうだ。その搭乗員の遺体の中に女性記者の遺体があったと、西日本新聞に報道されていた。

また昨日は大胆にも在支米軍による初めての昼間攻撃が行なわれたが、これを迎え撃って体当たり攻撃で同時に二機を撃墜した野邊重夫軍曹（高木傅蔵兵長同乗）の壮烈な戦死が「身機一體の闘魂」と伝えられたばかりだ。

このように日本は全力を挙げて防戦しているが、敵は五十機～百機ほどの戦隊なので、どうしても取り逃がすことが多いらしい。

今日はここに現われるのかと上空を睨んでいたが、何事もなく一夜は明けた。

八月二十三日

『出家とその弟子』を読了した。

倉田百三は、最後の場面で親鸞の息子である背信者善鸞に、「いいえ、私の愚かさ、浅ましさ、わかりません、決められません」とその不信心の告白をさせ、臨終の親鸞に、「それでよいのじゃ、皆助かっておるのじゃ。善い、調和した世界じゃ」と受け止めさせている。

そこには作者の人生観、宗教観が投影されていた。良知は自分が死んだあと、自分の人生観が投影されているものはこの日記しかないと考えている。

【私からこの日記が消え去ったら、深く落胆し、自分そのものが喪失してしまったとさえ言うであろう】

八月二十四日

五月に大刀洗へ赴任する際、東京で家族と一緒に写した写真が、家から送られてきた。

前列に良知を挟んで父と母。少し子どもっぽい顔に写っている自分の両脇に、父は鋭い眼差しで、母は口を引き結んで、納まっている。後列には弟妹たち。表情は異なるが、不安に耐えようとしている様子が感じられる。

あのときはそれぞれが今生の別れを覚悟して、写真に納まったのだった。その印象をこの写真は深く焼き付けている。

思いもかけず永らえているが、この写真に焼き付けられた覚悟が薄れてはならない。胸の中に据えてある覚悟が、写真と一分の変化も無いことを確認するように、良知はしばらく写真に見入った。それから父からの封書に手を伸ばした。

中には父の長文の手紙と、母が認めた便箋二枚が入れられていた。

父の手紙には、綿密に家族の状況が述べられ、続けて、父の亜炭鉱が海軍の指定鉱山になり、父が海軍の嘱託になると記されていた。父の事業が順調に地歩を固めていると知って、良知は大きな安心に包まれた。これで母と妹弟は今よりも経済的に安定するだろう。良知は明るい気持ちになった。

夜、志賀直哉の『暗夜行路』前編を読んだ。この本には思い出がある。

中学を卒業して間もなく、同年代のある女性がとてもよい本だというので読んでみた。しかし、良知にはどこが良いのかわからなかった。せいぜい「清潔な文章ですね」というくらいが関の山だった。

これは大人の文学である。この本を読めた女性は家庭的に悪い宿命を負っていた。その重く暗い家庭環境も良知の想像を超えていた。

しょせん良知は子どもで、彼女は大人だった。

良知は、甘酸っぱくも、ほろ苦くも思い出すことのできる女性との思い出を追った。

三

八月二十五日

【猫の爪のようだった月が一日一日と肥って来ると、空から珍客がやってくるかもしれない】

八月二十日、二十一日の連夜の空襲が在支米軍航空隊の総力を傾けたものだという宣伝どおりだとすれば、日本の損害は甚大で、その補塡と戦力回復にはかなりの日数が必要であろう。

昨年秋に、米陸軍航空隊司令官ヘンリー・ハップ・アーノルド中将の「近き将来、空の要塞を侏儒（しゅじゅ）の如く見えさせる如き巨大な飛行機を作り出すであろう」との宣言を、良知は新聞で読んだ記憶があった。空の要塞『フライング・フォートレス』と名付けられた四発のB17爆撃機が小人に見えるほどの、巨大な爆撃機の開発を予告していたのだ。

外電は、そのアーノルドが予定を六ヵ月短縮してB29の生産に成功した経緯を、「胴体の構造、ガソリンタンク、圧力室、電気装置等その構造機能がまったく新しいものであっても、そのテストはB29が生産中に行なえばよい」「B29を組み立ててから初めてB29全体の青写真ができたような始末だ」と、極端なヤンキー式で解説している。

言葉通りには受け取れないが、しかしアメリカの軍需生産の大胆なやり方、つまり最初から何パーセントか、あるいはまったくの失敗をも考慮に入れ、それを意に介さず推し進めて行くという方法には注目すべきだと考える。この無駄が許される余裕が米国の国力を表わしているように良知には感じられた。

八月二十六日

新聞にはルーマニアが枢軸から離脱し、敢えて休戦をしたと書かれていた。二十三日夜のことであった。国王ミハイル一世により、親独派の首相アントネスク元帥が罷免されたという。こうしてドイツ進撃を阻む半円形が、東部戦線南部において完成したのだ。ソ連軍は戦わずしてルーマニア油田を押さえ、ドイツへの石油供給を絶つことに成功した。ルーマニアの油田は、全ドイツ勢力下で産出される石油量の実に三分の一を占めていた。加えて、ルーマニアにソ連が進出するということは、他のバルカンの枢軸諸国に離脱を迫る絶好の足掛かりを得たことになる。これら諸国の動揺は想像するに余りある。

ブルガリア、ギリシャ、ユーゴの今後は、欧州戦局を左右する重大関心事である。

良知は二面の西部戦線に関する記事に目を移した。パリ市内外に蜂起した匪団（実際はパルチザン・一般人民によって組織された非正規の戦闘集団）がドイツ軍と激戦を交えつつあり、フランス叛軍（実際はドゴール将軍に率いられたフランス軍）第二機甲師団はパリ郊外に達している。マルセーユ、ツーロンはほとんど敵手に陥ちようとしていると、小さく扱われていた。

世界の情勢は、枢軸国にいよいよもって厳しいものとなっている。

眼を転じると、同じ新聞に「テニアン島のわが部隊は依然勇戦を続けている模様」と報じられていた。

良知は今も戦っている同胞を思い、欧州のニュースに動揺した自分を恥じた。

八月二十七日

以前に読みかけていた『万葉集』を再び広げ始めた。

解釈がわからない歌も混じっているが、良知が心惹(ひ)かれるのは男女の哀愁に満ちた歌である。

秋さらば　見つつ思(しぬ)べと　妹が植ゑし
　屋前(には)の石竹(なでしこ)　咲きにけるかも
　　　　　　　　大伴家持　巻三

吾背子(わがせこ)は　何処行くらむ　奥(おき)つ藻の
　名張の山を　今日か越ゆらむ
　　　　　　　　當麻呂太夫の妻　巻三

月夜(つくよ)よし　河音(かわと)清けし　いざここに
　行くも去(ゆ)かぬも　遊びて帰(ゆ)かむ
　　　　　　　　防人佑大伴四綱　巻四

遠征の感慨と恋人との別離が詠みこまれた歌が良知を捉える。歌の文字の裏に、運命に従順なようでありながら、実はしっかりと運命に取り組んでそれを克服している人間の強さが感じ取れるのであった。

八月二十八日

前日に続いて『万葉集』を読み耽(ふけ)った。

良知が『万葉集』に魅せられるのは、そこに比較的外来文化の影響を受けない、日本民族の始原的な魂の高揚が切々と盛られ醸し出されているからだ。良知は『万葉集』に触れることによって、純粋の日本を摑み取ろうとしていた。知識として「知る」ということではなく、腹の底でぎゅっと捉まえて、自分でじっくりと味得したいと望んでいた。

中河与一の『万葉の精神』を一読した。昭和十一〜十二年の虚無的、否定的、没民族精神的文学観の盛んな時代に万葉を賛嘆し、その精神を堂々と掲げた信念は大したものだ。大森義太郎の古典無視の論文に反駁した文の中に、「永遠を思う捨身の決意がなければ、真に、現代に生きることが不可能になる」と述べている。日本の未来を信じて、身を捧げる覚悟の良知の心境にもぴたりと嵌(はま)る言葉だった。

夕食後に、蓄音機とレコードを持って西山と大楠が遊びに来た。洋楽をあれこれ品定めをして、二十一時まで賑やかに過ごす。

二人が帰り、急に静けさに満ちた部屋の明かりを消すと、西の空から上弦の月が冴え冴えとした光で畳を濡らしている。先刻までの音楽の余韻に全身を包まれて、良知は陶酔した。

八月三十日

家からの小包が届いた。日本刀を直した指揮刀と単(ひとえ)の着物と帯を、父の手作りと思われる長方形の箱から取り出した。

「まだこれが」と、当番兵が白い紙包みを見つけて差し出した。

開けると、中から小さな二体の日本人形と一匹の茶色いむく犬のぬいぐるみが顔を出した。

さゆりの仕業に違いない。いたずらっぽい笑顔が目に浮かんだ。

欧州では重大なニュースが続いている。ドイツ大本営はパリの陥落を発表した。ドイツ軍パリ防衛司令官コルティッツ少将は降伏し、フランスのドゴール将軍がパリに入城したという。先日、枢軸国から脱したルーマニアは、今度は逆に、ドイツに対し宣戦布告した。ブルガリアはドイツ軍の国内からの撤退を要求したのに続いて、枢軸側から離脱し中立を宣言した。

戦況を大まかに見ると、米英軍はパリの南と北で東方に向かって強力な突出部を形成し、南仏ではフランスの東端に至っている状況である。

九月一日

先月二十一日に舞い降りた第五十六戦隊の飛燕は、済州島を目指して飛び立っていった。中国大陸から出撃してくるB29を、要地侵入前に捕捉攻撃せんがためである。飛行場は急に寂しくなった。

良知は午後から久留米の町に出かけて本屋を覗き、目に付いた三冊の本を買ってきた。自動車工術参考書を二冊（修理作業と手仕上げ作業）と黒田重太郎の『近代絵画』である。それにしても、最近は読書欲をそそられる本が僅かになったものだと良知はため息をついた。反対にどういった意図で出版したのか理解に苦しむ書籍が多くなっている。これには出版物が少なくなり、何を出しても売れるといった世情が影響しているものと思われる。それに胡坐（あぐら）をかいた出版者の没良心的な営利追及の現われに違いない。

夕方は偕行社の宿泊部で、大楠、松尾、三好とともに豪勢な夕食を囲んだ。いつでもここには他所では望むべくもないご馳走がある。まさに「栄養の補給」だ。

外へ出ると満月に近い月が皓々と中天に冴え渡っている。小郡駅には他に人影もなく、軌道が青白い月の光を冷たく反射していた。

酒に火照った身体を涼風に晒しながら、良知たちは夜更けの駅で長いこと甘木行きの列車を待っていた。

九月四日

フィンランドが遂にソ連に屈した。ドイツに対して国交断絶を宣言し、ドイツ軍の国内からの撤退を要求した。

枢軸国の北方の守護として独自の信念に基づき戦ってきたフィンランドが枢軸陣営から消え去るとは、なんとも寂しい限りである。

バルカンでは、ルーマニアが背反し、中立を宣言したブルガリアの動揺も伝えられている。東部戦線のバルカン情勢が危急を告げるこのときに、フィンランドの離脱は多大な影響力でドイツの孤立を加速するであろう。

新聞にはベルリンからの情報として、以下のような記事が載っていた。

「アミアンを抜いた敵はベルギーに侵入し、ヴェルダンを経由した米軍はドイツ国境を隔たる十八粁の地点に達した。南仏ではツーロンが落ち、一方、伊領への侵入が二途に分かれて始められ、北伊戦況は次第に緊迫するに至った。東部戦線では赤軍はブルガリア国境に達し、ブルガリアはその興亡を賭してカイロで米英側と交渉している」

【ドイツは無言のうちに歯を食いしばっている】

九月六日

村上一等兵に頼んだ本立が完成した。

本の収納場所に困って、木工作が得意だという村上に組立式の本立を作ってくれるよう金を渡して頼んであった。

久しぶりに好きな仕事をするのが嬉しいのか、眼を輝かせて請け負ってくれたのが数日前のことだ。それがもう完成して、しかもなんと総檜造りの力作である。丁寧に鉋（かんな）のかけられた木肌は滑らかで温かみを感じさせる。

さっそく本を並べてみると、大きいと思われた幅九十センチの本立を八分通り埋める数だ。読んでしまった本の多くは家へ送っていたが、それでもこんなに本を持っていたのかと改めて良知は驚いた。

大鳥島（英名・ウェーク島）に米機動部隊が来襲し、空襲と艦砲射撃を行なったとの報道があった。太平洋の真っ只中に孤立した守備隊は持ちこたえている。大宮島は消息が絶えて久しい。

欧州戦線ではブラッセル地区での激戦が伝えられていた。

四

九月八日

国民は、戦争が始まってから三十有余度目の大詔を拝した。

「戦局ノ危急皇国ノ興廃繫（かか）ッテ今日ニ在リ」と仰せられている。

七日の臨時帝国議会開院式における御勅語にも同じように仰せられた。

小磯首相は、施政方針演説で「近く米英撃滅の挙に出でんとする第一線皇軍の壮図に策応し」と述べ、二百五十億円の臨時軍事費を計上した。

戦局の主導性を何としても奪回せねばならぬ。

良知は近頃とみに母のことを思い出す。自動車を飛ばしていると母の顔が浮かんでくる。振動に身を委ね、速度を身体に感じると、鮮烈な生命感が湧き上がる。生きている実感がある。細胞の一つ一つがはちきれんばかりに充実し、運命に負けずぐんと踏ん張っている自分の命を感じる。運命の輪廻の中にある自分の命を感じるとき、良知は母を思う。思い浮かべる母は微笑（ほほえ）んでいた。


【生命は至宝のように輝く】

九月十二日

兵精勤賞附与の銓衡会議が開かれた。兵精勤賞とは勤勉かつ優秀な兵に授与される賞で、授与された者は山形の印を腕につけることができる。

良知の中隊内の二つの小隊の下士官たちはそれぞれに自分の小隊の兵を推薦し、対立的になった。

これを高い見地から調整し纏めていかなければならない自分の立場は、良く自覚しているつもりだ。しかし器量不足なのか、うまく治めていくことができない。

しこりが残ったように感じられ、良知は反省することばかりであった。

敵の攻撃は、サイパン玉砕後からさらに苛烈になっているように思われる。大宮島の報道は依然として途絶えたままで、テニアンの守備隊が奮戦している模様は時折、小さく扱われるのみである。

今は、大宮島南西のパラオ島、ヤップ島、そしてフィリピンへの艦載機による空襲が連日に渡って報道されている。フィリピン近海での船舶の撃沈も多数である。

この方面を目指す敵の企図は先鋭化している。

また、本土からほんの千キロメートルの小笠原諸島の父島、硫黄島も先日空襲と艦砲射撃を受けた。

敵の攻撃は線ではなく、面で押し寄せてくるように感じられる。

こういった日本の現状にあって、良知の部隊はひたすら力を養いながらも、未だその力を秘めたまま発揮する機会を与えられずにいる。しかし、静かに過ごす内地の夜もあとどれほどかは分からない。待命の期間も今までのように長いものになるとは考えられない。

【戦の潮は刻一刻満ちて来る。やがて立ち上がるのだ】

九月十三日

渡邊道子から葉書が届いた。

他の同級生たちの消息を書いた後で、「何卒心ゆくまで内地の秋を味わって下さいませ。何時の日か、みな様に再会出来る事の許される日を、暗い中から希望を失わずに待っています」と結んであった。

繰り上げ卒業から早二年、机を並べた学友たちも環境にめげず、流されず、今のこのときに最善を尽くしている。

良知は道子を始め、懐かしい一人一人の顔を思い浮かべて、自分も頑張ろうと決意を新たにした。

西山が遊びに来て、階下の茶の間には下宿の老夫婦と娘さんの喜美ちゃん、西山と良知が集まった。喜美ちゃんが取り出してきてくれた色々な歌の本を捲って、西山はハーモニカを吹き、喜美ちゃんは小さく声を出して歌を歌った。それに釣り込まれて良知も口ずさんだ。

良知は喜美ちゃんの本から、『この道』『砂山』『出船の港』『鉾をおさめて』の歌詞を手帳に書き写した。どれも聞きなれた旋律の歌である。これらの歌を絶海の孤島か人跡未踏のジャングルで歌うことがあるかもしれない。そのときには日本を思い、甘酸っぱい懐かしさで胸がいっぱいになるだろう。

九月十四日

待ちに待った命令が慌しく下された。いよいよ征けるのである。

良知はようやく出陣できる事実に、二年間の道のりを思って深い感慨を抱いた。

中隊全員を集めて厳粛に出陣を伝える。

隊全体が「うおっ」とどよめき、続いて歓喜の声が沸き起こった。皆、笑顔で出陣の幸運を祝福しあっている。

良知は兵たちをいじらしいと思う。この者たちの団結の中心として、潔く門出のできる我が身の幸せを噛み締めた。

入隊以来記し続け、今では良知の分身のような日記もひとまずここで書き納め、他の荷物とともに、家に発送することにした。

良知は家宛てに別れの手紙を認めた。

【長門要三様

九月十四日をもってひと先ず日記を書き収めます。衣類その他は別便小包で家に送り返します。有田焼その他御希望に副い兼ねることになりました。今晩も静かな晩です。下宿の後始末に手伝いに来ていた兵隊は、今のボーと鳴った汽車で帰ったことでしょう。団結まことに強固。恃(たの)むに足る兵隊たちを持って私は幸福です。自分で教育した兵隊を提げて赴くことはまことに恵まれていると云わねばなりません。心は遥かに世田谷の家に繋がっています。それは今晩も明晩も、否今後如何なる処に至ってもそうでしょう。しかも私の心はその上に遥かに日本に繋がって居ります。

私達は何時迄も、何時如何なるところでも日本人らしい日本人でありたいと思います。私の過去と未来が現在を中心として如何にも満足すべきものであると感謝されます。父上、母上の譬(たと)えようのない御恩が第一にあります。それらに酬いる術は現在唯一つであります。貧しい私の身を捧げて大君に仕え奉ることのみであります。

今日映画を見ていると、小国民が空へ総蹶起(けっき)の掌々大会が開かれています。あの可愛い少年達までが行こうと云う国難です。私達の後へつづくものは実にこのように日本の津々浦々に満ちているのだ——と感じました。日本が勝たなくて何がありましょうか。私共兵隊の心は地方人よりも静かなように見えて実は底に耐えられぬ焦燥を感じていたのでした。ところが――。多くの兵隊も私と同じく家路に心を通わせて寝るでしょう。私はこの前万葉集を講じて、兵隊に、防人が故郷を偲ぶ歌を説いてやりました。そして、故郷を偲び、妻を思う心は決して女々しい心ではないと、言葉を励ましました。父上、母上、桜、さゆり、了、皆元気で頑張って下さい。ご健康を祈ります。

勇気凜然たる良知拝

父上　母上　様】

九月十五日

朝、下宿に挨拶を済ませた。

出掛けに喜美ちゃんは、涙ぐんで「ご武運の長久を……」の後が続かず、ずっと俯いていた。

強風の中を平常通りに登営する。

出発期日は二日後、九月十七日と判明した。

諸準備が慌しく急速に進められていった。

兵たちはきびきびと動いて、手際よく部品などを梱包していく。午後からは横殴りの激しい雨が降りだしたが、大きな雨粒に全身を叩かれながらも、手を休めることなく良く働いた。

三好を始め下士官たちは、ずぶ濡れになりながら声を励まし、兵たちの間を指示して廻る。それは、まるで天に対して不退転の決意を「ご覧じあれ」と表わしているかのように良知には感じられた。

こうして、滞り（とどこお）なく自動貨車に積み込む分の積載は終わった。

夜になって、良知は小隊の幹部を連れて、三州屋で杯を交わした。

気持ちの持って行き場のないような不安定な立場から、一転して目前にくっきりと明確な任務が与えられた。各々が明瞭になった前途を落ち着いて見渡していた。

もう、これからはゆっくりと酒を酌み交わす機会があるとは思えない。内地での最後の酒を心ゆくまで楽しんだ。

九月十六日

昨日に引き続いて豪雨の中での作業となった。

楠田大隊長が部隊全員を集合させて輸送期間の軍規保持に関して訓示をされた後、先発隊が軍装も凛々しく、雨を衝いて出発していった。

良知の隊は列車への登載準備作業を進めている。側車が二つとも調子が悪くなったが、隊外修理の許可が下りない。こちらで修理することにして、尾上伍長と中村を必要な交換部品を入手するために出発させた。

喜美ちゃんからゆでた新栗の包みと香水の香りのするお守り袋が届けられた。ごろごろするお守り袋を開けて覗くと、中には生の新栗が二つと宮崎神宮のお守りが入っている。

お守り袋は良知の荷物に収めることにして、新栗は縁起物の「勝栗だ」と事務室で分けて、居合わせた者たちと食べた。

岡崎准尉が自慢そうに、奥さんからの二通の封書を見せてくれた。

一通には奉書に達筆な筆の跡が滲(にじ)んでいる。離別の言葉が綴られていた。

もう一通は同じく白い上質な封筒であるが、量感があり膨らんでいる。

取り出してみると、真っ白い奉書に紙縒(こよ)りで束ねられた漆黒の黒髪が包み込まれていた。三十センチほどのふっつりと切られた黒髪は、虹色の光彩を浮かび上がらせている。

「お伴の出来る嬉しさ　愛子」

黒髪を包んでいた奉書には、手紙と同じ優しげな書体の達筆が慎ましやかに添えられていた。

良知はその健気さに感動の余り、喉が詰まって不覚にも一言も言葉が出てこなかった。ただ押し頂くようにして、しばらく奉書の中の黒髪を見つめているだけだった。

そんな良知を見て、岡崎准尉は照れくさそうに冗談めかして「平常の教育がよろしいからです」と笑った。

【命令が出てから、中隊の個人間の親近さはぐっと深まったように思われる】

九月十七日

この日をもって良知は、正式に中隊長代理を拝命した。

昨日よりも激しさを増して荒れ狂う暴風雨の中で、全員びしょぬれになって列車への自動車積載作業を開始した。

乗用車一台、側車二台、自動貨車九台、始動車、給水車、給油車、電源車、投光車、修理用品、部品等を列車に積み込んでゆく。

ぐっしょりと雨を吸った軍服は、ごわごわと重く肌にへばりつく。吹き募る風は、雨粒を痛いほど強く顔に叩きつけた。

「軍隊に入ってこんなのは初めてです」

報告の最後に一言付け加えた三好は、溺れかけてようやく岸に泳ぎ着いた者のように大きく肩で息をしている。

「頑張れ、もう一息だ」

バケツで注がれているような雨の中を、三好は走って持ち場に戻っていった。

全員一丸となって、どうにか午前中にひと段落つけることができた。

午後に入って、積載の修正を行なう頃にはようやく雨が小降りになり、風に飛ばされてゆく雲の合間から時折は薄日まで差すようになってきた。午前中の悪天候が嘘のような空の変化だった。

これでようやく作業も順調に進むと思われた矢先に、百部隊の中隊長が血相を変えて乗り込んできた。百部隊の兵で良知の隊の自動車に轢(ひ)かれた者がいるので、早急に事実関係を調査しろと、たいへんな剣幕である。

門出の日にとんだけちが付き、弱り目に祟(たた)り目といった状態となった。

これから調査をしろといわれても時間はない。また、仮にそういった事故を起こした者が隊にいたとしても、その者の出発を今さら取り消すことなどできるはずもない。

良知は腹を括(くく)って、「当方に憶えなし」と主張した。

相手も火事場のようなこちらの状況を目の当たりに見て毒気を抜かれたのか、良知の主張を受け入れる気になったらしい。

最後は感情の行き違いもなく、「お気をつけて。ご武運を祈っています」と餞の言葉を贈ってくれた。しこりを残さず別れることができて、良知はほっとした。

日が暮れて、全ての作業を終えた兵たちは兵舎に入り、集合時刻まで待機していた。出発を待つだけの兵たちは、連日の疲労をものともせず活気づいている。

突然、兵舎の中から『海行かば』の合唱が湧き起こった。唱和するものが増えて、歌声は轟くように大きくなる。

歌い終わったと思うと、次は『戦陣訓の歌』が爆発するように始まった。

合唱が次々と続く中で、良知は身辺整理を終え、集合時刻を待っていた。

窓の外には雨が再び降り始めた。朝と違って柔らかな小糠雨だ。

やがて泥濘んだ営庭に大隊が整列を開始した。

良知の目前に凛々しく揃った百五十人の中隊は、今日から良知の隊である。

大隊長の訓示の後、良知も胸を張って、声を励まし、出発の言葉を述べた。

「ここに訓練の成果を発揮する機会を得たことは日本男児の名誉である。皇国のために一身を捧げ立派な働きをせよ」

暗闇の営門を出る良知たちを、衛兵が起立して身じろぎもせず見送る。

兵たちはひたすら無邪気で、三十代も二十代もいっしょにはしゃぎ、笑って、嬉しそうに太刀洗駅から列車に乗り込んだ。ホームには聞きつけた家族が何人か見送りに来ていた。誰の妻女であろうか、夜目にも白いハンカチで涙をぬぐっている。

二十時出発。がくんとゆれて、汽車は駅を離れる。見送りの者たちが手を振っていたホームも、すぐに視界から消えた。

こうして、運命を共にする一団は闇の中を驀進する。

良知は少しでも眠ろうと努めた。できる限り身体を回復させておかねばならない。

その間にも、良知たちを乗せた軍用列車は一路、門司を目指して疾走する。

十八日二時に門司港に到着した。

直ちに良知の兵たちは、自動車その他を降ろし始めた。列車の都合か、時間は一時間半と区切られている。真夜中の駅で、下士官は必死に兵たちを督励し、兵たちは朝からの作業で芯からくたびれ果てている身体に鞭打って、愚痴一つ零さず黙々と働いた。

予定の時間で終了した。良知は、「どうだ、私の兵だ」と自慢したい気分になった。

宿舎にたどり着いた頃には四時半を回っていた。しかし、そこはすでに他の中隊の兵たちで満員で、良知の隊の兵たちが眠る余地は残されていない。

布団の上でぐっすりと熟睡している他の兵たちを横目に見て、良知は仕方なく「車で寝よ」と命ずるしかなかった。

良知は将校宿舎に指定された旅館へ向かって、一人で坂道を登っていった。

第十章——出陣

一

九月十八日

【陽が真向微塵に汚い畳の将校宿舎に射しつける。背後に迫った山に靄（もや）が湧いている。汽笛が、遠く近く絶えず港内で鳴っている。機関車が入換（いれかえ）作業を目の下でやり、船の揚貨機が既に作業を始めて轟いている。

船舶輸送部、船舶本廠に自動車分解の打ち合わせに行く。検疫がある。

臨港倉庫に材木を受領に行く。高台の電車路を走り、目の下に碧波の躍る門司港。その彼方、指呼の間に下関の山々、市街が見える。精一杯の陽光を浴びて活気づいている】

今朝の四時半まで作業にかかりっきりになっていた良知の隊は、車中の仮眠を取っただけである。良知は彼らを午前中は休養させることにし、自分はその間に諸連絡を済ませた。

他の隊が一日中ずっと休養となる中を、良知は昼過ぎに兵を召集した。

三好、尾上、吉持と手順を相談して、十四時からもっとも効率的な方法で、九台の自動貨車の分解を開始する。

途中、古い車両のボルトが一箇所だけ錆び付いて取り外しにくく、良知はいらいらさせられた。だが、後は順調にはかどり、程なく作業を終えることができた。

日ごろの訓練の成果が現われている。昨夜からの自分の隊の活躍ぶりは「どうだっ！」と、誰彼になく誇りたい気分になってくる。良知は兵たちを整列させて、訓示した。

「我々の小隊が連日連夜、もっとも困難な条件の下で困難な作業をやり、それを物の見事に仕上げて行なったことは、目のある人にはちゃんと判っていることだ」

良知は皆を見回して深く頷(うなず)き、言葉を続けた。

「他の戦友が休養し、睡眠している間にもお前たちはたゆまず働く。けれどもそれだからといって不公平だなどという考えを起こすものは無かろうが、起こしたとしたら誤りだ。お前たちが特別に働いたからといって、特に報いるものは現在は何も無い。それは私としても残念だ。けれどもそれが軍隊だ。任務だ。どうかそこのところをわきまえて貰わねばならぬ。これは言わなくても良かったことかも知れぬ。が、老婆心までに一言した」

良知は兵たちを労(ねぎら)うとともに、不満を持たぬように一言だけ戒めた。

この後、宿舎が割り当てられ、良知の隊は二つの宿へ分宿することになった。

兵たちは二手に分かれ、残照のこぼれ散る道を重い装具を担いで、他の兵たちが朝から休息を取っている宿へと向かってゆく。

良知は彼らと別れて、将校宿舎となった高台の橋本旅館への急な坂道を踏みしめて登っていった。

九月十九日

朝から車両の船舶への搭載準備作業に忙殺された。分解整理した自動車は、輸送船が入港したら船舶兵と協力して積み込むこととなる。

十三時半、ようやく作業が終了し、兵隊とともに引き上げてきて遅い昼食となった。

その後、将校宿舎に帰り、本田副官に作業終了を報告した。

「ほんとうにご苦労さんだった」

「私ではありません。兵隊がかわいそうでしたが」

良知は本心から応えた。これでもう出発を待つばかりである。

宿舎では十畳と六畳の座敷を続き間にして、そこで大隊長以下の全将校が思い思いに時を過ごしていた。碁を打つ者、将棋を指すもの、昼寝をする者と、雑然としている。

良知以外は門司到着以来、何の任務も無いので暇を持て余している。

良知もこれで彼らの仲間入りで、久しぶりに小閑を得た。

時間ができたと思った途端に、どうにも買い物がしたくなった。兵隊の中に宮本という門司育ちの男がいたのを思い出し、宿舎を出て坂を下り、兵隊たちの宿舎へ向かった。

宮本が気持ちよく道案内を引き受けてくれたので、良知はまず数軒の本屋を回って三冊の本を買い、次に画材店で黒と茶のコンテ（クレヨンの一種・素描、写生に用いる）をそれぞれ一ダースずつ買った。

画を描く暇などとうていなかろうが、身近に置いておくだけでも気持ちが和むものだ。

その後、ビフテキを食わせ、ビールを飲ませる店を教えてもらい、三好も呼んで食事をする。

いったん宿舎に帰り、荷物の中にしまい込もうとしていると、「何か買われましたか」と将棋を指していた同僚が盤から目を上げた。

「本と画材を少々」

「ほうっ」と驚きとも呆れとも取れるような声を上げて、相手は珍しそうに良知の手元を覗き込んでいる。

良知は少し決まりが悪くなりながらも、紙包みを大切にしまい込み、再びビールを飲みに宿舎を後にした。

九月二十日

午前に僅かの作業を終えて、映画を見に出かけた。

『敵は幾万ありとても』。古川緑波、花井蘭子主演の一時間ほどの作品だが、けっこう楽しめるものだった。

門司の町には南方へ、大陸へと出発する兵隊たちが集結している。出陣を目前に控えた慌しさと活気に満ちていた。

画材店へ回り、画用紙を百枚買って帰ると、「また何か買い込んできましたな」と昨日の同僚が笑いながら声をかけてきた。良知は抱えた画用紙の包みをちょっと持ち上げて見せた。

「ビールでも飲みにでましょう」と誘われて、また坂を下って町へと降りてゆくと、昼の暑さが嘘のように涼やかな秋の夜風が吹きぬけていた。

九月二十一日

門司に着いて四日目となった。連日の好天に恵まれている。明日には輸送船が港に着いて搭載作業が始まる予定だ。

朝食後、「よく稼ぐなあ」という言葉を背に受けて、良知は宿舎を後にした。清澄な空気を通して朝の陽射しが身体を包む。日ごと深まり行く秋の気配を感じられる。

良知は、兵たちの宿舎になっている旅館の二階に小隊の全員を集めて『船舶搭載作業』の講義を始めた。良知たちは一万人規模の大船団となるので、どこまで援助が見込めるか定かではない。いざとなれば、輸送船への積み込みを隊だけで行なう覚悟が必要である。大切な車両を搭載時に破損するようなことがあってはならない。

良知は午前中を通して、起重機を使った船舶への搭載作業について熱心に授業を続けた。

午後になって、兵たちを少しゆっくりさせようと、小隊全員を引き連れて映画へ出かけた。『海を耕す』という理研科学映画と『河童大将』という嵐寛寿郎主演の講談調時代映画の二本を見る。

『海を耕す』は全く久しぶりの科学映画らしいもので、画面を見てたのしむことができたが、『河童大将』は毒にも薬にもならないといった感想だった。

映画から将校宿舎に帰ってくると、明日の積み込みは船が入らぬので延期されたと連絡があった。拍子抜けであるが仕方が無い。

慰問袋を受領するように連絡があったので、谷川兵長を兵站に遣わした。

しばらくして兵たちの宿舎に行ってみると、もう皆に行き渡っている。子どもがおもちゃを貰ったようなはしゃぎようだ。何が入っているかわからないのも、胸をときめかせる一因になっている。

中に入っているもので一番に喜ばれるのは手紙だが、先にそれを読んでしまう者もいれば、後の楽しみにとっておく者もいた。誰も皆、いっぺんに中身を知ってしまうのが惜しいように、一つ一つ取り出しては「おっ」「おやっ」と感嘆詞を挟んでいる。

「小隊長殿の分であります」と、谷川兵長が二つの袋を良知に届けにきた。

「細工町四隣係　藤木安衛」「山口県阿武郡生雲村新町　熊田サト」の二人からのものである。

良知も思わず心そそられて、中身を一つ一つ取り出し始めた。

かき餅のあられと豆のずっしり詰まった袋、ノート、封筒、葉書、風邪薬、金平糖、頓服、歯磨き、歯ブラシ、水戸光子の写真、主婦の友、金木犀らしい花の枯れた一束、ちり紙などが姿を現わす。熊田さんの袋には、久子さんという娘さんからの手紙も入っていた。

包装に使った新聞紙からすると、去年の八月に作ったものらしい。

良知は今まで慰問袋を作って送る側の経験しかなかった。こうして初めて貰ってみると、銃後の人々の心持が胸に迫って感じられる。

慰問袋の一つでも作ることは、貧しい家にとっては並大抵のことではない。そういった貧しい家出身の兵隊は、この慰問袋を貰ってどれほど感激するであろうか。

兵たちは賑やかに明るい笑い声を上げている。良知は潔く征途に就く彼らに清々しさを感じた。

二

九月二十二日

輸送船の入港は遅れている。

三好が昨夜から熱を出したので、ほとんど一日を兵隊の宿で過ごした。

考えてみれば門司に着いて以来、三好は元気がなかったような気がする。といっても隊の兵隊たちは皆、疲労が蓄積されて、体調は万全ではない。良知も緊張感と責任感でどうにか任務をこなしている現状だ。

三好の熱は三十八度から三十九度九分までの間を上下して、良くなる兆しはない。終日寝ていたが、口の減らない男で、高熱にもかかわらず、いちおう筋の通った話をする。

「私は大丈夫であります。皆を外出させてやってください」

目前に出陣を控えた兵たちに楽しい思い出を作ってやりたいと三好が余りに頼むので、良知は昼過ぎに兵を連れて映画見物に出かけた。エノケンの『三尺佐吾平』という空襲時の初期防火の映画であった。敵襲に対して健気に立ち向かって挺身した銃後の活動には涙をそそられる。かいがいしく防空頭巾に身を固めた幼児たち。バケツ送水に懸命な婦人たちには凛々しさを感じる。

良知は、自分たちだけが防人の名をほしいままにすべきではないと考えている。国民からの尊敬や同情を軍人だけが受けていてはならない。国民の一人一人がそれぞれの立場で国を支え守っているのだ。「兵隊さん、ご苦労さん」ではない。苦労は国民が皆で分かち合っているものである。

宿へ帰ると、面会人が持参したというおはぎがあり、その相伴に預かって、そういえば彼岸だったと気がついた。

山本という兵隊の面会に立ち会う。母なる人と兄である。山本は三十を過ぎた兵隊で、落ち着いた口調で話すべきことを話し、それとなく別れを告げていた。限られた時間の中での身の処し方の見事さに良知はすっかり感心した。家族も疾（と）うに覚悟はあってのことと見え、感情を露（あらわ）にすることなく、それでいながら心が温かく伝わりあっているのが傍目（はため）にも感じられた。

良知は面会に来たいと言いながら、とうとう果たせなかった母の姿を思い浮かべた。

夕刻になって宿舎に帰るため宿を出た。裏通りの本屋で『典範用字例』『兵語辞典』『日本美の創生』『戦車装甲車操縦教範』を購入する。小さな書籍商に多くの本があったことに驚きながら、良知は風が吹き降ろしてくる坂道を、宿舎に向かって登っていった。

九月二十三日

三好が「梨が食べたい」と言った。

前日から満足に食事を摂っていないので、良知は「何か食べたいものはないか」と尋ねた。

はじめは恐縮して何も欲しくないといっていたが、重ねて聞かれて、やっとささやかな望みを口に出したのだ。

門司の町を探したが、梨はなかった。

博多ならあるのではないかと列車に乗ろうとしたが、切符が手に入らない。仕方がないので自動二輪車に側車をつけて乗り込んだ。兵に運転させて、でこぼこだらけの国道を走る。念願の梨を十個、手に入れて帰ってきた。

「ありがとうございます。ありがとうございます」

床の上に半身を起こして、三好は梨を押し頂くようにして感謝する。

宿の女中に剝いてもらった梨を、さくっさくっと音を立てて三好がほおばる。

「うまいです。これでもう明日は起き上がれます」

しかし、せっかく買ってきた梨も、三好は一個しか食べられなかった。

元気を装っているが、状態はむしろ昨日より悪くなっているように見える。良知の胸に不安がどす黒く広がる。

余病を併発しないだろうか。肺炎などにならないだろうか。

十七日の暴風雨の中の作業で、全身びしょぬれになりながら、「軍隊に入ってこんなの初めてです」と蒼い顔をしていた。あの時以来の無理が積もり積もって、とうとう身体を損ねたのだ。良知は、三好をそこまで追い込んだ自分の責任を痛感していた。

後ろ髪を引かれる思いで将校宿舎に帰り、夕食を済ませた。

木下、山本、鬼塚、久保田が下関に映画を見に行こうと誘うので、一緒に出かけることにした。

陽は落ちて、残照の薄れ行く西の空に現われた三日月が、僅かな光を海波にきらきらと零（こぼ）していた。

連絡船で下関へ向かう。船長の確実な操作によって、危なげなく船は海峡を進んでゆく。

海峡の中心は海流が逆巻き、水泡が狂おしく躍っている。さすがに名にし負う激しい潮流である。

両岸は灯火管制によって控え目ではあるが、きらびやかな明かりが連なっている。

彼方此方（あちらこちら）に闇を呑んで黒々と、明かりを消した船が立ちはだかるように憩（いこ）うている。岸壁には皓々と照明灯をつけてデリック（揚貨機）を動かしている船もある。人も機械もぎっしり積み込んで、ひっそり静まり返っている船もある。夕方、良知はその船の陰で、伸び上がって手を振って立ち去ろうとしない人々の一団を見たのだった。

【この同じ水つづきの海底では、潜水艦が獲物を待ち構えて憩うて居るだろう】

九月二十四日

【フィリピン、米英に対して戦を宣す。フィリピンを巡る戦局は愈々（いよいよ）急転しようとする。

パラオ諸島のペリリュー島、アンガウル島では激戦が続き、フィリピン近くに敵は未曾有の大機動部隊を持って来ている。

欧州戦線は暫時小康を得、西部戦線では米英の進撃は停止した。反撃が始まりはせぬか】

三好の高熱は依然として下がらない。

昼近く、良知が三好の部屋へ入ってゆくと、ちょうど小鳥居が診察に訪れていた。

寝巻きの前をはだけた三好に小鳥居が聴診器を当てている。良知は入口近くに座り、診察が終わるのを待った。

ここ数日で三好はすっかり痩せて、喘ぐような呼吸をするたびに浮き出た肋骨が大きく上下していた。肌はしなびて、くすんだ色合いを呈している。熱い息を吐き出す唇はかさかさに乾いてひび割れ、ところどころ皮膚がめくれていた。

それでも三好は、良知が入ってきたことに気付いて、診察を受けながら目礼を送ってきた。

良知は黙って大きく頷いて見せた。

小鳥居は聴診を終わると、三好の枕元へ寄って「楽にしてください」と声をかけながら、両手で頭を持ち上げた。頭は微かに持ち上がっただけで、首が強張(こわば)ったようになり、それ以上は動かなかった。

小鳥居が「痛いですか」と訊ねると、三好は「いえ、大丈夫であります」と健気に応えた。

しかし頭は突っ張ったままで、頷くように前へ深く倒すことが困難のように見える。

素人目に見ても異常に映った。良知は三好の身体の中で恐ろしいことが起きているような気がして、変化を見逃すまいと小鳥居の表情を捉えていた。

小鳥居は考え込んだ表情をしながら、貴重品を扱うような手つきでゆっくりと三好の頭を枕の上へ戻すと、「すぐ戻ります」と断わって、診察鞄を手に立ち上がった。

三好に背を向けて良知のほうへ歩いてくる小鳥居の顔は、眉根をぐっと寄せて唇を引き結び、初めて見る険しい表情だった。彼は良知の顔を見ても、険しい表情を崩さず目顔で外へ出るよう促した。

ただならぬ気配を感じた良知は、小鳥居の後姿を心配そうに目で追っている三好に、「ちょっと待ってろ」と言い置いて、小鳥居の後に続いた。

小鳥居は部屋を出ても黙ったままで階段を下りてゆく。

玄関まで来て、やっと小鳥居は振り向いた。

「これから検査をして見ますが、髄膜炎の疑いがあります」

「ズイマクエン」

良知は鸚鵡（おうむ）返しに呟いたが、ピンと来ない。肺炎ばかりを恐れて心配していたのだが、告げられたのは初めて聞く病名だった。

「細菌が身体に入って敗血症を起こし、髄液にも細菌が感染したということです」

たいへんな事態になったのは理解できたが、なんと言葉を発すればよいのかわからない。命に関わる病気なのか、出陣はできるのか、頭の中を質問が空回りする。どこから訊けばよいのか。

「この病気だった場合、命に関わります。すぐに入院させて抗生物質の投与をしなければなりません。これから髄液穿刺用の器具をとってきます。髄液を取ってみればわかります。この病気なら濁っているはずですから」

黙ったままの良知に、小鳥居はきっぱりと告げた。

「わかりました。では検査をお願いします。早く治してやってください」

良知は打ちのめされてやっとの思いで口にすると、鉛の塊のように重い心を抱いたまま三好の部屋へ戻った。

三好は忙(せわ)しない呼吸の下から、良知に「小隊長殿、ご心配をかけて申し訳ありません」と擦(かす)れた声を出した。

「そんなことはない。俺のほうがお前に頼っていた。だから、もう言うな。これから検査があるそうだから、それまで少しでも休んでいろ」

検査と聞いて、三好の瞳が不安そうに彷徨(さまよ)った。三好は何か言いたそうに息を吸ったが、適当な言葉が見つからない様子で、そのまま吐息に変えて吐き出した。

良知は病人を疲れさせてはいけないと、三好にもう一度「ゆっくり休め」と念を押して部屋から出た。

戦地では三好が自分の片腕として共にあることが、良知にとっては前提だった。前線で小隊を指揮する良知の横には三好が控えていてくれるものと、頭から信じて疑わなかった。

それが今となっては足元から崩れるかもしれない。しかも三好の健康を害した責任が自分にあるのではないかと、良知は自分自身を責めていた。――ああ、三好よ立ってくれ――。良知は不安な気持ちで何も手につかず、ひたすら小鳥居の再訪を待った。

しばらくして小鳥居が戻ってきた。厳しい表情で三好の部屋へ入ってゆく。良知は後ろへ続いた。聞きつけた小隊の兵たちも、心配してやってきた。

小鳥居は寝巻きを脱がせた三好を、布団の上で横向きにさせると、背を丸めてまるで胎児のような姿勢をとらせた。

「抑えていてください」

初年兵が二人で、小鳥居が指示するとおりに足と頭を抱え込むようにして抑える。頭を前へ倒すことができず、三好は苦しそうに肩で息をしている。

良知には三好の背中側にいる小鳥居の手元は見えないが、緊張した表情はよくわかった。

「ちょっとちくりとしますが、我慢してください」

小鳥居の右手に見慣れない太い針のついた器具が光った。一つ息を吸ってからゆっくりと腰の辺りに近づけてゆく。三好の身体がびくんと反応し、ぎゅっと目が閉じられた。針が刺さったらしい。

「動かないで」と、小鳥居が視線を手元に落としたまま鋭い声をかけた。

三好はじいっと動かず、固く目を閉じ続けた。小鳥居は難しい顔で手元に神経を集中している。呼吸をするのも憚（はばか）られるほどの張りつめた緊張感が、部屋に充満する。重い静寂に支配された部屋に小鳥居が器具を操作する音だけが聞こえる。気の遠くなるほどの長い時間が経過したように思われた。

小鳥居の手元が三好の背から離れた。小鳥居が肩で大きく息を継いだ。手には無色の液体で満たされたガラス管があった。小鳥居はじっと見つめていたが、やがて黙って良知を見て首を振った。

三好は目を閉じたまま、ぐったりと身体を横たえていて動かない。良知は立ち上がって小鳥居の横へ移動した。「これを」と小鳥居は、今しがた採取したばかりの髄液を良知に示した。

良知は髄液を見るのは初めてだったが、確かにそれは微かに濁って見えた。

良知は一瞬、眩暈（めまい）を覚えた。しかし事実は厳然と喉元に突きつけられ、避けられない運命が三好を捉えていた。

小鳥居が言いにくそうに、しかしきっぱりと言い切った。

「これは入院しなければなりません」

部屋の空気がどよめいた。

三好は黙っている。良知が「おい、三好」と声をかけると、いきなり肩を震わせて、「出発はできるでしょうか」と思いつめた声を出した。

小鳥居は「経過次第です」とだけ応えたが、良知には小鳥居のつらそうな表情から、見通しは限りなく暗いものに思われた。

三好は魂が抜けてしまったかのように横たわったまま、もう何も訊ねようとはしなかった。後を小隊の者たちに託して、良知は本部へ連絡を取るために外へ出た。副官と中隊の人事係に報告しなければならない。

彼岸だと言うのに、まだ日盛りには真夏のような暑さが残っている。しかし、良知の心の中には凍えるほど冷たい木枯らしが吹きぬけていた。そして前にもまして激しく自分を責めていた。

――俺が倒したのではなかったか。連日の激しい作業指揮、それに伴う不規則な生活。これらを三好に課したのは俺だ。こうして必然的に積み重なっていた疲労が三好の身体を蝕(むしば)んでいたのだ――

汗ばんで将校宿舎への急な坂を上りながら、良知は自分を容赦なく責め続けた。

将校宿舎に帰りついても、良知の心は重く沈んでいた。強いて快活に振舞って見せても、自責の念は重苦しく良知を押し包んだ。夕食後、良知は居たたまれず宿舎を出た。

見渡す限り夕刻の蒼い影が漲り、良知は天地の間にたった一人で置き去りにされたような孤独感を味わっていた。三好に繋いでいた期待がどれほど大きく深いものだったかを改めて気付き、心は喪失感で切り裂かれた。

できるものなら無理にでも連れてゆきたい。しかし、それは三好の死を意味することになる。彼なしに進んで行かなければならない。

良知は、兵たちの宿舎となっている宿へと坂を下っていった。

宿へ着き、三好を見舞った。彼は明日、小倉の陸軍病院へ入院する。

立ち去りがたい良知の思いを汲み取るように、尾上伍長が、

「どうです。小隊長殿もここで休まれては――」

と提案してくれた。

良知は狭い四畳半に、三好と尾上の二人と一緒に布団を並べて寝むことになった。

遮光した電灯の下で、はじめのうちは言葉を交わしていたが、誰からともなく言葉が途切れた。

九月二十五日

ふと目覚めると、夜明け前のいっそう暗い闇の中だった。

三好が寝返りを打った。もがくように上体を動かす。

「眠れないのか」

「ああ、南京虫がいましてねえ」

言いながら三好は不安定な形で立ち上がって、ほの白い寝巻き姿を闇に浮かび上がらせた。壁を伝って部屋を出る。厠(かわや)へ行くらしい。

三好の足音が遠ざかってしまうと、寂寞(じゃくまく)に胸を締め付けられて涙が突然、湯のように両目から溢れてきた。理性の箍(たが)が外れて、良知は感情の奔流に任せて涙を流し続けた。

やがて三好が擦(す)るような足音とともに戻ってきた。だるそうな動作でようやく床に着く。良知は声をかけようと思いながら、糸口をつかめずにいた。

三好は再び身を起こして手ぬぐいを取って顔に当て、そのまま深く布団をかぶった。

「三好、苦労をかけたなあ。俺はあきらめきれない」

良知は囁(ささや)いた。声が擦(かす)れた。

「仕方ありません」

布団の中からくぐもった声が応えた。

「七年間、軍隊生活をしてきましたが――」

良知は耳を済ませたが、次の言葉はなかった。しばらく待った。

「ずいぶん小隊長殿にもご迷惑をかけました。戦場に行ったら、幾分でもお返ししようと思っていたのに――」

「いや、こちらこそ、働くだけ働いてもらって、何のこともできなかった。それに、今度は――、私がしたようなものだ」

良知はこのことだけは、はっきりと詫びておきたかった。しかし、口に出してみるとなんとも迫力なく、言葉は闇に吸い込まれていった。再び沈黙が訪れた。

「ああ、なろうことなら――」

良知はため息とともに言葉を吐き出した。抗いようのない運命にがしっと掴み取られて、その固さと冷たさを身体の芯で実感していた。

静寂の中に白々と夜が明け初めた。早勤めの人々が舗道を歩く足音が聞こえる。うっすらと部屋の中が闇より抜け上がる。三好と顔を見交わすことができるはずだが、そうはせずに、良知は天井を見ていた。

「夜が明けたな」

「これで最後ですね。ここでこうやって皆と寝るのは」

「うん――」

身を引き裂かれるような別れの日の朝が始まろうとしていた。

昼食後に小隊の全員が二階の座敷へ集合した。三好は足を踏ん張って起立し、訣別の挨拶を述べた。

「私は、一縷の望みを持っています。万難を排して皆の後を追及します」

三好も隊の兵たちも涙を流して別れを惜しんだ。良知も肩を落として一緒に泣いた。

悄然とうなだれ続ける三好に向かって、吉田軍曹が皆を代表して挨拶する。終わった後もしばらく誰も動かず、棒を呑んだようにその場で立ち尽くしていた。

午後一時半、乗用車が準備された。

三好は当番に手伝ってもらい、着替えを始めた。

良知と水谷軍医中尉、鬼塚少尉、江村軍曹、尾上伍長が見守る。

三好は腹痛で寝ている小野寺という若い兵隊にも別れの挨拶をした後、小隊の全員に守られて階下へ下りた。

旅館の人に別れを告げて外へ出る。

自動車小隊の全員は、道の両側に上着を着けて並んだ。

三好はその中央に進み出て、「元気でやれよ」と挙手の礼をした。

水谷中尉、三好、良知の順に車に乗りこみ、ドアをバタンと閉めた。

「頭、央っ」

「行け」

良知が命じる。操縦手はアクセルを踏み、おもむろにハンドルを廻した。

見る見る小隊は視界から遠ざかる。車は重苦しい気持ちを乗せて一路、病院を目指した。

病院に着くと、三好は軍服を脱いで赤十字の袖章の付いた白衣に着替えた。良知は彼を消毒液の臭う病室に、一人だけ残していかなければならなかった。

「ありがとうございました」

三好は良知を見上げてから、ぎこちなくお辞儀をした。

「では――」

良知は、思い切ってすっくと立ち上がって病室を出た。

それから病棟の看護婦長のところへ行き、頼み込んだ。

「私たちはいつ出るかわかりません。あれを残して行かねばなりません。そうすると一人ぽっちになってしまいます。かわいそうな奴です。どうか、くれぐれもよろしく頼みます」

室付医官の菊地見習士官は、五十を過ぎた学者然とした人であった。この人にもどうか宜しくと挨拶をした。

「追及ということは難しいかも知れませんが、可能であればぜひ追及させてやってほしいと思います」

と言い添えることも忘れなかった。

三好を残して病院の建物を出たとき、唐突に良知は、ある女性を永遠に見喪った日を思い出した。心の中に封印した記憶が蘇ってきた。今、良知が塗り籠められている虚無感は、かつて味わったものによく似ていた。

この荒涼とした原野から、良知の心を救い出してくれるものは兵たちしかいない。

この夜、良知は兵たちの宿舎へ赴き、三好のことを語り合った。三好のいない隊をどうしていくのかを、吉田軍曹、尾上伍長、中島兵長、谷川兵長を集めて話し合い、大まかな案を立てるに至った。

この夜も良知は、兵たちの宿舎に泊まった。

三

九月二十六日

朝食を摂りに将校宿舎へ帰ってきた。すると、これから海へ行くという一行七人に、「一緒に来ないか」と誘われた。宿で作ってもらった弁当が一つ余っているという。良知は三好の件があり、心は重かったが、同僚の少尉たちの屈託ない笑顔に釣られて出かけることにした。

一里半の道を歩いて行く。トンネルを二つ潜ると、辺りはすっかり鄙（ひな）びた漁村の風景になった。

山の樹木は鶯茶、サップ・グリーン、その他、緑色にうっすらと橙や赤系統の色が加えられてきている。落ち着いた色合いで趣味の良い敷物のようだ。

山の腹に切り開かれた新道を左に回ると、ピカッと彼方に海が光った。

柄杓田という町に着くと、ちょうど魚市場では新鮮な渡り蟹がより分けられていた。良知たちは鰆（さわら）を五尾刺身にしようと、買い込んだ。

町外れの入り江の東端まで船を探しに歩く。手ぬぐいを被った老婆が浜に腰を下ろして小魚を細かく切っていた。

良知がなにをしているのかと訊ねると、老婆は目を細めて良知を一度ちらりと振り仰いでから、蟹釣りのえさを作っているのだと応えた。彼女は日に焼けた皺だらけの手を休めることなく動かしながら、「罪なことです。こうやって蟹をだまして網の中に入れてしまいます」と呟いた。

おあつらえ向きの一艘の船を借り受け、はしゃぎながら皆でかわるがわる漕いで防波堤の外へ出た。瀬戸内海が目の前に広がっている。周防灘と呼ばれる辺りだろうか。

木下、山本、久保田と次々に白い水飛沫（しぶき）を上げて飛び込んでゆく。良知も負けじと頭から飛び込んだ。友人たちの歓声が一瞬にして消える。明るい日差しが差し込む海の中を、無数の泡が揺らめきながら浮かび上がってゆく。

良知は深く潜っていった。冷たい水圧が身体を包む。見上げると友人たちの立ち泳ぎをする足が、それぞれ、ゆっくりと、また、忙(せわ)しなく動いている。良知はいたずら心を起こして、彼らのすぐそばにいきなり浮かび上がって驚かしてみた。仲間の爆笑が耳に飛び込んでくる。皆、久しぶりの海の感触に興奮し、子どものように歓喜の声を上げて泳ぎ回った。

昼近くなったので、沖で漁をしていた船に漕ぎ寄せた。年老いた漁師が一本になった前歯を見せて「大漁だ」と喜んでいる。がさごそと動いている渡り蟹を三十匹ほど買って、入り江の西に船を着けた。

蟹をゆで、鯖を塩焼きにして昼食にする。

青味がかった灰色の尖った甲羅が、見る見るうちに朱色に染まってゆく。

湯気が立つ熱々の蟹を捌(さば)いて頬張りながら、「もうこれで思い残すことはないぞうっ」と、怒鳴った。

午後もまた裸の八人で船を漕ぎ出した。

陽にかかった雲の影が海を二色に染め分けている。きらきらと輝く波の襞には、空や船、人の翳(かげ)が微妙な陰影を作り上げ、底深い緑色が浮かんでいた。陽射しは夏の名残りを残してはいたが、海を渡って吹き寄せる風はすっかり秋の気配である。

泳ぎ疲れて、船に上がって一息つくと、目の前が暗くなった。軽い脳貧血を起こしたようだ。強烈な紫外線に身体を曝(さら)しすぎたためであろうか。海難に対処するときはこういった体調の急変も考慮しておかなければならないと、真っ暗な頭の中でふと思う。こんなときでも良知の意識の下には常に任務があった。

やがて大きく西に傾いた太陽が茜色(あかねいろ)に空を染める頃、海を堪能した良知たちは、船を港へと着けた。陸に上がると、急に身体が重く感じられる。

無精をして帰路はバスにした。

夜、宿舎で広げた新聞に、山下奉文大将が第十四方面軍司令官に任命されたという記事を見つけた。「マレーの虎」と異名を取った将軍が良知たちの司令官となる。良知は前途に一筋の光明を見る思いがした。

九月二十七日

雨が激しく大地を叩く音を夢うつつに聞いた。

目覚めてみると、洗われたような風景に秋の陽射しが満ちていた。

遅い朝食を済ませて、兵隊たちの宿舎へと向かう。

『豊後屋』の二階には小野寺が寝付いていた。ちょうど三好の入院が決まった日の明け方に鳩尾(みずおち)を押さえて苦しみ始め、小鳥居によって、胃痙攣(いけいれん)ないし胃潰瘍と診断されていた。安静にさせて様子を見ているが、一向に良くなる兆しがない。

この三日間でげっそりと頬がこけてしまった小野寺を見舞った後、次は三好を見舞おうと、小早川という衛生兵を連れて側車で小倉を目指した。

病院の手前で警戒警報が発令され、門司へ戻らねばと心急いて、病室を出て待避していた三好とはほんの少し立ち話をしただけだった。無人の病室の棚に僅かばかりの見舞いの品を押し込んで、忙しなく取って返した。側車を飛ばして門司に入ると、どうやら誤報だったらしいことに気がついた。

午後になって、副官、松尾、鬼塚と海峡を渡り、また映画を見に行った。

先日と同じ『大いなる翼』を見る。

終わって、一行と離れて下関の町をぶらぶらと散策した。明治の名残りをとどめた古い佇まいの観音崎まで歩く。

帰りは一人で連絡船に乗り、眩しく煌(きらめ)く海峡を渡って門司へ帰ってきた。海を囲む関門の山々は西日を受けて、燃え立つような美しさをみせている。

『豊後屋』へ立ち寄ると、たいへんな事態となっていた。まず、小野寺の小倉への入院が決定していた。朝、良知が見舞った後に、水谷軍医が来て診断したのだという。

加えて、中島兵長が発熱し、小久保は身体を丸めて苦しんでいた。小久保は、これは胃痙攣だといい、原因を側車の振動を食後急激に受けたためだと説明しているそうだが、あくまで素人判断の話で当てにはならない。

彼らの状況を報告にきた尾上伍長まで、うなだれて元気がない。

「お前も具合が悪いのか」

「いえ大丈夫です。ただ、こう病人が出ますと……」

「元気を出せ。どうにかなる。これからすぐに往診を頼んでくる」

それでも顔色の冴えない尾上を元気づけてから、良知は将校宿舎へ戻り、水谷軍医に往診を頼んだ。

水谷に付き添って兵隊の宿舎に取って返すと、二人を診た水谷は、「たいしたことはありません。しばらく安静にしていればよろしい」と嬉しい診断を下した。

急に宿舎中が明るくなったような気がする。どうなることかと心配そうに廊下に集まっていた兵たちも皆、ほっとして笑顔を見せている。

良知が「よかったな」と尾上の肩を叩くと、「はいっ」と真っ白い歯を見せて笑った。

良知が水谷とともに将校宿舎に帰ってくると、座卓に向かって葉書を書いている者が多い。「家に葉書が出せるぞ」と勧められたが、「今さら書くことはないよ」と良知は断わった。

九月二十八日

午前中に小野寺の入院に付き添って、乗用車で小倉へ向かった。

車の中で小野寺は肩をすぼめ、背を丸めて蒼い顔で下を向いている。

「大丈夫か」と聞くと、「はい」と消え入りそうな声で応える。しかし、良知の目には昨日よりもまた悪くなっているように映った。

病院に着いたが、軍医が現われるまでだいぶ長く待たされた。小野寺は海老のように身体を丸めて、ベッドの上で横向きになっている。生気を失っている小野寺の横顔を見ていると、良知は哀れさがこみ上げてきた。

五月に隊が編成されて以来、全員が死なばもろともの決意で訓練に励んできた。やっと晴れがましい出征の日を迎えるときになって、小野寺は病院に取り残されるのだ。なんと不運な奴だろう。

ようやく診察に来た軍医は、治っても追及は難しいと宣告した。

小野寺は黙って目を閉じた。

「早く良くなれよ」と声をかけて良知が病室から出ようとしたとき、小野寺がもがくように起き上がって、ベッドの上で深く頭を下げた。

「元気になれよ」もう一度声をかけて、良知は病室を出た。

病院を出た良知は西部七十二部隊を訪ねた。以前、三好がこの部隊に友人がいるといっていたのを思い出したからだ。病院に残される三好のことを知らせて頼んでおこうと思ったのだが、もうその男は出陣した後だった。

がっかりして部隊を後にした良知は、小倉の兵器廠に勤務している神林という父の友人を思い出した。この人に三好のことを頼もうと訪ねたが、神林はもう退官して、この地にはいなかった。

良知は、一人きりで残される三好が心配でならなかった。病状はもちろんだが、責任感の強い男で、出陣できない事実に責め苛(さいな)まれている。なんとか病気が回復し、気力が充実した姿で追及してきて欲しい。

しかしもうこれ以上、良知には三好にしてやれることは思いつかなかった。良知は暗い気持ちで病院に戻った。

三好の病室を訪ねると、今日は具合がよさそうで、小一時間ほど話ができた。

三好は、輸送船の入港が延期されているので、あわよくばそれまでに回復しないかと淡い期待を抱いているようだ。盛んに「出発はいつごろになるでしょうか」と、良知にも応えようがないことを聞く。

「まずは身体を治すことだ」と言い聞かせてから、菊地見習士官の部屋へ立ち寄った。三好の経過を聞きたいというと、「まあ、どうぞ」とお茶を呼ばれることになった。やはりすぐには退院などできそうにない。

「外地に追及して来られましょうな」

良知は一縷の望みを持って尋ねた。実現したらどれほど嬉しいか。

「まあ、大丈夫でしょう」

躍り上がるような思いでお茶の礼もそこそこに、三好の病室へ戻って、さっそくこの言葉を伝えた。

ぱっと顔を輝かせた三好は、ベッドに半身を起こした。

「これで大丈夫です。張りができました」と喜んでいる。

良知は軽い足取りで病院を後にした。

帰りに久しぶりに電車に乗ると、乗用車に比べて格段に振動が少ないことに気がついた。電車が新型のボギー車だったせいかも知れないが、ずいぶん乗り心地が違うものだと驚きながら門司へ戻ってきた。

四

九月二十九日
午後になって兵隊の宿舎へ向かい、現在までの燃料使用状況を調べるように命じた。

映画館で『ベンガルの嵐』を見る。岡倉天心の生涯を描いた映画だが、人物像が摑みきれていないようで良知には物足りなく、退屈な印象を受けた。月岡夢路はきれいだったが……。むしろ同時上映されていた文化映画『青年よ海へ』のほうが宣伝映画ではあるが、ずっとましであった。

郵便局へ行って三十円を引き出し、印鑑を彫らせ、書店で『生命の科学』を買った。

夕方、燃料使用状況の調査報告が届けられてきた。

夜になってから、大勢で『名華天勝』という奇術を見に行った。

十月三~四日頃に乗船予定とのことである。

九月三十日

朝から降っている雨は、一日中ずっと続くらしい。

今日は宿舎で過ごすこととする。

門司へ到着してから十日余りの間、目まぐるしくさまざまなことが起こったが、忙中閑あり、初めての休日らしい休日となった。

家では大刀洗で出した最後の音信の日付から指折り数えて、良知の行方を心配しているだろう。それがわかっていても、今まで手紙を書かなかったのは良知なりの考えがあった。

【こうやって沈黙を守り続けるのは、もう家に言うべきことは言ってしまって、ただ脈々と家と私との間に激しく血の流れを感じ、人間の真心の所在を確かめ、がっきと胸に不抜の恃(たの)むべきものを悟り、静謐に歓喜を湛えているからである。それは破れようと思えぬ安心の世界である。それを今更何を好んで、言い足すことがあろうか。言い添えねばならぬことがあろうか。ここに静かに胸の中で、ちろちろと歓喜と安心が燃えている】

二十時、大本営がテニアン島、大宮島の玉砕を発表した。数十日にわたり敵を防ぎ続けたが、ここに刀折れ矢尽きて全員が戦死を遂げたのだった。消息が絶えてから、いつかは悲報がもたらされるのではないかと心配されていたが、遂にこうした結果となった。

雨の中を面会に見えた水谷軍医と西山のお母さんが、良知たちの部屋と小庭一つ隔てた一室で、それぞれの息子と語り合っている。部屋から零(こぼ)れた明かりが雨の中に滲んで見える。

北九州に実家のある将校が多いので、面会に来る家族は後を絶たない。彼らに比べると、一人の面会者もない良知の身の上は少し寂しい気もする。しかし良知には、もしも自分の実家が近くにあっても、きっと家族を呼びはしなかっただろうと思われた。

十月一日

月が替わり、急に秋が深まった感がある。

良知は三好を見舞い、ついでに門司に着いてから心覚えにつけていた日記を託した。いつ出港になるかわからないが、もう少し書き足せれば、まとめて家へ送ってもらう手はずを整えた。良知は、続けられる限り日記を記してゆこうと心を決めていた。その姿勢は戦地にあっても変えない。日記は良知自身である。

入隊してから丸二年、良知は目まぐるしく過ぎ去った密度の濃い日々を思い起こしていた。その時、良知は今日が自分の二十六回目の誕生日だったことに気がついた。すると、逆境にあるときも毎年祝いを欠かさずにいてくれた父と母の顔が目に浮かんできた。

今夜、家族は良知に影膳を据えて、行く先もわからぬ自分に向かって祝いの言葉を掛けるのだろう。茶の間で繰り広げられる主役のいない祝宴を思い描いたとき、良知は葉書を取り出した。

【長門要三様

前略。家からの誕生おめでとうの声が聞こえるようです。九月十四日迄の日記はお手許にあると思います。十五日から三十日までの分は、入院した三好曹長に預けておきました。

さて、今朝は爽涼の秋の日が私の眼前に開き渡りました。この日満二十六年の人生を、すべて昨日までに書き収めて、すがすがしい新生の風が私の五体を吹き上げます。

なお、くれぐれも一家の健康を祈って居ります。では――

二伸。ただ一つ心残りなのは無念にも入院した三好です。どうか慰問の便りでもしてやって下さい。住所は、小倉市小倉陸軍病院東九病棟十六号室　三好一雄です。

小生健康の上にも健康。今夜は中秋の名月です】

十月二日

輸送船の入港日が近づいてきた。乗船待ちの一万人以上の兵たちで町は膨れ上がり、活気に満ちて躍動している。

玉砕の続く南方へ出陣していくのだ。予測しがたい難事が待ち構えていよう。皆それを知りつつも、それがどうしたというのだと、平常心を持って町を行き交っているように見える。

出港が目前に迫り、隊の周辺もにわかに慌しくなってきた。

良知の小隊は貨物廠の援助を行なうこととなり、貨物の運搬作業についた。

車を連ねて門司貨物倉庫前に差し掛かったとき、良知は後続の車が急に速度を落としたのに気がついた。何事が起こったのかと慌てて停車を命じて走ってゆくと、三台後方の自動貨車がなんと市電に追突されたところだった。座席の二人は動かない。

「おい、大丈夫か」とドアを開けて怒鳴った。助手席の兵は良知に顔を向けようとして、顔をしかめて首に手をやっている。運転席の兵は、ハンドルでしたたかに胸を打ったらしい。ハンドルに突っ伏して肩で息をしていた。

車の後部へ回ると、見事に凹んだ荷台の上に三人の兵士が胸や肩を押さえて苦しんでいた。引き潮のように音を立てて全身から血が引いてゆく。

振り返ると、追突した市電が五～六メートル離れたところに止まっていた。物見高く前面の硝子に並んだ乗客の顔に混じって、死人のように青白い運転手の顔があった。良知と目が合って、我に返った運転手は、ドアを開けて転がるように走り出てきた。

「すいません。すいません」

初老の運転手は米搗(つ)き飛蝗(ばった)のように頭を下げ続けながら、顔をくしゃくしゃにして謝罪の言葉を繰り返す。

ここでこの運転手を糾弾していてもなにもならない。

良知はまず第一に、任務の遂行と負傷者の手当てを考えて行動を起こした。

幸い追突された車も点検すると走行に支障はないので、代わりの者に運転させ、作業の継続を命じた。自分は負傷者に付き添って病院へ行く。彼らが出発できなければ良知の隊、いや大隊にとっても大きな痛手だ。彼らの怪我の程度を早く知りたかった。

医者から「乗船に支障なし」と診断されたとき、兵たちは痛みを堪えながらも、「おうっ」と安堵と喜びの混じった声を上げげた。良知は「ありがとうございます」と医者に感謝しながら、膝が緩んで座り込みたいほどほっとした。

三好の発病以来ずっと小隊を蔽っていた暗い雲が晴れたような晴れ晴れとした気持ちで、良知は五人を宿舎に連れ戻った。

第十一章――出航

一

十月七日

門司船舶司令部より、輸送船が入港したとの一報が入った。

「おおっ」といったどよめきが将校宿舎を揺るがせる。いよいよ出航だ。じりじりと待たされ続けた日々がここに終わる。

乗船を今や遅しと待っていた一万人余の将兵の心意気は頂点に達して、秋晴れの門司の町を被い尽くしているかのように思われた。

良知は中隊を指揮して搭載作業のため埠頭に向かった。

埠頭には大小さまざま取り混ぜた数隻の輸送船が入港していた。鉄錆色と鉄鼠色に塗装された船体を波が洗っている。

乗船部隊が到着した船では、もう作業が開始されていた。船のデリック（揚貨機）が巨大なキリンのような首を動かしている。

勇壮に並ぶ船の中でも取り分けて大きな二隻が目立っていた。このうちの一隻が第百二十七飛行場大隊の乗船する大彰丸だった。全長が優に百メートル以上はあるかと思われる船体は、近づいてみると五階建のビルのような高さで圧倒される。良知はこれほど大きな船を間近で見たことはなかった。

大彰丸には良知たちの隊四百三名の他に、南方軍の補充要員約七百名、特殊連絡艇隊の特別幹部候補生、港湾設定隊など十一部隊、約三千名が乗船予定だという。

搭載予定の高射砲、機関砲や自動車、特殊連絡艇などが次々と運び込まれて埠頭に所狭しと並べられ始めた。ぼやぼやしている暇はない。良知は急いで搭載作業に入った。今日中に済ませ、明日は乗船して出航となる。

足の踏み場もないような荷物の山からデリックで吊り上げて、船首と船尾の甲板にばっくりと深く開いた口から船倉に降ろしてゆく。

ウインチが唸りをあげる中で、将校や下士官たちがそれに負けじと大声で指示を飛ばす。エンジン音も威勢良く、何台もの自動貨車が倉庫と埠頭を忙しなく行き来する。兵たちは命じられた持ち場に慌しく散って、今まで持て余していた力をぶつけるように身体を動かしている。辺り一帯はガソリンや排気ガスの臭いが立ち込めて、殺気立った喧騒に包まれてきた。

楠田大尉がモマ（門司↔マニラ）〇五船団と名づけられたこの船団の輸送指揮官となり、大彰丸は指揮官船となる。そのため、大彰丸船内でも良知たちの隊が中心的な役割を担うこととなった。

良知は指示を出しながらも、搭載品が船倉に収まりきるか不安になった。ずいぶん積み込んだと思われるのだが、積荷の山はいっこうに減らない。自動車も良知の隊の車両だけではない。高射砲の牽引車などの特別車両も並んでいる。かさばるが分解せずに積み込む車両もあった。

搭載状況を巡視してきた大隊本部附兵器担当の加藤伍長が「これは、徹夜作業になりますと報告してきた。付け加えて、特殊連絡艇三十隻は甲板に置くようになったと説明する。

特殊連絡艇（実際は爆雷を積載し目標物直近にて投下する陸軍肉迫攻撃艇・通称マルレ艇）は、良知にとって初めて目にする船だった。

興味を引かれた良知は、近寄ってしげしげと眺めた。

ベニヤ板で作った全長六メートル、幅二メートルほど（実際は全長五・六メートル、全幅一・八メートル）の深緑色の小型船で、取り付けてある発動機はほとんどが日産の自動貨車用だが、豊田とフォードもある。どれも八十馬力（実際は七十〜八十馬力、航行速度二十〜二十四ノット）は出るはずだと良知は推量した。

船の上にもベニヤ板が被せてあり、一人かせいぜい二人乗りのように見える。船ではあるが、紛れもなく陸軍の舟艇だという。

この舟艇は大彰丸に同乗する特殊連絡艇隊の特別幹部候補生（実際は第十海上挺進戦隊の船舶特別幹部候補生）一個中隊三十一名と、九百名の港湾設定隊（実際は第十海上挺進基地大隊）の管轄である。

これらは結構かさばる上に壊れやすそうで、取り扱いなれた武器や自動車とは勝手が違い、気を使う品となっていた。

辺りが夕闇に包まれても、埠頭には遠慮がちな照明が灯され、作業は続けられた。

やがて船倉は満載となり、収容し切れない自動貨車や例の特殊連絡艇が甲板を占領し始めた。搭載品の高射砲や機関砲も、攻撃を受けた場合に備えて海に向けて甲板上に設置する。船が揺れても動かないように、しっかりと角材を噛ませて固定した。

遭難時用にと船舶司令部が用意した竹筏も、甲板に山積みになっていた。これは四メートルほどの孟宗竹を十本ぐらい並べて三～四段に重ねたものを、板や棕櫚縄で筏状に止めた物である。救命船は小さなものが二隻あるだけなので、この青い竹筏がいざというときは乗船者の命綱となる。すぐ落とせるようにと、いくつかは舷から吊り下げておく。

大彰丸は、船首に八糎(センチ)高射砲二門、船尾に二十糎海軍短砲が一門据え付けられていたが、型は古いもののようだった。これでどれほどの反撃ができるだろうかと、少々頼りない感じもする。船尾には潜水艦攻撃用の爆雷も積み込まれていた。

休憩などほとんど取っていないにも関わらず、良知は身の中に充満した異常な高揚感によって、欠片(かけら)ほどの疲労感も感じなかった。いつまでも働き続けていられそうな気がする。これは皆も同じらしい。興奮した目つきで、きびきびと動き回っている。

日付が変わって八日になると、夜明け前には搭載完了という目処が立ってきた。

しかし、これでほっとしている暇はない。その後は三千人を乗船させなければならないのだ。

十月八日

夜を徹して続けられた搭載作業が夜明け前に終わり、午前八時の出航を目指して乗船が開始された。

背嚢を背負い、荷物を提げた将兵たちが一列になってタラップを上り、続々と船に乗り込む。彼らは船倉に作りつけられた二段と三段の吊り棚のような狭い寝床に荷物とともに収まってゆく。良知の隊以外は、将校と言えども兵を引率して同じ船倉に入る。そこは腰を下ろしても頭が閊(つか)えるほどの高さで、将兵たちは皆、窮屈そうに頭を縮めていた。

乗船者が増えるに連れて、船の喫水は深くなり、下半分に塗られていた鉄錆色は大部分が海中に没していた。

良知たち第百二十七飛行場大隊の将校は、煙突よりの乗組員の居住区の空き部屋をあてがわれた。楠田大隊長と本田少尉（副官）は、艦橋下二階のサロンと呼ぶ食堂のような広い部屋に常駐することとなり、そこに良知たちは集合した。

「船長の土井です」と名乗った人物は五十歳前後と見える。船には船長以下七十人の船員が乗り組んでいるという。良知は命をかけて兵員・兵器輸送という危険な任務に就いている彼らに、肩を組みたいほどの強い連帯感を感じた。

船長の話では、大彰丸は五月に竣工した六千八百八十六トン、全長百三十七メートルの二A-五型戦時標準船で、良知が埠頭で見た同規模の船――大博丸というそうだが――とは大阪商船の姉妹船とのことだった。

船団は大彰丸、大博丸を始とした十二隻の輸送船（以上二隻に広明丸、天昭丸、辰浦丸、泰洋丸、江差丸、道了丸、ぱしふぃっく丸、青木丸、杉山丸他一隻）で、これに六隻の海軍の護衛艦艇

（第十七号駆潜艇、第十八号駆潜艇、第二十三号駆潜艇、第二十七号駆潜艇、第二十八号駆潜艇、海防艦・笠戸）がついている。速度の一番遅い船に合わせて航行するため、十三ノットの航行能力のある大彰丸も、八ノットで進まなければならない。そのためジグザグに走航してゆくという説明だった。

出航準備のために船長は艦橋へ上がり、乗り込んでいた海軍の警備員が配置に付いた。いよいよ船団は出航のときを迎える。

ピストンが稼動を始めた。出航の汽笛が大気を震わせて鳴り渡る。埠頭には良知たちの壮途を見送るために、次の船団に乗船予定の兵士たちが列を作り、敬礼を送ってくれている。

陸軍輸送人員二千九百八十七名、海軍警備員三十名、船員七十名、高射砲二門、高射機関砲四門、同弾薬、特殊連絡艇三十隻、重砲弾薬二千発、ガソリン・ドラム缶四十本、車両四十八両、各個人兵器、食糧、水、資材等を満載した大彰丸は、門司港を静かに離れた。

窓の外に小倉の町が見えてくる。良知は「征くぞ」と三好に語りかけた。

関門海峡を通り抜けた船は、玄界灘を西へ針路をとる。

港湾空襲を回避するために速やかに門司を離れた船は、佐賀県の伊万里湾にて船団の編成を行なう。

十月九日

前夜からの目の回るような慌しさが一段落し、一息ついた良知は甲板に出て、左舷に流れる景色に別れを告げた。

深く切れ込んだ穏やかな湾内で、船団は編成を完了した。

船団会議を開き、船団の確認事項、隊形等だけでなく、各船内での役割分担も決定した。警備班を組織し、将校と下士官で分担して担当することが決まった。

船内衛兵・日直将校・甲板統制官・射撃部隊長・防火防水隊長・見張部隊長を置き、それぞれの隊長の下には必要な人員を配置した。海軍の警備兵は船砲隊として、装備している高射砲と海軍短砲を担当する。

夜が訪れると、星明かりの煌く波に、灯火管制の船が闇を飲み込んだように黒い影を浮かべていた。

十月十日

出航命令がまだ下されずにいる。

船同士の連絡は手旗で行なわれ、夜間は発光信号を用いていた。

船内では一日二食、それも粥（かゆ）中心という粗末な食事で、水は一人当たり一日一杯と限られている。便所は甲板前方の右舷と左舷に二箇所しかないので、船倉の将兵たちにとっては便所へ行くのもたいへんな作業となっていた。

薄暗い裸電球がところどころに灯された船倉には、一人当たり半畳もないような状態で兵たちが寿司詰めになり、甲板から脱出用の網が吊り下ろされている。

任務のある者以外は甲板へ留まることは許されていないため、背伸び一つできない通称・蚕棚に押し込められたままの状態が続いていた。

船内全員が一日も早い出航を待ち望んでいたが、入ってくる情報は敵の接近による状況の緊迫を知らせるものばかりだった。

十月十一日

行く手を阻む戦雲は暗さを増している。出航の見通しは立たないまま、停泊三日目を迎えた。良知たちが停泊している間に、九日には南鳥島が米戦艦部隊の艦砲射撃を受け、十日には沖縄、奄美大島、徳之島、宮古島などが、大挙して押し寄せた機動部隊の艦載機により大規模な空襲を受けたという情報が齎された。

苛烈な戦火が国土に降りかかっているときに、大小の島影が浮かぶ穏やかな内海に憩う船の上は、軍装の将兵と兵器を満載しながらも、硝煙とは縁遠い異空間のようだ。白い砂浜には、静かな波がゆったりと打ち寄せていた。

十月十五日

十二日からは台湾に来襲した米機動部隊との大規模な航空戦が連日にわたって繰り広げられ、日本は大きな戦果を上げているという。この知らせは、行く手に射す一筋の光明になっている。しかし、台湾の高雄に寄港予定であることから、船団はこの状態ではまだ動くことはできないのだろう。依然として出航命令は下されないままだった。

将校も兵も、見通しの立たない状況と粗末な食事と、まるで奴隷船のように劣悪な船内環境にすっかり音を上げてしまっている。門司を後にしてから一週間、風呂にも入っていない。最高潮に高まっていた士気は、苛立ちや不平不満で緩みがちになっているように感じられる。しかし、考えてみれば良知の船は、ましなほうかもしれない。馬や犬を積み込んでいる船では、将兵たちは家畜小屋のような鼻をつく臭気に包まれ、よほど参っているに違いない。

良知たち百二十七飛行場大隊の将校は毎日サロンに集まって、司令部からの出航命令を待ち続けていた。

十月十六日

朝、ようやく待ちに待った出航命令が下された。

警備班も配置について、仕切り直しの出航と意気込んだ。ところが、出発しようとしたところで、機関が故障して大彰丸だけ動くことができない。

良知たちは為す術もなく、ただじりじりとしながら、修理が終わるのを待った。すっかり時間を食ってから、ようやく船団の第一次隊形（一列縦隊）の最後尾で湾外へ出ることができた。長崎県の海岸線に沿って航行しながら徐々に第二次隊形に船団を整えてゆく。

五島列島付近で隊列が組み上がった。前列から二隻、三隻、四隻、三隻の四列に並び、大彰丸がその最前列に位置取った第二次隊形を、前後左右から囲むように護衛艦が付いた。

大彰丸や大博丸のように船足の速い船は、それぞれの位置でジグザグ走航をする。船団自体も敵の攻撃を避けるため、ジグザグに航行してゆく。

船内は出航に漕ぎつけた喜びで、息を吹き返したように活気づいてきた。

夕日に照らされた五島列島の監視所が見えてきた。監視兵が振る紅白の手旗が眩しく風にはためいている。

「ブ・ウ・ン・ヲ・イ・ノ・ル（武運を祈る）」

双眼鏡で見ていた海軍兵が大声で信号を読んでくれた。

甲板に出ていた者は皆、いずれも喜んで敬礼を返す。

陸に沿った航路はここで終わり、船団はいよいよ内地に別れを告げた。

二

十月十七日
「水平線に飛行機発見」

見張りの声に、「すわっ、敵機か」と緊張が走る。

真っ青な空の彼方から、きらっと光る機影が見る見る大きくなってくる。日の丸をつけた翼を振りながら、零戦が一直線に近づいてきた。

船の上にいた者は全員、弾けるような笑顔で帽子や手を振って、「おーい」と口々に呼びかけた。良知も千切れるほど手を振った。

零戦は操縦士の顔が見えるほど低く飛んで通り過ぎる。通り過ぎたかと思うとまた現われてくる。船団の警備をしてくれているのだ。なんとも頼もしく、現われるたびに皆で歓喜の声を上げた。

夜の闇が船団を包むと、零戦は現われなくなった。

厳重に灯火管制を徹底して、船団はひたすら南西に針路を取る。

乗船してから初めて風呂（海水）が沸かされ、良知たちは入浴できることとなった。狭い船倉で便所にも苦労している兵たちに後ろめたい思いを抱きながら、良知は十日ぶりに入浴をした。

十月二十日

「天佑ヲ確信シ我ガ連合艦隊ハ只今ヨリ、レイテ湾内ニ突入セントス」

日本の連合艦隊の一部がレイテ湾に殴り込みを懸けるという無電が、護衛の海軍艦艇に入った。台湾の西海岸沖を航行しているときだった。

単調な生活と厳しくなってきた暑さにだれ気味だった良知たちは、一挙に身が引き締まった。自分たちが壮烈な戦場に向かっていることを、改めて目の前に突きつけられた思いがする。演習気分でつい緩みがちになるサロン内の空気に緊張感が蘇った。

十月二十一日

夜、「潜水艦現ワル」の情報が入ったと同時に護衛艦が爆雷を投じ始めた。

ズドーンと船全体に腹に響く大きな振動が伝わる。それがいったい敵の魚雷なのか、味方の爆雷なのか判別がつかない。

サロンに集合した良知たちはただ顔を見合わせて、しばらくは息を呑んで声も出なかった。足の下には敵の潜水艦が跳梁跋扈（ばっこ）しているのだ。今にもこの船に魚雷が撃ち込まれるのではないかと、誰もが見えない敵に対して身構えていた。

しかし、張り詰めた緊張もそう長くは続かなかった。夜が更けると、「酒でも飲むか」と誰ともなく言い出して皆で酒を飲み、それぞれの船室へ引き上げた。

十月二十二日

早朝、高雄に到着した。

高雄は、十二日から繰り広げられた台湾沖海戦で攻撃を受けた直後だった。

港に近づくに連れて、何隻もの日本船の見るも無残な惨状がまず目に飛び込んできた。港内には水中に完全に没して煙突の天辺だけがかろうじて波間に顔を出している船や、ざっくりと抉られた船体が傾いたまま波に弄(もてあそ)ばれている船が、そこかしこに見られる。完膚無きまでに叩きのめしてやるという米国のむき出しの激しい敵意が立ち上ってくるように感じられた。

甲板から見回して、余りの悲惨な光景に、良知は驚いて言葉を発することもできない。皆も呆然とした表情で押し黙ったまま、明るい南国の朝日に照らされた残骸をただ暗澹と眺めている。

これが戦場なのだ。ニュース映画でも写真でもない現実は、不気味な静けさで目の前に広がっていた。

沈没した船を避けながら接岸すると、港の倉庫も丸焼けになっていた。焼け落ちた瓦礫の中に黒々とした山がいくつか見える。誰かが「あれは砂糖の山だ」と呟いた。道理で焦げ臭さの中にも甘い臭いがする。

見渡すと、市内のほうにも焼け跡や壊れた家並みが広がっていた。

伊万里で齎（もたら）された情報では、日本軍は台湾沖海戦で敵空母の撃沈十一を含む大きな戦果を上げたはずだった。しかしこの有様は、どう見ても敵が縦横無尽に攻撃を仕掛け、蹂躙（じゅうりん）し尽くしているようにしか見えない。

良知は、日本の戦況の厳しさが想像以上であることを明確に悟った。自分たちはこれから制空権も制海権も失った戦場へ進んでゆくのだ。悲壮な決意というよりも、腹を括って吹っ切れた思いがした。

決して日本中をこのような光景にしてはならない。そのためには戦うしかない。自分の身体生命は、まさにこの時のためにある。来るなら来てみろ。

最初の衝撃から立ち直るのに、時間はかからなかった。

同じ思いが伝染したようで、皆も心中に去来した思いを振り切ったように黙々と身体を動かし始めた。

高雄では、食糧、水、野菜などを積み込む予定になっていた。

十月二十三日

物資の調達に苦労するかと思ったが、滞りなく作業が進んでいる。明日には出航の予定だ。

入港中も兵たちは、使役に出る者以外は狭い船倉の蚕棚に荷物ごと入れられたままだ。この気候では耐え難いほどの熱さだろう。

フィリピンへの船団輸送は戦況の悪化から、一ヵ月ほど途絶えているところだという。良知たちは一月ぶりにバシー海峡を渡る船団ということになる。バシー海峡は敵の潜水艦が攻撃網を敷いていて、これまでにも多くの輸送船が撃沈され、魔の海峡と呼ばれている。敵はもっぱら兵員武器を満載したフィリピン行きの船を狙って餌食にしていた。

戦況がより悪化している今、魔の海峡を渡るだけでも緊張は頂点に達するのに、気が重くなる知らせが大隊長から良知たちに告げられた。

護衛艦の笠戸が別命を帯び、船団から離脱するというのだ。笠戸は九百トンクラス、全長八十メートルほどの海防艦で、護衛艦の中では一際大きい。笠戸が抜けると、護衛は五百〜六百トンクラス、全長五十メートルほどの駆潜艇だけになってしまう。

陸兵一万人は船の中では手も足も出ない。自暴自棄というか、投げ槍というか、どうにでもなれといった殺伐さが、一瞬だが投網(とあみ)のようにサロンに打ち放たれた。

しかし、それでも征かなければならない。運を天に任せるという表現がこれほどぴったりな状況はないと、良知は思った。

三

十月二十四日

朝、高雄の埠頭を離れて、船団はフィリピンのマニラに向けて出発した。

台湾の友軍機は大挙してレイテに飛び立つと聞いていたが、心強いことに護衛飛行は続けられていた。

船は陸地に沿ってそろそろと南下する。六銭切手で馴染みの台湾最南端のガランピ灯台が見えてきた。実際に目にする白亜の灯台は、エメラルドグリーンとコバルトブルーの二色を湛えた海を前景に、鮮やかに屹立して良知の瞼に焼きついた。

ガランピ灯台が水平線の彼方に消えて、船団は紺碧のバシー海峡に乗り出した。インクを流したような深い青を、白い航跡で切り裂いて船団は進んでゆく。

一日一日、いや一瞬一瞬が無事に過ぎていくことだけを願った。海の彼方に浮かぶフィリピンを手繰り寄せたい。

無事に夜を迎えた。

十月二十五日

いつの間にかぐっすりと眠り込んだらしい。目が覚めると、何事もなく朝が訪れていた。

船倉の兵たちが蒸し暑さに耐えかねていると、吉田軍曹と尾上伍長が報告に来た。同時に警備中隊の下士官たちも同じ報告を小沢中隊長に上げてきた。下士官たちは自分たち自身も任務のないときは船倉の蚕棚の中にいるので、苦しさは身をもって体験している。報告にも実感がこもっていた。

小沢と良知からの報告を受けて、楠田大隊長は完全軍装を条件に、船倉の将兵たちに甲板へ出ることを許可した。

十一時三十分、良知たちがサロンで副官から命令下達を受けているときだった。

「バッバッバッバッバッ」という激しい銃撃音に続いて、「バズーン」という底深い爆発音が轟いた。

全員がこぞって甲板に飛び出すと、最後尾の広明丸が航空機の攻撃を受けたようだった。良知たちが見たときには、すでに機影は礫（つぶて）ほどになっていた。

間もなく入った連絡によると、攻撃を仕掛けたのは十二・七ミリ機銃六丁を搭載し、四百五十キロ爆弾も二発積載する戦闘爆撃機グラマンＦ６Ｆヘルキャット一機で、戦死者三名、負傷者七名を出したという。

船団初の死傷者は、自分たちの死をぐんと身近に感じさせた。

大隊長は、「これによって、わが船団の位置は捕捉された。敵の空襲を回避するため針路を変更し、北上する」と決定し、船長に通達した。

居合わせた将校たちは、鉛の塊を喉に詰められたように押し黙って顔を見合わせた。北上とは、せっかく半分以上も渡ってきたバシー海峡を戻ることを意味する。薄氷を踏む思いでここまで進んできた潜水艦網の上に、また舞い戻るのか。

重苦しい沈黙がサロンを満たした。

楠田大尉の決定通り、一時北上するほうがよいのか、それともこのまま一気に南下してフィリピン上陸を図ったほうがよいのかは、誰にも判断できない。

ただ、進むも戻るも危険に満ちていることだけが確かだった。

続いて大隊長は乗船者の全員に、甲板に出て対空対潜監視任務につくことを命じた。

車両や特殊連絡艇が所狭しと置かれた甲板に、ぞろぞろと兵たちが出てきた。

死傷者が出た事実は兵たちには告げられなかったが、甲板に出た兵たちの間に誰からともなく広まっている。それでも彼らは動揺するでもなく、思い思いに甲板の上に天幕などを敷き、久しぶりの外気に生き返ったような表情を見せていた。

良知の隊の者たちも、第二甲板で一所に固まって涼んでいる。ほんの数時間前に死傷者が出たというのに、のどかな光景だった。

一度は北上した船団は、円を描くように南下して二十三時には襲撃を受けた位置まで戻ってきた。敵機が現われないことで、「空襲を避け得た」と船の中には、ほっとした空気が流れていた。

十月二十六日

時計の針が零時を回った。

大隊長はサロンで待機していた良知たちに居室に引き上げることを許可し、大隊長と副官はサロンに設(しつら)えた寝台で寝むことになった。

良知は将校見張りの当番であったため、下士官を従えて操舵室へ上り、前任者と交代した。艦橋の操舵室には船長と航海士を始め、数名の船員と海軍の監視兵が任務についていた。明かりは海図の置かれた台の付近に灯されているだけである。傍受を恐れて無線も原則として使用しないので、無線室からも音は漏れてこない。

サロンでは緊張の糸が切れてしまっていたが、静まり返った操舵室の中は、触れればびんびんと音を立てそうな緊張感が漲(みなぎ)っていた。

一刻でも早く異常を察知しようと、一人一人が全身を目と耳にして身構えていた。良知も怪しい船影や、気泡が海面に白く尾を引く雷跡を見つけようと目を凝らした。

西に傾いた十日目ほどの月が、青みを帯びた光を惜しげなく海面に注いでいる。照り輝く波間には、僚船の影が横に二つ確認できた。視界は良好だ。

艦橋から見下ろすと、暑くて寝苦しい夜から久々に解放された甲板上の兵たちは、多くの者が身体を横たえて仮眠を取っている。目覚めている者は少ないように見えた。

月明かりの魔の海峡を進む船団は、息を潜めてひたすらに南下を続けてゆく。蹴立てた波頭が白い航跡となって後ろへ流れ去った。

「雷跡発見！」「右三十度！」

監視兵の怒鳴り声が静寂を破った。

同時に「敵艦発見！」と、別の大声がかぶさるように続いた。

「面舵いっぱあい！」と、船長が大声で航海士に命じた。

血相を変えた航海士は、復唱しながら必死に右へ舵を切る。

良知は身体中に電流が走るような衝撃を感じた。海面は西に大きく傾いた月の光を反射して、良知には雷跡を見つけることはできない。しかし、右前方の波間に黒光りする艦影を認めることができた。

なおも海面を目で探ると、青白い線がくっきりとこちらへ向かって伸びてくる。心臓が鷲掴みにされた。

「赤か青か」「青か赤か」

船長と監視兵の間での争うような短い意味不明のやり取りがなされている。

船の反応は鈍く、なかなか旋回しない。艦橋の中は「間に合ってくれよう！」とか「逸れてくれえ！」と悲鳴のような声が行きかう。

意志を持った生き物のように海中を走ってくる青白い雷跡と舳先との角度は、依然として変化はない。艦橋に響く声は「来るぞ！」「ぶつかるぞ！」「なにかにつかまれ！」といった怒号に変わった。

月光に煌く青白い線は、艦橋右手前方の第二甲板の下へ吸い込まれた。どーんという衝撃が良知たちの足許から突き上げる。

なぎ倒されて床にたたきつけられた良知は、窓の外に真っ白い水柱が傲然と夜空に突き上がるのを見た。ほんの一瞬、静止したかに見えた水柱は次の瞬間、巨大な滝のように崩れ落ちた。

船体は安定を失って大きく揺れながら右に傾いた。よろめいて前へつんのめりながら窓枠にしがみついて見下ろすと、右舷第二甲板の下、第二船倉の水面付近からから炎がめらめらと燃え上がったのが見えた。第二船倉にはガソリンが入ったドラム缶が積載してある。

炎が高くなったと思った瞬間、船倉が爆発し、上の第二甲板に積まれていた特殊連絡艇が吹き上がった。

オレンジ色の炎の中に、特殊連絡艇のシルエットがゆっくりと舞う。一隻が爆発すると、続けざまに誘爆が起こった。

「消火かいしーっ」と船員たちに命じた船長は、「操舵によって消火に努めます。不可能なときには退船命令を出します」と自ら舵を取った。

良知は「隊長に報告しろ」と下士官に命じてから、もう一度、甲板を見た。消火ホースを持って白い服の船員が走り回っている。

しかし甲板上には兵たちがひしめいているので、消火作業ははかどらない。火勢は増すばかりで、弾薬の類にも燃え移るのは時間の問題と思われた。

燃え広がってきた炎に赤々と照らされて、甲板の兵もくっきりと見える。初めは慌てふためいていたように見えた兵たちは落ち着きを取り戻し、甲板の上で手早く装備を整えつつあった。

眼下の第二甲板には、自分の隊の者たちが固まっていたはずだ。良知は彼らの安否が心配でならない。すぐにも駆け下りて行きたい気持ちを抑えて、自分の隊の兵士を目で捜していた。

「どうだ」という声とともに、楠田大隊長が息を切らして艦橋に入ってきた。本田副官と本部付の沼田准尉を従えている。

「私は最後まで最善を尽くしますが、皆さんには退船していただきます」

きっぱりと船長は応え、「船内の機密書類は重錘（おもり）を付し、完全に沈下せしめます」と断言した。

その時、バンと音が響いて、甲板の上で仕掛け花火のようになにかが炸裂した。

甲板に置かれた高射砲の弾薬が誘爆を始めたに違いない。良知は懼（おそ）れていた事態が起きつつあると悟った。弾薬を満載した第四船倉に延焼すれば、船は大爆発を起こすだろう。

居合わせた皆も、同じ惨事を想像した様子だった。大隊長は心持ち青ざめた顔で、「では、早く退船命令を」と船長に依頼した。

ボー、ボーと何回か悲鳴のような汽笛が夜を切り裂いた。これが退船命令と兵たちは気づくだろうか。早く逃げろよ。

船員たちが二隻しかない小さな救命船を下ろし始めたのを見て、兵たちは両舷に積み上げられていた竹筏を落とし始めた。

良知たちにも時間は残されていない。

「よし、退船だ」

大隊長が切り上げるように言い切ると、

「では、機密書類を投じます」

沼田准尉が落ち着いた声で断わり、軍の機密書類を海中投棄するために一足早く退出していった。

「早くしろ。退船だ」

大隊長は早口で再び促してから、踵(きびす)を返して艦橋を立ち去った。

良知は船長に敬礼をすると、海軍の監視兵らとともに艦橋の手すりに摑まりながら甲板へ下りた。

第二甲板の上には、もはや人影はない。炎はバリバリと音を立てて燃え上がり、良知が降りてきたばかりの艦橋を舐(な)め、空を赤く染めていた。

左舷の手すりを乗り越えて海に飛び込もうとしたとき、船尾に残っている多数の兵に気がついた。

「何をしている！　早く逃げろ！」

大声で呼びかけるが届かない。船がぐぐっと頼りなく揺れる。慌てて手すりを握りなおす。

良知は船尾の兵たちに、もう一度「急げーっ」と声をかけてから、大きく息を吸い込んで暗い海に飛び込んだ。

海面までは遠く、まだ着かないのかと思ったときに固い水面を突き抜けた。ぐんぐんと沈んでいく。このままでは浮き上がることができないと、必死で激しく手で水を掻き、足で水を蹴ろうとした。しかし、編み上げ靴に皮脚絆をつけた足は思うように動かない。手探りで皮脚絆の尾錠をはずす。ようやく体が浮上を始めた。死に物狂いで手足を動かす。

どこまで上がっても届かないのではないかと、絶望感で気が遠くなりそうになったとき、喉に空気が流れ込んできた。

空気がこんなに美味（うま）いものだとは知らなかった。良知は立ち泳ぎをしながら、むさぼるように息を継いだ。呼吸が落ち着いてくると、冷静さが戻ってきた。まず、じゃまな編み上げ靴を脱ぎ捨てたい。

紐一つ解くのも一苦労で、立ち泳ぎの手足を止めると、たちまち身体は水中に沈んでしまう。何度か水に飲み込まれながら、良知はようやく靴を脱ぎ捨てた。

急いで船から離れなければ爆発や沈没に捲き込まれるのはわかっているが、このままでは装備が重くて泳ぐこともおぼつかない。良知は身に着けている物を捨てることに専念した。

皮製の図嚢はいつの間にか無くなっていた。鉄兜を取り、軍刀を革帯ごとはずした。父が持たせてくれた刀だが、足に当たって泳ぎにくい。

波を被りながら装備をはずすのは、頭で考えるよりずっと難しい。息継ぎを何度も繰り返して良知は装備を剝いでいった。

眼鏡がいつの間にかなくなっていることに気がついた。視界はひどく不鮮明だが、仕方がない。

船を背にして泳ぎ始めようとしたが、波のうねりは今まで経験したことがないほど大きく、容赦なく良知を弄(もてあそ)ぶ。サマーウールの長袖防暑服は水を吸って重い。

良知は思い切って息を止めて、沈むに任せながら水中で軍服を脱ぎ捨てた。身体が急に軽くなる。大急ぎで水を掻いて浮上する。もうだめかと思いながら、夢中で掻き上がって行く。苦し紛れの大きな一掻きで頭が水面から出た。ひゅうと喉を鳴らして思い切り空気を吸い込んだ。

これで準備は整った。後は力が続く限り泳ぐだけだ。

泳ぎだすと運良く、角材が近くに浮いているのが目に入った。良知は左腕で角材を抱えて上体を載せ、右腕で水を掻いた。

高い波頭が目の前に立ったかと思ったら、その波の上に押し上げられる。波頭に乗ったときに周りを見回すが、近くに人影はない。

少し泳ぐと、波間に漂っている兵士を発見した。しかし近づいてみると、事切れている。良知は片手で拝んで遺体から離れた。遺体はまだ息があるかのように身体を揺らし続けている。

大きな波を越えようとした途端、重い何物かがいきなり顔にぶつかってきた。良知はのけぞるように体勢を崩した。思わず角材から手が離れる。ちょうど息を継ごうとした拍子だったので、いやというほど海水を吸いこんだ。鼻と喉の奥を冷たい感触が襲ったと同時に、軟口蓋に刺すような苦い痛みが突き上げた。

重い物体はのしかかるようになおもぶつかってくる。身体が水中に引き込まれるように沈む。必死に足掻いて海面から顔を出し、げぼげぼと咳き込みながら押しのけようとすると、それは溺死者だった。その向こうにも、顔を水につけた溺死者が三人ほど漂っている。ついさっきまで同じ船の上でフィリピンへの到着を目指していた戦友たちの、幽明境を異にした姿だった。

生きている者は、もっと遠くへ逃れているに違いない。

まるで語り合っているような四人の溺死者から離れて、良知は喉と鼻のひりつく痛みを堪えて泳ぎだそうとした。しかし体中の力を使い果たしたようで、もう手足に力が入らない。摑まるものもなく、呼吸も乱れたまま波に身を任せて浮いているのがやっとの状態になった。

——俺もここで死ぬな——

さらりと頭に浮かんだ。恐怖心はなかった。

目の前に壁のように立ちふさがった大波の上に持ち上げられたとき、開けた視界に大きな炎が空まで滲んで見えた。大彰丸だ。そうだ、船から離れなければならない。生きようとする本能が覚醒した。良知は残っている力を振り絞って泳ぎ始めた。

風に乗って遠くから軍歌が聞こえてきた。生存している者たちが歌っているのだ。暗い海をたった一人で当てなく泳いでいた心細さが消えて、仲間の下に行き着こうという気力が湧いてきた。良知は泳ぎ続けた。

飛び込んでから三十分以上は経っただろうか。身体はすっかり冷え切っていた。当初は思いのほか温かく思われた海水が、歯ががちがちと鳴るほど冷たく感じられる。少しずつ大きく聞こえてくる歌声だけが良知の支えだった。

力を振り絞り、冷え切った手足で水を搔いて進むうちに軍歌が途切れて、「おーい、がんばれー」「もう少しだっ」と励ます声が聞こえてきた。良知に向かって発せられている。

近づくにつれて竹筏に乗った数人の兵が、ぼんやりと波間に見えてきた。

良知は疲れ果てて力の入らなくなった手足を必死に動かして、竹筏へ向かって泳いだ。

掛け声はだんだん大きくなり、最後は歓声になって良知を力づけた。

何本もの手が差し伸べられて、良知は筏の上に引き上げられた。自分の体重を支えかねて、良知は筏の上にくずおれた。もう指一本すら動かす気力も体力も残ってはいない。

自分の荒い息遣いが何より大きく耳に響く。

波に大きく上下する頼りない竹筏の上が、こんなに居心地がよいとは思わなかった。

「しっかりしろ」「よかったなあ」

ごつい手が良知の二の腕を落ちないように摑んでくれている。

「しっかりしろ。大丈夫か」

「ああ、……大丈夫だ」

苦しい息の下から良知は応えた。

息が整ってくると、少し身体を起こす余裕が出てきた。

筏の上から見ると、大彰丸の炎が波間に明るく燃え上がり、海上を照らしている。

支えてくれている男の顔が薄赤く闇に浮かんで見えた。その向こうにも三人の姿がある。大きく揺れる竹筏の上で身を寄せ合っていた。どの顔にも良知は見覚えがない。皆、軍服を脱ぎ捨てているので、お互い階級はわからない。

「すまん。助かった」

良知は改めて礼を口にした。

「いや、なんの。それよりしっかり筏に摑まっていたほうがいいぞ。時々ひどく揺れるし、波もかかる。ついさっき一人が波にさらわれたばかりだ」

良知は慌てて、言われたとおり両手で筏の端を摑んだ。

「もう、船はだめだな」

男は船のほうを見やってぽつりと言うと、気を取り直したように、「てーんにかわりて　ふぎをうつ」とがなるように歌いだした。

他の者たちも唱和する。良知もひりつく喉を震わせて声を合わせた。

風に乗って、遠くからも近くからも歌声が聞こえてくる。海上にいるものたちは皆、声を励まし、気持ちを奮い立たせて救助が来るのをひたすら待ちわびている。

「かたずばいーきてかえらじと　ちかうこころのいさましさ」

戦いもせずに、こんなところで死んでたまるか。

一曲歌い終わると、しばらくして誰ともなく次の歌を歌いだし、軍歌の調べは途切れることなく海上に流れた。

『愛国行進曲』『敵は幾万』『討匪行』と皆、自らを鼓舞して力を籠めて歌い続ける。

時折、闇を裂くような甲高い笛の音が混じる。吹いているのは将校だろう。眠るな、がんばれと吹いているに違いない。

いきなり回りがぱっと明るくなったと同時に、大爆音が轟いた。

何万発もの打ち上げ花火を一度に爆発させたような大爆発が起こった。夜空を焦がすほどの火柱が海上を昼間のような明るさで照らしだした。筏の上を爆風が襲う。

良知は耳にたたきつけるような衝撃を感じて、鼓膜をやられたと思った。大きな波が起こって筏が激しく上下する。筏ごとひっくり返るのではないかと覚悟を決めたが、揺れはひとしきり続いてから収まってきた。

耳はまだじんじんと痛み、音は遠くに聞こえる。大彰丸はこの爆発で前後に折れ、なおもしばらく燃え続けていたが、やがて炎に包まれたまま中央部からゆっくりと海中に没していった。

良知たちは軍歌どころではなくなって、沈没時の渦に捲き込まれまいと、必死で水を掻きつづけた。

最後に残っていた船首と船尾が直立しながら引き込まれるように水中に隠れると、闇が訪れた。

暗い海に向かって軍歌を歌っても、呼応する声はだんだん少なくなってくる。

「おーい」

心細くなってきたのだろう、右端の男が大声で叫んだ。

「おーい」「おーい」

応える声は遠い。

月は沈み、あたりは真の闇で良知にはなにも見えない。誰ももう歌を止め、体中を耳にして波のうねりと風の音の中に戦友たちの気配を聴き取ろうとしていた。

しばらくして隣の男がふうとため息をついた。釣られて筏の上の緊張が緩む。

「星がきれいだなあ」

隣の男の声がした。

「まったくだな」

闇の中で相槌（あいづち）が打たれた。

筏は時間の流れが止まってしまったような静寂を乗せて、荒波に弄ばれている。

良知は筏の端をしっかりと摑んで、うねりに身を任せていた。

どれくらい時間がたったか、水平線の彼方がうっすらと明るくなってきた。長い夜がようやく明ける。

「必ず助けが来るぞ」

「もう少しの辛抱だ」

互いに肩を叩き合って励まし合い、筏の上に活気が蘇ってきた。

やがて水平線の一点から眩（まばゆ）い光が射したかと思うと、ぐんぐんと大きな太陽が昇り始めた。燃えるような朝焼けが広がる。見渡す限りの大海原が朝日を浴びて輝き始めた。

「ずいぶん流されたのかもしれないな」

目を凝らして周りを見渡していた男が呟いた。声には不安が籠もっている。

「あっ、筏だっ」

向こう側から声がした。

良知には波のきらめき以外は、なにも見えない。

「ああっ、そうだっ。あっ、あそこにも」

「おーいっ、おーいっ」

「おーい」

右端の男は開襟シャツを脱いで振り回し始めた。

あちらからも合図があったらしく、筏の上には再び希望が湧いてきた。

沈没までは時間があったので、多くの将兵が退船できたはずだ。必ず救助が来るに違いない。

良知たちは波間に見え隠れする水平線に船影が現われるのを、今か今かと待ち続けた。

その間にも太陽は高く昇り、容赦なく照りつけて良知たちをじりじりと焼く。良知たちは喉の渇きに苛まれた。飲めばもっと喉が渇くとは判っていても、耐えかねて海の水を掬(すく)ってごくごくと喉を鳴らして飲んだ。

腹もすいているはずだったが、不思議と空腹は感じない。胸の中は焦燥感に炙(あぶ)られている。なぜ救助は来ないのか。船団の他の船はどうしたのだろう。やられたのは大彰丸だけだろうか。

皆も考えていることは同じだろう。自然と誰もが口を閉ざし、海の彼方を見つめていた視線も落としがちだ。重苦しい沈黙が筏を蔽った。

日が傾き始めると、良知は昨夜からの不眠と疲労から、目の焦点がぼやけ、朦朧としてきた。摑まっている手も疾(と)うに感覚がない。必死に目を開けていようとする良知に、「このまま眠り込んでしまえ」と睡魔が囁(ささや)く。

「眠るな！　眠るな！」と遠くで声がする。うつろな眼を向けると、隣の男が向こう隣にいる男の頬にびんたを食らわせている。叩かれた男は、泣き笑いのような表情を浮かべたまま避けようともしない。

「おっ、船だっ！　見ろ！　船だ！」

突然、右端の男が狂ったように叫びだした。

「ああっ、そうだっ」「船だっ、船だー」

叩き叩かれていた二人も、同時に歓喜の声を上げて今度は肩を叩き合いだした。

鼓動が高鳴り、体内に音を立てて血が流れる。

遥か水平線近くに船影が見えると、隣の男は声を弾ませて、今度は良知の肩を何度も叩いた。

右端の男はシャツを振り回しながら、「おーいっ」と叫んでいる。

良知も着ていた開襟シャツを脱いで、頭の上で左右に打ち振った。

敵か味方かはわからない。敵であれば撃たれて死ぬも良し、海に飛び込んで自決する覚悟もできている。

とにかく、ここにいることを知らせたい。

「おーいっ」

「ここだーっ」

隣の男が「おっ」と思いついたように腹に巻いていた布をはずすと、立膝になってそれを両手でばたばたと広げて振り始めた。日の丸の旗だ。寄せ書きは滲んでいたが、白地に真っ赤な日の丸がくっきりと映えている。

良知は、慌ててワイシャツを振っていた右手を伸ばして男のズボンを摑んだ。不安定な筏の上で両手を離していては危険だ。

「おーいっ」

「こっちだー」

聞こえるはずはないが、大声を出さずにはいられない。

男は今度は立ち上がって、日の丸を振ろうとする。

向こう側からも男を支える腕が伸びた。

大きく揺れる筏の上で男は必死に日の丸を振り、叫び続ける。

良知も、喉よ裂けろとばかりに力の限り声を張り上げた。

──頼む、気付いてくれ──

ちょうど太陽にかかった一片の雲が良知たちの上に翳を落とした。

千切れるほどに日の丸を振っていた男の手が止まる。男は膝から崩れ落ち、日の丸を握ったまま四つん這いになった。筏ががくんと揺れる。

船は去ったのだ。良知は絶望に押し潰されそうだった。筏に摑まっていることさえ馬鹿らしく無駄なことに思われた。喉はひりひりと痛く、口を利く気力も失っていた。

無言の筏は波間を漂い続けた。

大きく傾いた太陽が空を朱に染めて、雲をオレンジ、薄紫、灰色がかった真珠色と、色とりどりに染め分けてゆく。

やがて空が朱から茜に色合いを変え、朱赤色の太陽は黄金色の液体を流し込んだような海に燃え落ちようとしていた。

この瞬間に居合わせていることが至福と思えるほどの美しい眺めが、良知の中に生気を蘇らせた。

「明日は救助が来るかも知れんな」

口に出すと、実現するような気がしてきた。

「そうだっ。さっきはもう船が満員だったんだろう。明日、また、きっと救助に来るはずだ」

隣の声は擦(かす)れていたが、力が籠められていた。

日が沈み、空が藍色(あいいろ)に染まり始めると、南東の空に月が姿を現わした。満月には足りないが、充分に明るい月の光が海の上に惜しみなく降り注ぐ。

良知は船橋の家を思い浮かべた。この月の光は母が夕餉(ゆうげ)の支度を整えている台所の窓辺にも差し込んでいることだろう。

隣の男が日の丸の旗を掲げた。

「うみ　ゆかば」

男が擦れ声で歌い始めると、良知は深く息を吸い込んで声を合わせた。向こうからも声が上がる。

「みずく　かばね
やま　ゆかば
こけむす　かばね
おおきみの　へにこそしなめ
かえりみはせじ」

月の雫(しずく)を受けてきらきらと輝く波を、良知たちの歌声が超えていった。

あとがき

伯父の姿を歴史の流れの中に描き、戦争についての知識が乏しい世代からも理解される形で残したいとの願いから、若桜木虔先生のご指導の下、書き始めることに致しました。

伯父の日記は門司出港時点で途切れておりますので、最終章は第一二七飛行場大隊生還者の方々の手記及びご著作（後述）と、帰還後、長門の家に報告にいらしてくださった方（副官の本田中尉ではないかと思われます）の情報〔一、撃沈当夜、伯父は将校見張りについていた　二、伯父に似た者が筏に乗っていた〕を基に、構築致したものです。

拙著を纏めるに当たり、多くの方々のお話を伺い、資料を頂戴し、またご著書を参考にさせていただきました。

特に左記の皆様には一方ならぬご配慮を賜り、調査にご協力いただきました。心より感謝申し上げております。

○　軍隊関係（五十音順）

有村利行様　札幌市ご在住　元・第四六対空無線隊所属

東部第一一一部隊・仙台陸軍飛行学校水戸分教場のご出身で昭和一九年七月門司出港、というご経歴から、部隊、飛行学校及び輸送船についての情報をお寄せくださいました。

大友一郎様　仙台市ご在住　元・陸軍第一二二飛行場大隊所属

防衛研究所図書館において大友様のご著作『一二二飛行場大隊の思い出』をご紹介いただき、ご連絡を取らせていただきました。飛行場大隊についての詳しい資料とご戦友の手記を多数ご提供くださり、また、インドネシア東部・ハルマヘラ島ジャイロロ飛行場展開時のご戦友・有村様をご紹介くださいました。戦友会、遺族会の調査やお世話を幅広くなさっていらっしゃいます。

小林正四様　福岡市ご在住　元・陸軍西部第百部隊（第一二七飛行場大隊編成地）所属

大刀洗平和記念館の方からのご紹介を辿ってご連絡を取らせていただきました。大刀洗の部隊、飛行場及び当時の町の様子についての情報をお教えくださいました上に、甘木市で行なわれた戦争写真展会場においては、伯父の写真をパネルにして、情報提供を呼びかけて下さいました。

添田裕吉様　北九州市ご在住　元・第五〇飛行場中隊所属

フィリピン・ルソン島南部リパ飛行場に展開中、第一二七飛行場大隊生存者（約百六十名）と合流なさった関係から日本帰還後もご交流を持たれ、生還者（大刀洗から出発した第一二七飛行場大隊の隊員で、生還なさった方は僅か数名――一説には五名――とのことです）の方々の手記及び著書をご所蔵なさっていらっしゃいました。

その手記と著書（参考文献参照）をご提供いただきましたので、最終章を書き上げることができました。添田様は戦没者の調査、ご遺族を案内しての慰霊巡礼に当たられる一方、門司港出征兵士記念碑建立に向けた活動をなさっていらっしゃいます。

永末千里様　福岡県新宮町ご在住　元・海軍神風特攻隊「八洲隊」所属

第一二七飛行場大隊所属の御兄上様が伯父と同日に戦死なさったというご縁から、ご自身のサイト（War Birds・蒼空の果てに）で伯父についての情報提供を呼びかけてくださいました上に、添田様をご紹介くださいました。ありのままに戦争を語り伝えたいとのご意志から多方面に渡ってご活躍なさっていらっしゃいます。著書多数、近著「白菊特攻隊」（光人社NF文庫）

伴勇様　郡山市ご在住　元・東部第一一一部隊所属

伯父の日記にも登場なさる、自動車部隊の中隊長を勤められた方。飛行部隊に所属なさって中国大陸に渡られた後、教育隊へ転属なさったとのことで、郡山・東部第一一一部隊の規模、構成について詳しい情報を下さいました。軍隊生活を「友　友を得ざれば力なし」に纏めていらっしゃいます。

○　学校関係（五十音順）

新井保彦様　東京都ご在住　東京市立第一中学校八回生

中川小弥太様からご紹介をいただき、ご連絡を取らせていただきました。一中の第八回生（伯父と同期）の会・「一八回」の幹事をなさっていらっしゃいます。新井様のご好意で、二〇〇六年二月十四日の定例会に出席させていただき、伯父と同期の皆様から学校のことだけでなく、当時の社会情勢、軍隊でのご経験など、さまざまなお話を伺うことができました。また、新井様ご自身が伯父と同時に柏の東部第百二部隊へご入隊なさり、その後、水戸陸軍飛行学校の移転先である仙台陸軍飛行学校に所属なさっていらしたことから、たいへん貴重なお話をお聞かせいただきました。

末博光様　東京都ご在住　早稲田大学出陣学徒の会

二〇〇五年の早稲田大学ホームカミングデーにおいて偶然、大隈庭園内の「出陣学徒慰霊碑」の前で初めてお目にかかりました。一中のご出身（十三回生）でいらしたことから、ご親切にも伯父の日記に「中川小弥太の兄上だ」と登場なさる中川様ご兄弟のご消息をお教えくださいました。ご自身は学徒出陣で海軍にご入隊、魚雷艇部隊所属でいらっしゃいました。

追記

前述のホームカミングデーの折に初めて、早稲田大学出陣学徒の会の皆様が、慰霊碑を建立なさり、毎年ホームカミングデーに慰霊祭を開催なさってくださること、早稲田大学　大学史資料センターが「早稲田大学百年史　第四巻」の中に「レクイエム」の章として、出征し還ることのできなかった大学出身者・関係者を調査し、一名一名の名前を載せてくださっていることを知りました。ほんとうにありがたく存じております。

○　左記機関の職員の皆様には、度重なる問い合わせにもご親切な対応をいただきました。深く感謝申し上げております。（五十音順）

大刀洗平和記念館
日本殉職船員顕彰会
防衛研究所図書館資料室
靖国神社
早稲田大学　大学史資料センター

＊

「国に殉ずるということ、戦死するということ――それは何も犠牲といわれるべきものではなくて、ある人間の、ある時代に於ける生き方――必死の力を籠めた生き方そのものなのである」と書き遺した伯父の姿を、次世代、次々世代の方々に読み取っていただけましたら幸いに存じます。

最後に、完成に至るまでご指導を頂きました若桜木虔先生、出版へお導き頂きました笠原祐二様、きめ細かな編集を頂きました元就出版社の浜正史様に厚く御礼申し上げます。

《参考文献》

「一二七飛行場大隊　戦記」第一二七飛行場大隊・加藤忠信著
「一等兵のルソン戦記」（朝日新聞東京本社出版サービス）第一二七飛行場大隊・山崎亘著
「雷撃記」第一二七飛行場大隊副官・本田康夫著
「第一二二飛行場大隊の想い出」大友一郎著
「戦史叢書」防衛庁防衛研究所
「あの戦争　太平洋戦争全記録　上・中・下」毎日新聞社編（集英社）
「一億人の昭和史　学徒出陣」（毎日新聞社）
「文京区史」（本郷区史）
「赤紙　男たちはこうして戦場へ送られた」（創元社）小沢真人・NHK取材班著
「柏市史」
「加藤紀宏編　資料」柏市立図書館所蔵
「岩沼市史」
「宮城県の昭和史」
「昭和九年度全国軍隊実施　幹部候補生検定問題模範答案」（尚兵館）
「勝田市史　水戸対地射爆撃場の記録」
「天と海　常陸教導飛行師団特攻の記録」木村栄作著
「郡山市史」
「友　友を得ざれば力なし」伴勇著
「大刀洗町史」
「証言　大刀洗飛行場」福岡県三輪町
「太刀洗飛行場物語」（葦書房）桑原達三郎著
「軍用自動車入門」（光人社）高橋昇著
「昭和十二年四月九日陸軍省検閲済　自動車操縦教範」
「戦時輸送船団史」駒宮真七郎著
「太平洋戦争被雷艦船史」駒宮真七郎著
「商船が語る太平洋戦争」野間恒著
「日本陸軍がよくわかる事典」（ｐｈｐ文庫）太平洋戦争研究会著

【著者紹介】
東野明美（とうの・あけみ）
1953年（昭和28年）、東京都生まれ
1972年（昭和47年）、桜陰高等学校卒業
1976年（昭和51年）、早稲田大学 法学部卒業
1981年（昭和56年）、早稲田大学大学院法学研究科 博士課程前期修了

戦下の月

2006年5月18日　第1刷発行

著　者　東野明美（とうのあけみ）
発行人　浜　正史
発行所　株式会社　元就（げんしゅう）出版社
〒171-0022 東京都豊島区南池袋4-20-9
サンロードビル2F-B
電話 03-3986-7736 FAX 03-3987-2580
振替 00120-3-31078
装　幀　純谷祥一
印刷所　中央精版印刷株式会社
※乱丁本・落丁本はお取り替えいたします。

ISBN4-86106-040-0 C0095